KB275466

젊은 베르테르의 슬픔

젊은 베르테르의 슬픔

Die Leiden des jungen Werthers

요한 볼프강 폰 괴테 장편소설 김인순 옮김

DIE LEIDEN DES JUNGEN WERTHERS
by JOHANN WOLFGANG VON GOETHE (1774)

이 책은 실로 꿰매어 제본하는 정통적인 사철 방식으로 만들어졌습니다.
사철 방식으로 제본된 책은 오랫동안 보관해도 손상되지 않습니다.

가엾은 베르테르의 이야기와 관련하여, 내가 찾아낼 수 있었던 것들을 정성껏 한데 묶어 여기 여러분 앞에 내어 놓습니다. 여러분이 이런 나에게 고마워하리라는 것을 믿어 마지않습니다. 여러분은 베르테르의 정신과 성품에는 감탄과 사랑을 보내지 않을 수 없고, 그의 운명에는 눈물을 흘리지 않을 수 없을 것입니다.

베르테르와 같은 충동을 느끼는 착한 영혼이여, 부디 그의 슬픔에서 마음의 위로를 얻으십시오. 그리고 스스로의 잘못이나 운명 탓에 절친한 친우를 사귀지 못하였다면, 이 자그마한 책을 그대의 벗으로 삼도록 하십시오.

제1부

1771년 5월 4일

이렇듯 훌쩍 멀리 떠나오고 보니, 참으로 기쁘다네! 친애하는 벗이여, 인간의 마음이란 도대체 어떤 것인가! 한시도 떨어질 수 없을 것만 같던 사랑하는 자네 곁을 떠나와서 이토록 기뻐하다니! 자네야 물론 이런 나를 용서해 주리라고 믿네. 내 나머지 인간관계는, 마치 운명이 나 같은 사람의 마음을 일부러 번민에 떨게 하려고 심통을 부린 것 같지 않은가? 가련한 레오노레! 하지만 그것은 내 책임이 아닐세. 내가 그녀 언니의 고집스런 매력을 흐뭇하게 즐기는 동안, 그 가련한 마음속에서 정열이 싹튼 것을 난들 어쩌겠는가? 그런데 나한테는 정말로 조금도 책임이 없는 것일까? 내가 혹시 그녀의 감정을 부추긴 것은 아닐까? 그녀가 종종 솔직하게 심중을 드러내면, 사실 별로 우스운 일이 아닌데도 절로 웃음이 나온다네. 내가 그런 솔직한 표현들을 즐긴 것은 아니었을까? 아니, 나는 그렇지 않았네. 아, 스스로를 한탄할 수 있는 인간은 어떤 존재인가! 사랑하는 벗이여, 내 앞으로는 더 좋은 사람이 되겠다고 자네한테 약속하네. 앞으로 더 좋은 사람이 되려네. 운명이 우리에게 베푸는 약간의 불행을 지금까지는 한없이 곱씹었는데, 이제는 그러지 않으려네. 현재의 것을 즐기고, 지난 일은 지난 일로 묻어 두려네. 이보게, 사람들은 무심한 현재를 참아 내기보다는 차라리 열심히 상상력을 발휘하여 지나간 불운의 기억을 되살린다는 자네 말이 백번 맞네. 인간이 왜 그렇게 만들어졌는지 누가 알겠는가! 자네 말대로, 만일 그렇지 않다면 사람들 사이의 고통은 훨씬 줄어들 걸세.

어머니께서 당부하신 일을 내가 지금 성심껏 처리하고 있으며 가능한 한 빠른 시일 안에 소식을 드릴 것이라고, 미안하지만 자네가 우리 어머니께 잘 말씀드려 주게. 그동안 아주머님하고 이야기를 나누어 보았는데, 우리 집에서 생각하는 것만큼 고약한 분이 아니셨네. 아주머니는 마음씨가 곱고 활달하고 격정적인 분이시라네. 우리 어머니께서 아직까지 유산 상속분을 받지 못해 걱정하신다고 소상히 말씀드렸더니, 아주머니께서는 그 이유와 경위를 설명해 주셨다네. 그리고 아주머니께서 원하는 조건을 말씀하셨는데, 그 조건만 맞으면 전부 내주겠다고 하셨네. 게다가 우리 측에서 요구하는 것보다 더 많이 줄 생각이시라네. 어쨌든 지금은 그 문제에 대해 더 이상 왈가왈부하고 싶지 않으니, 자네가 우리 어머니께 모든 일이 잘 풀릴 것이라고 말씀드려 주게. 이보게, 나는 이 사소한 일을 계기로, 이 세상에는 어쩌면 간계나 악의보다는 오해나 게으름이 더 많은 갈등을 빚어내는 것은 아닐까 새삼 생각했네. 적어도 간계와 악의가 더 드문 것만은 사실일세.

이곳에서 나는 아주 잘 지내고 있네. 이 낙원 같은 곳에서 외로움이 내 마음을 차분하게 달래 주고, 젊음의 계절이 종종 오들오들 떠는 내 마음을 온갖 풍요로움으로 따뜻하게 감싸 준다네. 나무와 덤불 하나하나가 모두 풍성한 꽃다발이라네. 나는 한 마리 풍뎅이가 되어 향긋한 내음의 바다 속을 떠돌며, 그 속에서 온갖 자양분을 얻고 싶어진다네.

도시 자체는 별로 마음에 들지 않지만, 그 주변의 자연경관이 이루 말할 수 없이 아름답네. 그래서 이미 세상을 떠난 M. 백작이, 서로 더없이 아름답고 변화무쌍하게 마주치며 정겨운 골짜기들을 만들어 내는 언덕들 가운데 하나에 정원을 가꿀 생각을 하지 않았겠는가. 그 정원은 참으로 소박하다네. 정원에 들어서자마자 전문적인 원예가가 아니라 그냥 마음 다감한 사람이 직접 즐기고 싶어서 정원을 설계했다는 걸 깨닫게 된다네. M. 백작이 생전에 즐겨 찾았고 지금은 내가 즐겨 찾는 쇠락한 작은 정자 안에서, 나는 고인이 된 백작을 애도하며 벌써 여러 번 눈물을 흘렸다네. 머지않아 내가 그 정원의 주인이 될 걸세. 이제 겨우 며칠밖에 되지 않았지만, 정원사가 나한테 호의적이라네. 내가 자주 찾아가도 나쁘게 여기지 않을 걸세.

5월 10일

요즈음 내 영혼은 감미로운 봄날 아침처럼 더없이 아름다운 명랑함에 휩싸여 있네. 나는 호젓하게 홀로 지내며 이 기분을 마음껏 누리고, 바로 나 같은 영혼을 위해 창조된 듯한 이곳에서의 삶을 즐긴다네. 이보게, 평온한 삶의 감정에 푹 빠져서 너무 행복하게 지내다 보니, 예술을 등한시하게 되네. 하지만 전혀 붓을 놀릴 수 없을 것 같은데도, 내가 요즘만큼 뛰어난 화가인 적은 없었을 걸세. 주변의 정다운 골짜기에서는 아지랑이가 피어오르고, 높이 뜬 태양은 울창한 숲 위를 맴돌고, 겨우 몇 줄기 햇살만이 숲 속의 깊고 성스러운 곳까지 스며든다네. 그러면 나는 졸졸 흘러내리는 냇가의 무성한 풀숲에 누워 있네. 그렇듯 지척에서 보면, 온갖 작은 풀들이 얼마나 신기해 보이는지 아는가. 풀줄기 사이의 작은 세계에서 오글오글 분주하게 움직이는 무수히 많은 작은 벌레들과 모기들의 수수께끼 같은 형체가 더욱 깊이 가슴을 울리고, 우리를 당신 모습 그대로 창조하신 전능하신 분, 우리를 영원한 환희 속에 떠돌게 하시는 그 대자대비하신 분의 숨결이 느껴진다네. 벗이여! 그러다 내 눈 언저리는 어스름해지고 주변의 세계와 하늘이 연인의 자태처럼 내 영혼 깊숙이 파고들면, 나는 종종 갈망에 떨며 생각한다네. 〈아아, 네 마음속에 이렇듯 뜨겁고 풍성하게 살아 넘치는 것을 재현해 낼 수 있다면! 종이에 다시 살려 낼 수 있다면! 그래서 네 영혼이 무한한 하느님의 거울이듯, 그것이 네 영혼의 거울이 되어 준다면!〉 벗이여, 그러나 나는 이런 생각 때문에 스러져 가네. 이 현상들의 웅장한 힘에서 헤어나지 못하네.

5월 12일

정령들이 이 고장을 떠돌며 사람의 눈을 현혹시키는 것인지, 아니면 내 마음속의 천상적인 열렬한 환상이 주변의 모든 것을 낙원처럼 보이게 하는지 알 수 없다네. 시내를 벗어나면 곧바로 샘물이 하나 나오는데, 나는 멜루지네[1] 자매들처럼 그 샘물의 마력에 사로잡혀 있네. 작은 언덕을 내려가면 둥근 아치가 있고, 거기서 다시 계단을 스무 칸쯤 내려가면 대리석 바위틈에서 그지없이 맑은 물이 솟아난다네. 샘물을 에워싼 나지막한 돌담, 샘터에 그늘을 드리우는 높다란 나무들, 서늘한 분위기, 이런 모든 것들이 신비스럽게 내 마음을 끌어당기네. 나는 날마다 한 시간가량 그 샘터에 앉아 있는데, 그러면 시내의 아가씨들이 물을 길러 온다네. 물 긷는 일이야말로 세상에서 더없이 소박한 일이고, 옛날에는 왕의 딸들도 손수 했던 긴요한 일이 아니겠는가. 거기 앉아 있으면, 착한 정령들이 우물가와 샘터를 떠돌고, 집안의 가장들이 샘터에서 만나 혼담을 나누는 가부장제에 대한 생각들이 눈앞에 생생하게 떠오른다네. 아아, 이런 것을 마음으로 느낄 수 없는 사람이 있다면, 틀림없이 여름날 땀을 뻘뻘 흘리며 먼 길을 걸은 후에 시원한 샘물로 원기를 돋우어 본 경험이 없는 사람일 걸세.

5월 13일

그러니까 자네가 나한테 책을 보내 주겠다는 말인가? 이보게, 제발 부탁이니, 책으로 날 괴롭히지 말게. 나는 더 이상 그 누구의 이끌림도 받고 싶지 않고 그 어떤 자극이나 격려도 원

---

1 프랑스에서 독일로 전해져 널리 퍼진 전래 동화에 등장하는 물의 요정.

하지 않네. 내 마음은 혼자서도 충분히 끓어오른다네. 나한테 지금 필요한 것은 끓어오르는 마음을 달래 줄 자장가인데, 그 것은 호메로스 안에 풍성하게 들어 있네. 내가 끓어오르는 피 를 얼마나 자주 자장가로 진정시키는지 아는가. 내 마음만큼 변덕스럽고 제멋대로 변하는 것은 또 없을 걸세. 사랑하는 벗 이여! 자네는 수심에 잠겨 있다가 금방 방탕하게 굴고 달콤한 우수에 젖어 있다가 금방 몹쓸 정열에 휩쓸리는 내 모습을 자 주 보지 않았는가. 그런 곤혹을 치른 자네에게 새삼 이런 말을 할 필요도 없을 걸세. 그리고 내가 내 마음을 병든 아이처럼 대 하는 것도 사실일세. 나는 내 마음이 제멋대로 흘러가게 내버 려 둔다네. 이런 말은 다른 누구에게도 전하지 말게. 이것을 나 쁘게 생각할 사람들이 있을 테니.

5월 15일

이곳의 순박한 서민들은 나하고 친하게 지내며 나를 사랑해 주는데, 특히 어린아이들이 나를 믿고 따른다네. 나는 슬픈 사 실을 하나 깨달았네. 내가 처음 그 사람들과 어울리며 친구처 럼 이런저런 일에 대해 물었을 때, 그 가운데는 자신들을 조롱 하는 것이라 생각하고 내게 퉁명스럽게 대한 이들이 몇 명 있 었다네. 그래도 나는 기분 나빠하지 않았으며, 다만 이미 여러 번 깨달은 사실을 한 번 더 절실하게 느꼈을 뿐일세. 혹시라도 일반 서민들과 가깝게 지내면 손해라도 보는 양 항상 냉정하게 거리를 유지하려 드는 계층의 사람들이 있네. 게다가 스스로

낮추는 척 굴면서 불쌍한 서민들에게 자신들의 오만불손을 더욱 혹독하게 상기시켜 주는 천박한 인간들과 고약한 익살꾼들도 있네.

물론 나도 우리 처지가 같지 않고 또한 앞으로도 같아질 수 없으리란 건 잘 아네. 하지만 존경받기 위해서는 이른바 서민이라고 불리는 사람들과 거리를 유지해야 한다고 믿는 사람들이 있는데, 그런 사람들은 적에게 패배할 것을 두려워해서 미리 몸을 숨기는 겁쟁이와 마찬가지로 비난받아 마땅하다네.

최근에 나는 그 샘터에 갔다가, 물동이를 맨 아래 계단에 내려놓고서 혹시라도 머리에 이는 걸 도와줄 다른 처녀가 오지는 않나 주변을 두리번거리는 젊은 하녀를 보았네. 그래서 층계를 내려가 그 하녀에게 물었다네.

「아가씨, 내가 도와줄까요?」

그 하녀는 얼굴이 새빨개지면서 대답하였다녀.

「어머, 아닙니다, 나리!」

「사양하지 마시오.」

하녀가 머리 위에 똬리를 반듯이 놓았고, 나는 물동이 이는 것을 도와주었네. 하녀는 고마워하며 층계를 올라갔다네.

5월 17일

나는 이런저런 다양한 사람들을 사귀었지만, 마음을 터놓을 만한 친구는 아직까지 찾아내지 못하였네. 나한테 무슨 매력이 있는지는 모르겠지만, 많은 사람이 나를 좋아하고 믿고 따른다

네. 그런데 우리의 행로가 잠시 마주쳤다 곧 다시 헤어질 것을
생각하면 벌써 마음이 아프네. 이곳 사람들이 어떠냐고 묻는다
면, 세상 어느 곳에서나 사람 사는 것은 똑같다고 대답할 수밖
에 없을 걸세. 인류는 단조로운 존재일세. 대부분의 사람들은
먹고사는 데 많은 시간을 소모하고, 약간의 자유로운 시간이
주어지면 겁을 집어먹고 거기서 벗어나려고 온갖 수단을 강구
한다네. 오, 인간의 운명이여!

　하지만 그들은 참으로 착한 사람들이라네! 나는 이따금 나
자신을 잊고서, 인간에게 아직 남아 있는 기쁨을 그들과 더불
어 누린다네. 깔끔하게 차려진 식탁에서 솔직한 마음으로 흉금
없이 농담을 주고받고, 함께 어울려 마차를 타고 주변을 돌아
다니거나 흥에 겨워 무도회를 열다 보면, 나한테도 참으로 좋
다네. 다만 이용되지 않은 채 곰팡이 슬어 가는 힘들이 내 안에
많이 숨어 있다는 사실을 떠올려서는 안 되네. 나는 다른 사람
들 눈에 보이지 않도록 그 힘을 조심스럽게 숨겨야 한다네. 아
아, 그것이 내 마음을 너무 답답하게 짓누른다네. 하지만 오해
받는 것은 우리 같은 사람의 운명일세.

　아아, 내 청춘의 여자 친구는 이미 세상을 떠나고 없다네! 아
아, 예전엔 그녀와 그리도 다정하게 지냈건만! 나 같은 어리석
은 바보가 또 있을까. 이 지상에서 찾을 수 없는 것을 찾다니!
하지만 나는 정말로 그녀를 소유했었고, 그 숭고한 영혼과 마음
을 느꼈었네. 그 영혼 곁에서는 나한테 주어진 전부를 발휘할
수 있었기 때문에, 원래의 나보다 한결 더 풍성하게 느껴졌었
네. 아아! 그때는 내 영혼의 모든 힘이 남김 없이 깨어나지 않
았던가? 그녀 앞에서 내 불가사의한 감정이 활짝 꽃피어나 자

연을 휘감지 않았던가? 우리의 만남은 참으로 섬세한 느낌과 예리한 오성의 영원한 엮임이 아니었던가? 그것은 어떤 형태로 나타나든 — 때로는 기이하게 보이는 것까지도 — 모두 창조적인 정신의 산물이라는 도장이 찍혀 있지 않았던가? 그런데 이제, 아아! 그녀가 나보다 먼저 이 세상에 태어났기에 나보다 먼저 저세상으로 떠나 버렸다네. 나는 결코 그녀를 잊지 않을 걸세, 그 단호한 성품과 숭고한 인내심을.

며칠 전에 나는 V.라는 젊은이를 만났네. 용모가 준수하고 솔직한 사람이었는데, 이제 막 대학 공부를 마쳤다네. 스스로 지혜롭다고는 여기지 않지만, 다른 사람들보다 많이 안다고 자부하는 젊은이일세. 그리고 사실 나도 그 젊은이가 부지런히 배웠다는 것을 여러모로 느낄 수 있었다네. 그러니까 간단히 말하면, 이것저것 아는 것이 꽤 많은 젊은이였네. 내가 그림을 그리고 그리스어에 능통하다는 말을 듣고서(이 나라에서는 이 두 가지가 보기 드문 진기한 일이지 않은가) 일부러 찾아온 것일세. 그러고는 바퇴[2]에서 우드[3]까지, 드 필[4]에서 빙켈만[5]까지 아는 것을 죄다 펼쳐 놓았으며, 줄처[6] 이론의 1부를 깊이 정독하고 하이네[7]의 고전 연구 원고를 가지고 있다고 장담하였네. 나는 그러려니 하고 가만히 듣고만 있었네.

2 Charles Batteux(1713~1780). 프랑스의 미학가.
3 Robert Wood(1716~1771). 영국의 예술 평론가.
4 Roger de Piles(1635~1709). 프랑스의 화가, 미술 평론가.
5 Johann Joachim Winckelmann(1717~1768). 독일의 미학가, 고고학자.
6 Johann Georg Sulzer(1720~1779). 스위스 출생의 독일 미학가, 도덕 철학자.
7 Christian Gottlob Heyne(1729~1812). 독일의 고대언어 학자.

또 무척 성실한 분도 한 분 알게 되었다네. 제후의 행정관인데, 솔직하고 충직한 분일세. 사람들 말로는, 그분이 자녀들에에워싸인 모습을 보면 마음이 저절로 즐거워진다고 하더군. 슬하에 자녀가 모두 아홉인데, 특히 맏딸에 대한 칭송이 자자하다네. 그 행정관에게 집에 놀러 오라는 초대를 받은 터라서, 일간 한번 찾아가 볼 생각일세. 그분은 여기에서 한 시간 반 정도 떨어진 제후의 사냥용 별장에서 살고 있네. 부인이 세상을 떠난 후에 이곳 시내의 행정관 사택에서 지내는 것이 너무 마음 아파서, 그곳으로 이사해도 좋다는 허락을 받아 냈다네.

그 밖에 정말 견디기 어려운 꼴사나운 인물도 몇 명 만났네. 무엇보다도 그런 사람들이 친한 친구인 양 구는 것이 참기 어렵네.

잘 있게! 이 편지가 자네 마음에 들 걸세. 이리저리 덧붙이거나 꾸미지 않고 사실만을 보고하는 편지일세.

5월 22일

인생이 한낱 꿈에 지나지 않는다고 생각한 사람들이 많이 있었고, 나도 언제나 그런 느낌을 안고 살아왔네. 인간이 제아무리 부지런히 일하고 열심히 연구하더라도 한계에서 벗어나지 못하며, 인간의 모든 활동이 결국 가련한 존재를 연명하기 위한 욕구 충족으로 귀결되는 것을 보게나. 그리고 뭔가를 조금 밝혀냈다고 기뻐하는 것은, 모든 것을 체념하고 방 안에 갇혀 지내면서 사방의 벽들을 형형색색으로 밝고 화려하게 칠하는 것과 같지 않겠는가. 빌헬름, 이런 모든 것이 나를 침묵하게 만드네. 나는 나 자신 속으로 침잠하여 거기서 세상을 발견한다네! 그 세상은 명백한 표현과 생생한 힘보다는 예감과 모호한 욕망으로 나타나네. 모든 것이 아련히 아물거리고, 나는 꿈꾸면서 그 세상을 향해 미소 짓는다네.

아이들은 무엇인가를 원하면서 무엇 때문에 그것을 원하는지 스스로 모른다고 박학한 학교 교사들과 가정교사들은 이구동성으로 말한다네. 그러나 어른들도 아이들처럼 이 지상에서 비틀비틀 헤매며, 자신들이 어디서 와서 어디로 가는지 모른다네. 또한 참된 목적을 좇아서 행동하기보다는 비스킷이나 케이크나 자작나무 회초리에 좌우되는 것도 아이들과 마찬가지일세. 아무도 이런 말을 믿고 싶지는 않겠지만, 나는 이것이야말로 명명백백한 사실이라고 생각하네.

자네가 이 말에 대해서 뭐라고 대답할지도 잘 아네. 틀림없이 자네는 어린아이들처럼 태평스럽게 하루하루 살아가고, 인형을 안고 다니며 옷을 입혔다 벗겼다 하고, 엄마가 달콤한 비스킷을 감추어 둔 서랍 주변을 슬그머니 어슬렁거리고, 그러다 마침내 원하는 것을 양 볼 가득히 우물거리며 〈더 줘!〉라고 외치는 사람들이 제일 행복한 자들이라고 말할 걸세. 나도 자네 말이 옳다고 인정하네. 그들은 행복한 피조물들일세. 또한 자신들의 하찮은 일이나 정열에 웅장한 이름을 부여하고서, 인류의 구원과 행복을 위해 대단한 활약이라도 하는 양 내세우는 사람들도 복 받은 자들이지. 그렇게 할 수 있는 사람은 복되도다! 그러나 그런 일들이 결국 어디에 이르는지 겸허하게 인식하는 사람들도 있네. 복 받은 시민들이 얼마나 성실하게 자신의 작은 정원을 낙원으로 가꾸려 노력하고, 무거운 짐에 짓눌리는 불행한 사람들은 얼마나 끈기 있게 고군분투하고, 너나 할 것 없이 모두 햇빛을 다만 1분이라도 더 보기 위해 얼마나 애쓰는지 눈으로 보는 사람 말일세. 그렇네, 그런 사람은 말없이 자신 안에서 자신의 세계를 만들어 내며, 인간으로 태어난 것을 행복해한다네. 그리고 아무리 속박당할지라도, 자유의 달콤한 감정을 언제나 마음속에 품고 사네. 스스로 원하면 언제든지 이 감옥에서 벗어날 수 있다는 것을 안다네.

5월 26일

내가 원래 어디 한 곳에 자리 잡고 머무르기 좋아하는 성격인 것은 자네도 옛날부터 잘 알지 않는가. 나는 어디 아늑한 곳의 작은 오막살이에서 단출하게 지내는 것이 좋네. 이곳에서도 내 마음에 꼭 드는 장소를 찾아냈다네.

시내에서 한 시간 남짓 떨어진 곳에 발하임[8]이라고 불리는 마을이 있는데, 언덕 위에 자리 잡은 마을의 풍광이 참으로 인상적이라네. 마을을 향해서 오솔길을 걷다 보면, 갑자기 한눈에 환히 골짜기가 보인다네. 나이에 비해 활기차고 상냥하고 마음씨 좋은 주모가 직접 포도주나 맥주, 커피를 따라 준다네. 무엇보다도 교회 앞에 농가와 광, 마당으로 둘러싸인 작은 광장이 있는데, 그곳에 무성한 가지들로 그늘을 드리우는 보리수

8 편지에 써 있는 원래의 마을 이름을 부득이하게 바꾸지 않을 수 없었으니, 독자들은 이런 이름의 장소를 찾으려고 굳이 애쓰지 말라 ─ 원주.

나무 두 그루가 무척 마음에 드네. 그렇듯 아늑하고 정다운 곳은 흔하지 않을 걸세. 나는 주막의 작은 탁자와 의자를 그곳으로 내오게 해서, 커피를 마시며 호메로스를 읽는다네. 내가 어느 화창한 날 오후에 우연히 처음으로 그 보리수나무 아래 이르렀을 때, 그 작은 광장은 참 고적하였네. 모두 들판에 나가 일하는 중이었고, 네 살가량의 한 소년만이 생후 6개월쯤 되어 보이는 아기를 두 발 사이에 끼고 땅바닥에 앉아 있었네. 두 팔로 아기를 가슴에 꼭 껴안고서, 뒤에서 마치 소파처럼 받쳐 주었네. 새까만 두 눈이 생기 넘쳤는데도 아주 조용히 앉아 있었다네. 그 광경은 내 마음을 즐겁게 해주었고, 나는 맞은편의 쟁기 위에 앉아서 무척 흐뭇한 마음으로 그 형제의 모습을 종이에 그렸네. 바로 옆의 울타리와 창고의 문, 부서진 수레바퀴 몇 개, 뒤편에 어우러져 있는 것들도 전부 그대로 그려 넣었다네. 한 시간쯤이 지나자 나는 내 생각을 조금도 덧붙이지 않고서도 무척 흥미롭고 보기 좋은 그림을 그려 내었네. 그것은 앞으로 오로지 자연에만 의지하려는 내 결심을 더욱 굳게 해주었다네. 자연만이 무한히 풍요롭고, 자연만이 위대한 예술가를 만들어 준다네. 시민사회를 칭송하듯이, 예술의 규범에도 많은 장점이 있다고 말할 수 있을 걸세. 예의범절과 법규를 준수하는 사람은 결코 꼴사나운 이웃이나 흉악한 악한이 될 수 없듯이, 예술의 규범을 좇는 사람은 결코 졸렬한 것이나 조악한 것은 만들어 내지 않네. 그 대신 누가 뭐라 말하든, 모든 규범이 자연의 진실한 감정과 진실한 표현을 파괴하는 것도 사실일세! 〈그것은 너무 심한 말일세! 규칙은 다만 지나치게 우거진 덩굴을 잘라 내고 제한할 뿐이네.〉 자네는 이렇게 말할 걸세. 이보게, 내 비유를 한번 들어 볼 텐가? 그것은 말하자면 사랑과 같은 것일세. 어느 젊은이가 아가씨에게 푹 빠져서, 온종일 그 아가씨만 쫓아다니고, 모든 힘과 전 재산을 바쳐서 자신이 얼마나 헌신적인가를 매 순간 표현한다고 하세. 그러자 공직에 있는 어느 고루한 남자가 그 젊은이를 찾아와 말하네. 〈이보시오, 젊은 신사 양반! 사랑은 인간적인 것이니 인간적으로 사랑해야 하오. 그대의 시간을 잘 쪼개어 일부는 일하는 데 바치고, 나머지 휴식 시간은 그대의 아가씨에게 바치시오. 그대의 재산을 잘 헤아려서, 생활에 쓰고 남은 돈이 있으면 그것으로 아가씨에게 선물을 사주시오. 나도 그것에는 반대하지 않소. 다만 너무 자주는 말고, 이를테면 생일이나 영명축일 같은 날에만 선물하시오.〉 그 고루한 남자는 이런 등등의 말을 늘어놓을 걸세. 그 젊은이가 이 말을 좇으면 유용한 사람이 될 것이고, 나라도 나서서 그 젊은이를 관리로 등용하라고 모든 제후에게 추천할 걸세. 다만 그렇게 되는 경우에 그 젊은이의 사랑은 끝이고, 예술가인 경우에는 예술이 끝일세. 오, 나의 벗들이여! 창조적인 정신의 물살은 어찌 이다지도 분출하기가 어렵단 말인가? 밀물처럼 도도히 넘쳐 나와 그대들의 영혼을 뒤흔들기가 어찌 이다지도 어렵단 말인가? 사랑하는 벗들이여! 그 물길의 양편 기슭에는 침착한 신사들이 살고 있어서, 정자와 튤립 꽃밭과 채소밭이 자칫 물살에 휩쓸려 가지 않도록, 미리미리 둑을 쌓고 배수로를 뚫어 앞으로 닥칠지 모를 재난을 예방할 줄 안다네.

5월 27일

내가 너무 흥분해서 비유를 늘어놓고 열변을 토하는 바람에, 그 뒤로 아이들이 어떻게 되었는지 마저 이야기하는 것을 깜박 잊고 말았네. 내가 어제 편지로 자네에게 잠깐 운을 띄웠듯이, 아마 두 시간쯤 쟁기 위에 앉아서 그림 그리는 데 열중해 있었을 걸세. 그러다 저녁 무렵, 바구니를 팔에 낀 젊은 여인이 그동안 꼼짝 않고 앉아 있던 아이들에게로 달려오며 멀리서부터 외쳤다네.

「필립스, 정말 착하구나.」

그 여인은 나한테도 인사를 건넸으므로, 나는 인사에 답례하고서 가까이 다가가 아이들의 어머니냐고 물었네. 여인은 그렇다고 대답한 뒤, 큰아이에게 길쭉한 빵을 반절 떼어 주고는 작은아이를 안아 올려 더없이 자애로운 어머니의 사랑으로 입 맞추었네.

「저는 필립스에게 아기를 맡겨 놓고서, 맏이를 데리고 점토로 빚은 죽 냄비하고 흰 빵, 설탕을 사러 시내에 갔다 오는 길이에요.」

여인은 말하였네. 뚜껑이 떨어져 나간 바구니 안에 그 물건들이 담겨 있었네.

「저녁에 우리 한스(막내 아이의 이름이 한스일세)에게 수프를 끓여 줄 생각이에요. 어제 칠칠치 못한 큰아이가 필립스하고 냄비에 눌러 붙은 죽 누룽지를 서로 먹겠다고 다투다 그만 죽 냄비를 깨뜨렸답니다.」

나는 맏이가 지금 어디 있냐고 여인에게 물었네. 여인이 맏이는 지금 풀밭에서 거위들을 쫓아다닌다고 대답하자마자, 어디선가 맏이가 뛰어와 둘째아이에게 개암나무 회초리를 주었네. 여인하고 좀 더 이야기를 나누다 보니, 나는 여인의 부친이 학교 교사이고 남편은 지금 사촌 형제의 유산을 받으러 스위스에 갔다는 것을 알게 되었다네.

「그 사람들이 남편을 속이고 유산을 가로채려 했어요.」

여인은 말하였네.

「제 남편이 여러 번 편지를 보냈는데도 한 번도 답장을 하지 않았어요. 그래서 할 수 없이 남편이 직접 그곳으로 떠났어요. 아직까지 남편한테서 아무런 소식도 받지 못했는데, 제발 무슨 나쁜 일이 일어나지 않았으면 좋겠어요.」

나는 그 여인하고 그대로 헤어지기가 섭섭해서 아이들에게 1크로이처씩 나누어 주었네. 막내 몫으로도 1크로이처를 여인에게 주며, 다시 시내에 나가게 되면 수프에 곁들여 먹일 빵을 사 오는 데 쓰라고 말하였네. 우리는 그렇게 작별 인사를 나누고 헤어졌다네.

소중한 벗이여, 솔직히 말해서 내 마음이 더 이상 버틸 수 없을 것 같을 때, 삶의 작은 테두리 안에서 행복하고 침착하게 움직이는 사람들을 보면 나는 혼란이 덜어진다네. 하루하루를 그럭저럭 살아가고, 나뭇잎이 떨어지는 것을 보면 오로지 겨울이 다가온다는 생각만을 하는 사람들 말일세.

그때 이후로 나는 교외의 그곳을 자주 찾아간다네. 아이들도 나하고 아주 친해져서, 내가 커피를 마시면 설탕을 나누어 먹고, 저녁에는 버터 빵과 발효 우유를 함께 먹는다네. 그리고 일요일에는 나한테서 꼬박꼬박 1크로이처씩 선물을 받는데,

내가 어쩌다 예배 시간 후에 그 자리에 없는 경우에는 나 대신 아이들에게 돈을 나누어 주라고 주모에게 부탁해 둔다네.

아이들은 나하고 흉허물이 없어져서 온갖 이야기를 들려준다네. 특히 마을의 다른 아이들이 모여들면 나를 독차지하려고 욕심 부리며 흥분하는 모습이 무척 즐겁네.

나는 아이들이 신사 분을 귀찮게 한다고 걱정하는 어머니를 간신히 안심시켰다네.

5월 30일

일전에 내가 자네한테 그림에 대해 말한 것은 물론 시문학에도 해당된다네. 즉 본질적인 것을 파악해서 과감하게 표현하려고 시도해야 하네. 그러면 당연히 적은 것으로도 많은 것을 말할 수 있네. 오늘, 나는 아주 인상적인 광경을 체험하였는데, 그것을 있는 그대로 묘사한다면 세상에서 가장 아름다운 전원시가 될 걸세. 하지만 문학이나 배경이나 전원시가 - 대체 무슨 소용이 있단 말인가? 우리가 자연현상에 관심을 가지게 되는 경우라면 굳이 꼭 인위적으로 이리저리 다듬을 필요가 있겠는가?

내가 이렇듯 서론을 거창하게 늘어놓는 것을 보고, 자네가 여기서 고상하고 고매한 것을 기대한다면 또다시 크게 착각한 것일세. 이토록 절실하게 내 관심을 사로잡은 사람은 다름 아닌 시골 총각이라네. 나는 여느 때처럼 또 두서없이 이야기할 것이고, 자네는 여느 때처럼 또 내가 지나치게 과장한다고 여길 걸세. 이번에도 발하임에서 있었던 일일세. 발하임에서는 언제나 이런 보기 드문 일이 일어난다네.

사람들이 보리수나무 아래에 둘러앉아 커피를 마셨는데, 나는 그 자리에 별로 어울리지 않는 듯해서 핑계를 대고 뒤로 물러났네.

그때 한 젊은 총각이 이웃집에서 나오더니, 내가 며칠 전에 그 위에 앉아서 그림을 그렸던 쟁기를 만지작거리며 분주하게 움직였네. 나는 그러는 거동이 마음에 들어서, 총각에게 말을 걸어 이것저것 물어보았네. 우리는 금세 사귀었고, 또 그런 부류의 사람들과는 항상 그렇듯이 금세 친해졌다네. 총각은 자신이 어느 과붓집에서 일하는데, 그 과부에게 후한 대접을 받는다고 말하였네. 그 과부에 대한 이야기를 많이 하고 또 칭송이 자자한 것으로 보아, 그 과부를 진심으로 좋아한다는 사실을 금방 알 수 있었다네. 그 여인은 이제 젊은 나이가 아니며, 첫 번째 남편에게 하도 박대를 받은 터라 더 이상 결혼할 생각이 없다고 총각은 말하였네. 이런 이야기를 듣고 있는 동안, 총각이 그 과부를 얼마나 아름답고 매력적인 여인으로 여기며, 자신을 선택해서 첫 번째 남편에 대한 나쁜 기억을 지워 버릴 수 있기를 얼마나 진심으로 바라는지 뚜렷이 느껴졌네. 내가 그 사람의 순수한 연정과 사랑과 신의를 자네한테 생생하게 전달하려면, 말 한마디 한마디를 그대로 옮겨야 할 걸세. 그렇다네, 그 몸짓의 표현, 목소리의 조화, 눈빛의 은밀한 불꽃을 생생하게 묘사하려면, 더없이 위대한 시인의 재능을 지녀야 할 걸세. 아니, 이 세상의 그 어떤 말로도 그 총각의 몸짓과 표정과 말투에 배어 있던 다정함을 표현할 수는 없네. 내가 어떤 말로 표현하더라도 전부 어설플 걸세. 특히 내가 두 사람의 관계를 못마땅하게 여기고 혹시라도 과부의 행실을 의심하지 않을까 염려하는 총각의 모습이 마음에 깊이 와 닿았네. 젊음의 매력 없이도 강렬하게 끌어당기는 여인의 자태와 몸매에 대해 말하는 총각의 모습이 얼마나 보기 좋은지, 오로지 영혼 깊은 곳에서만 그 모습을 되살려 볼 수 있을 걸세. 나는 그토록 순수하게 불타오르는 간절한 욕망과 애타는 갈망은 처음 보았네. 아니, 지금껏 실로 생각해 본 적도 없고 꿈꾸어 본 적도 없다고 말할 수 있을 걸세. 그 순수하고 진실한 모습을 떠올리면 내 영혼이 뜨겁게 달아오르고, 그 헌신적이고 다정한 모습이 내 뇌리를 떠나지 않으며, 내가 마치 그것에 불붙은 양 그리움과 갈망에 떤다고 말하더라도 날 너무 나무라지 말게.

　나는 가능한 한 빠른 시일 안에 직접 내 눈으로 그 여인을 한번 보려 하네. 아니, 깊이 생각해 보면, 차라리 만나지 않는 편이 더 나을지도 모르지. 연인의 눈을 통해서 보는 편이 더 낫네. 직접 내 눈으로 보게 되면, 지금 머릿속에 떠오르는 것과는 전혀 다를 수 있지 않겠는가. 무엇 때문에 굳이 이 아름다운 영상을 망가뜨리겠는가.

6월 16일

　왜 편지를 쓰지 않느냐고 묻는 겐가. 자네가 그런 걸 물으면서도 많이 배운 사람이라고 할 텐가. 내가 어련히 잘 지내리라고 충분히 추측할 수 있었을 걸세. 그러니까…… 간단히 말해서, 내 마음을 깊이 파고드는 사람을 사귀었네. 나는…… 아니,

잘 모르겠네.

어쩌다 그렇듯 사랑스러운 사람을 사귀게 되었는지 조리 있게 이야기하기는 어려울 걸세. 나는 그저 즐겁고 행복할 뿐, 사실을 정확하게 기술하는 역사가가 아닐세.

천사……! 흥! 누구나 자신의 여자에 대해서는 그렇게 말한다네. 그렇지 않은가? 하지만 그녀가 얼마나 완벽하고 또 어째서 완벽한지 나는 말로 표현할 수 없다네. 그녀가 내 마음을 송두리째 사로잡았다는 것만으로 충분하네.

그렇듯 현명하면서도 그렇듯 소박하고, 그렇듯 단호하면서도 그렇듯 마음씨 곱고, 그렇듯 활기차고 분주하게 움직이면서도 그렇듯 마음이 평온하다니.

이런 말들은 전부 조잡한 수다일 뿐이고, 그녀의 진실한 면모를 제대로 표현하지 못하는 거북살스럽고 공허한 말에 지나지 않네. 다음에 기회가 닿으면…… 아니, 아닐세, 다음 기회가 아니라 지금 당장 이야기하려네. 지금 이야기하지 않으면 다시는 이야기할 기회가 없을 걸세. 자네한테만 하는 말이지만, 내가 편지를 쓰기 시작하고 나서 벌써 세 번이나 펜을 내려놓으려고 했기 때문일세. 말을 타고 외출하고 싶어서 말이네. 하지만 사실 오늘은 외출하지 않기로 아침 일찍 굳게 다짐한 터라네. 그런데도 해가 아직 높이 떠 있는지 보려고 수시로 창가로 달려간다네…….

나는 도저히 마음을 다스리지 못하고서 그녀에게 달려갈 수밖에 없었네. 빌헬름, 이제 다시 집에 돌아와서 저녁 식사로 버터 빵을 먹으며 자네에게 편지를 쓰고 있네. 생기발랄한 사랑스러운 아이들, 여덟 명의 형제자매에 둘러싸인 그녀의 모습을 보고 있으면, 내 영혼이 얼마나 환희에 넘치는지 아는가!

내가 계속 이런 식으로 나가면, 자네는 도대체 무슨 영문인지 끝까지 모를 걸세. 그러니 내 지금부터 상세하게 이야기해 보려고 노력할 테니 잘 듣게나.

내가 얼마 전에 행정관 S.라는 사람을 알게 되었고, 그 행정관에게서 자신의 은둔처, 아니 작은 왕국이라고 불려야 마땅할 집으로 한번 놀러 오라는 초대를 받았다고 편지에 썼을 걸세. 나는 그 약속을 차일피일 뒤로 미루었네. 그리고 그 조용한 곳에 숨겨져 있는 보물을 우연히 발견하지 못했더라면 아마 결코 거기에 찾아가지 않았을 걸세.

우리 젊은 사람들이 시골에서 무도회를 열었다네. 나도 선선히 함께 참여하기로 하고서, 착하고 예쁘긴 하지만 그 밖에는 별로 눈길을 끌지 못하는 이곳 출신의 한 아가씨에게 춤 파트너가 되어 달라고 신청하였네. 내가 마차를 빌려서, 그 아가씨와 그 아가씨의 고모를 무도회가 열리는 곳에 데려가기로 약조가 되었네. 우리는 가는 도중에 샤를로테 S.도 함께 데려가기로 하였네.

「이제 아름다운 아가씨를 만나게 될 거예요.」

마차가 나무를 간벌한 넓은 숲을 지나서 사냥용 별장을 향해 갈 때, 내 춤 파트너가 말하였네.

「사랑에 빠지지 않도록 조심하세요!」

그러자 그 고모가 덧붙였네.

「그게 무슨 말입니까?」

나는 물었네.

「벌써 약혼자가 있답니다.」

고모가 대답하였네.

「무척 성실한 남자인데, 지금 부친이 돌아가셔서 여러 가지 일도 처리할 겸 또 좋은 일자리도 알아볼 겸 여행 중이랍니다.」

나는 그 말을 한 귀로 듣고 한 귀로 흘렸네.

해가 산 너머로 종적을 감추기 15분 전쯤, 우리는 별장 정문 앞에 이르렀다네. 무척 후덥지근한 날씨였고, 지평선 주변에 물기를 머금은 우중충한 잿빛 구름 조각이 모여 있는 듯 보여서, 여자들은 뇌우가 몰려오지 않을까 우려하였네. 나 역시 사실은 우리의 즐거움에 영향을 끼치지 않을까 은근히 걱정되었지만, 날씨에 대해 잘 아는 척 굴면서 여자들의 두려움을 무마하려 들었네.

내가 마차에서 내리자 하녀 한 명이 문으로 달려 나와, 로트헨 아가씨가 곧 나올 테니 잠시만 기다려 달라고 우리에게 부탁하였네. 나는 뜰을 가로질러서, 모양새 좋게 지어진 집을 향해 걸음을 옮겼네. 집 앞의 층계를 올라가 현관문 안에 들어섰을 때, 생전 처음 보는 매혹적인 광경이 눈앞에 펼쳐졌다네. 현관 앞 방에서 두 살부터 열한 살까지의 아이들 여섯 명이 아리따운 자태의 아가씨를 에워싸고 있었네. 아가씨는 보통 키였고 팔과 가슴에 분홍색의 리본이 달린 수수한 흰색 옷을 입고 있었는데, 흑빵을 손에 들고서 자신을 둘러싼 아이들에게 각자의 나이와 입맛에 알맞게 한 조각씩 잘라 주었네. 아이들 한 명 한 명에게 무척 다정하게 빵을 건네주었는데, 아이들은 빵이 잘라지기도 전에 앙증맞은 손을 높이 쳐들고서 천진난만하게 〈고맙습니다!〉라고 외쳤다네. 그러고는 저녁 식사로 먹을 빵을 손에 들고서 만족스러운 표정으로, 자신들의 로테가 타고 갈 마차와 낯선 사람들을 보려고 정문을 향해 뛰어가든지, 아니면 성격이 조용한 아이는 침착하게 걸었네.

「이렇게 집 안까지 들어오는 수고를 끼치게 하고, 또 아가씨들을 밖에서 기다리게 해 정말 미안해요.」

그녀는 말하였네.

「제가 집을 비울 것을 대비해 이런저런 집안일을 정돈하고 또 옷을 갈아입다 보니, 아이들에게 저녁 식사로 빵 주는 것을 깜박 잊었답니다. 아이들이 원래 제 손으로 잘라 주는 빵 아니면 받아먹지를 않아요.」

나는 그녀에게 의례적으로 뭐라 말하였지만, 내 영혼은 그 모습과 목소리와 몸놀림에 사로잡혀 있었네. 그녀가 장갑과 부채를 가지러 거실로 달려갔을 때야, 간신히 충격에서 벗어날 여유가 생겼지 뭔가. 어린애들이 조금 옆으로 떨어져서 나를 바라보았고, 나는 제일 귀엽게 생긴 막내둥이에게로 다가갔네. 아이가 막 뒷걸음질치려는데, 마침 로테가 거실에서 나오며 말하였다네.

「루이, 친척 아저씨하고 악수하렴.」

그러자 소년은 스스럼없이 나한테 손을 내밀었네. 소년의 작은 코에서 콧물이 줄줄 흐르는데도, 나는 소년에게 진심으로 입 맞추지 않을 수 없었다네.

「친척 아저씨라고요?」

나는 그녀에게 손을 내밀며 말하였네.

「제가 당신과 친척 관계라는 행운을 누릴 자격이 있다고 믿으십니까?」

「어머, 우리의 친척 관계는 아주 넓답니다.」

그녀는 장난스럽게 살짝 미소를 지으며 대답하였네.

「당신이 그중에서 제일 고약한 경우라면, 유감이에요.」

로테는 집을 나서면서, 열한 살가량 되어 보이는 제일 큰 여동생 소피에게 아이들을 잘 돌보고 있고, 또 말 타고 산책 나가신 아빠가 집에 돌아오시면 잘 맞으라는 임무를 맡겼네. 그리고 좀 더 나이가 어린 아이들에게는 소피를 자신처럼 생각하고 말을 잘 들으라고 이르자, 아이들 두세 명이 알았다고 큰 소리로 약속하였네. 그러나 여섯 살가량의 작은 금발 여자아이가 조금 잘난 척하며 말하였다네.

「하지만 소피 언니는 로트헨 언니가 아니야. 우리는 로트헨 언니가 훨씬 더 좋아.」

제일 나이 많은 사내아이 두 명이 마차 뒤로 기어올랐네. 내가 나서서 중재하자, 로테는 소년들이 장난치지 않고 꼭 붙잡고 있겠다고 약속하면 숲이 끝나는 곳까지 함께 타고 갈 수 있다고 허락하였네.

우리가 자리에 앉고 나서, 여자들은 서로 반갑게 인사를 나누었네. 그리고 옷과, 특히 모자에 대해 서로 의견을 주고받고 무도회에서 만나게 될 사람들을 호되게 혹평하는 말이 끝나자마자, 로테가 마차를 세워 두 형제를 내리게 했다네. 두 소년은 누이의 손에 기어이 한 번 더 입을 맞추고 싶어 했네. 큰아이는 열다섯 살의 소년답게 아주 다정스레 입을 맞추었고, 동생은 성급하게 슬쩍 입을 맞추었네. 로테가 어린 동생들에게 한 번 더 인사를 전하라고 말한 후에, 마차는 다시 출발하였네.

내 춤 파트너의 고모가 자신이 얼마 전에 보내 준 책을 다 읽었느냐고 로테에게 물었다네.

「아니요, 책이 별로 마음에 들지 않아요.」

로테는 대답하였네.

「책을 그냥 돌려 드릴게요. 지난번 책도 비슷했어요.」

나는 그것이 어떤 책들이냐고 물었고, 이러저러한[9] 책들이라는 로테의 대답을 듣고서 내심 깜짝 놀랐다네. 그녀가 하는 모든 말에서 성격이 분명한 사람이라는 것을 알 수 있었네. 말 한마디 한마디 할 때마다 그 얼굴에서 정신의 광채와 매력이 새롭게 발산되었네. 게다가 내가 자신을 이해한다고 느꼈기 때문에, 그 광채는 더욱 만족스럽게 빛을 발하는 듯 보였다네.

「제가 더 어렸을 때는 사실 소설만큼 좋아한 것이 없었어요.」

로테는 말하였네.

「일요일에 한쪽 구석에 앉아서 미스 제니[10]의 행복과 불운을 온 마음으로 함께 나누면 얼마나 즐거웠는지 몰라요. 지금도 그런 종류의 책에 어느 정도 마음이 끌리는 것을 부정하지 않겠어요. 하지만 이제는 책을 읽을 기회가 드문 만큼, 제 취향에 꼭 맞는 책을 골라 읽고 싶어요. 저는 제 주변과 비슷한 세계를 그리는 작가가 제일 좋아요. 제 주변에서와 같은 일들이 일어나고 제 가족의 삶처럼 흥미롭고 정이 넘치는 이야기를 묘사하는 작가 말이에요. 우리의 삶이 물론 낙원은 아니겠지만, 전체적으로

9 사실 주관이 확고하지 못한 변덕스러운 젊은이나 아가씨 하나의 판단에 크게 마음 쓸 작가는 없겠지만, 행여 조금이라도 다른 사람의 심기를 상하는 일이 없도록 편지의 이 부분을 삭제할 수밖에 없다고 본다 ― 원주.

10 당시 인기 있었던 프랑스의 여류 작가 마리 잔 리코코니(1714~1792)의 감상적인 소설의 여주인공 제니라고 추정된다.

보아서 이루 말할 수 없는 행복의 원천을 이룬답니다.」

나는 이 말에 깊은 감동을 받은 내색을 하지 않으려고 애썼지만, 물론 오래 가지는 않았네. 로테가『웨이크필드의 시골 목사』[11]와 ***[12]에 대해 지나가는 말로 진실을 말하였을 때, 그만 자제력을 잃고 마음속의 말을 모조리 털어놓고 말았다네. 얼마 후 로테가 다른 여인들에게 말을 걸었을 때에야 비로소, 그 여인들이 내내 눈을 크게 뜨고서 쥐 죽은 듯 앉아 있었다는 것을 알아차렸네. 내 춤 파트너의 고모가 여러 번 조롱하듯 코를 치켜세우며 나를 바라보았지만, 나는 개의하지 않았네.

그러다 춤을 추는 즐거움이 화제로 올랐네.

「춤에 대한 열정이 단점이라고 하더라도, 저는 솔직히 춤보다 더 즐거운 것은 없다고 고백할 수 있어요.」

로테는 말하였네.

「기분이 울적할 때 음도 제대로 맞지 않는 제 피아노에 앉아서 서투른 솜씨로 대무곡(對舞曲)을 두드리고 나면, 기분이 다시 좋아져요.」

이런 대화를 나누는 동안, 내가 얼마나 즐거운 마음으로 그 까만 눈을 바라보았는지 아는가. 내 영혼은 그 생동하는 입술과 생기 넘치는 풋풋한 뺨에 완전히 사로잡혀 있었으며, 그녀가 하는 말의 장엄한 의미에 완전히 심취해서 말의 표현은 전혀 귀에 들려오지도 않았다네. 자네가 나라는 사람을 잘 알고

---

11 아일랜드 작가 올리버 골드스미스(1728~1774)의 전원적인 가정 소설.
12 여기서 우리 독일 작가 몇 사람의 이름을 생략하였다. 로테의 칭송에 공감하는 사람은 이 구절을 읽으면서 누구에 대한 이야기인지 틀림없이 마음으로 느낄 것이고, 그 밖의 사람들은 몰라도 되리라 ― 원주.

있으니, 더 이상 말하지 않아도 충분히 상상할 수 있을 걸세. 간단히 말해서, 우리가 말없이 무도회장 앞에 이르렀을 때, 나는 마치 꿈꾸는 사람처럼 마차에서 내렸다네. 어둠이 내려앉는 가운데 꿈속에 푹 빠져 있는 바람에, 휘영청 밝은 홀에서 우리를 향해 울려 퍼지는 음악 소리조차 거의 깨닫지 못하였네.

그 고모하고 로테의 춤 파트너였던 아우드란이란 이름의 신사와 또 어떤 이름 모를 신사가 ― 모든 이름을 일일이 다 기억할 사람이 세상에 어디 있겠는가 ― 마차 문까지 나와서 우리를 맞이하고는 각자 파트너를 차지하였네. 그리고 나는 내 파트너를 무도회장으로 인도하였네.

우리는 모두 어울려 미뉴에트를 추었네. 나는 여러 아가씨들과 돌아가며 춤추었는데, 마음에 들지 않는 여자일수록 손을 내밀어 춤을 끝까지 마무리 지을 생각을 하지 않았네. 로테와 그 춤 파트너는 영국식 대무곡을 추기 시작하였네. 로테가 우리와 함께 어우러져 춤을 추기 시작했을 때 내가 얼마나 즐거웠는지, 자네는 충분히 짐작할 걸세. 그녀가 춤추는 모습을 직접 눈으로 보아야 한다네! 이보게, 그녀는 마음과 영혼을 다 바쳐 춤을 추었고, 그녀의 온몸이 하나의 조화를 이룬다네. 춤이 오로지 전부인 듯, 그 밖에는 아무것도 생각지 않고 아무것도 느끼지 않는 듯, 스스럼없이 자연스럽게 춤을 춘다네. 그 순간에는 틀림없이 그녀 앞에서 모든 것이 사라지고 오직 춤만이 존재할 걸세.

나는 로테에게 두 번째 대무곡을 함께 추자고 신청하였지만, 그녀는 세 번째 곡을 함께 추겠다고 약속하였네. 그러면서 자신은 독일 춤을 무척 즐겨 춘다고 참으로 상냥하고 솔직하게 강조하였다네.

「이곳에서는 독일 춤을 추는 경우에 한번 짝을 이룬 사람과 끝까지 함께 추는 것이 관례예요.」

로테는 말을 이었네.

「제 파트너가 원래 왈츠는 서툴러서, 그 일에서 벗어나게 해 주면 고마워할 거예요. 당신의 아가씨도 왈츠는 잘 못 추는 데다가 좋아하지도 않아요. 아까 영국 춤을 출 때, 당신이 왈츠에 아주 능숙한 것을 보았어요. 저와 함께 독일 춤을 추실 생각이 있으시면, 지금 제 파트너에게 가서 부탁해 보세요. 저는 당신의 아가씨에게 가보겠어요.」

나는 이 말에 적극 찬성하였고, 우리는 우리의 춤 파트너들이 그동안에 이야기를 나누도록 자리를 주선하였네.

춤이 시작되었으며, 우리는 한동안 흥겹게 팔을 이리저리 휘감고 춤을 추었네. 로테가 얼마나 매혹적으로, 얼마나 사뿐사뿐 움직였는지 아는가! 그러다 왈츠 차례가 되어 사람들이 공처럼 이리저리 구르기 시작하였을 때, 왈츠를 능숙하게 출 수 있는 사람이 별로 없었던 탓에 처음에는 뒤죽박죽으로 조금 혼란스러웠다네. 우리는 지혜롭게, 사람들이 마음껏 뛰어놀도록 잠시 내버려 두었다가 서투른 사람들이 뒤로 물러났을 때 앞으로 나서며 또 다른 한 쌍, 아우드란하고 그 파트너와 함께 용감하게 연기해 내었네. 내 몸이 그렇듯 가뿐하게 움직인 것은 생전 처음이었다네. 나는 이 세상 사람이 아니었네. 더없이 사랑스러운 사람을 두 팔에 안고서 이리저리 번개처럼 날아다니다 보니, 주변의 모든 것이 눈앞에서 사라지고 보이지 않게 되었다네……. 빌헬름, 솔직히 말하면, 내가 사랑하는 아가씨,

내가 원하는 아가씨는 나 아닌 다른 사람하고는 절대로 왈츠를 추어서는 안 된다고 맹세하였다네. 내가 설사 그것 때문에 파멸에 이른다 할지라도 말일세. 자네는 나를 이해할 걸세!

우리는 홀 안을 몇 바퀴 걸으며 한숨 돌렸고, 그런 후에 로테가 자리에 앉았네. 내가 오렌지 몇 개를 미리 한쪽에 따로 떼어 두었었는데, 그 유일하게 남아 있던 오렌지가 뛰어난 효과를 발휘하였네. 다만 로테가 옆자리의 염치없는 아가씨에게 예의상 한 조각 권할 때마다 내 심장이 칼로 찔리는 듯하였다네.

세 번째 영국 춤을 출 때, 우리는 두 번째로 쌍을 이루었네. 한 차례 춤을 추는 동안, 내가 얼마나 환희에 넘쳤는지 아무도 모를 걸세. 나는 더없이 솔직하고 순수한 기쁨으로 넘치는 그녀의 눈과 팔에서 떨어질 줄 몰랐네. 그러다 우리는 아주 젊다고 볼 수 없는 한 여인과 마주쳤는데, 그 여인의 상냥한 표정이 내 눈길을 끌었다네. 그 여인은 미소를 머금고서 로테를 바라보며 위협하듯 한 손가락을 치켜세우고는, 빠르게 스쳐 지나가면서 의미심장하게 알베르트라는 이름을 두 번 갈하였다네.

「이렇게 묻는 것이 실례가 될지 모르겠지만, 알베르트가 누구입니까?」

나는 로테에게 물었네.

로테가 대답하려는 찰나에 우리는 크게 8자 모양을 그리기 위해서 서로 떨어져야 했네. 그렇게 서로 스쳐 지나가는데, 로테의 이마에 깊이 생각하는 듯한 기색이 어렸네.

「제가 무엇 때문에 당신한테 숨기겠어요.」

그러더니 프로미네이드[13]를 위해 나한테 손을 내밀며 말하였다네.

「알베르트는 저와 약혼한 사이나 다름없는 좋은 사람이랍
니다.」

　그것은 사실 처음 듣는 말이 아니었는데도(이미 도중에서
아가씨들에게서 들었기 때문일세), 그렇듯 순식간에 나한테
더없이 소중한 사람이 된 그녀와의 관계에서는 아직 생각해 보
지 않은 터라서 생전 처음 듣는 말처럼 들렸네. 나는 그 한마디
에 너무 당황하고 얼이 빠져 엉뚱하게도 춤추고 있는 다른 쌍
사이로 끼어들면서 순간적으로 모든 것을 뒤죽박죽으로 만들
고 말았다네. 로테가 얼른 쫓아와서 그 자리를 수습하려고 나
를 이리 잡아끌고 저리 잡아당겨야 했다네.

　이미 한참 전부터 지평선에서는 번개가 번쩍이고 있었는데,
그럴 때마다 나는 날씨를 서늘하게 식혀 주는 번개라고 단언했
다네. 그러다 춤이 끝나기도 전에, 번개가 더욱 격렬하게 번득
이더니 마침내 천둥소리가 음악 소리를 묻어 버렸네. 세 여인
이 대열을 벗어나 달려갔고, 파트너들이 그 뒤를 쫓아갔네. 홀
안이 어수선해지고, 음악이 그쳤네. 한창 흥겹게 즐기고 있는
데 별안간 불행이나 끔찍한 일이 덮치면, 으레 평소보다 더욱
강렬한 인상을 불러일으키기 마련일세. 그 대립이 극히 생생하
게 느껴지기 때문이기도 하지만, 그보다는 우리의 감각이 이미
외부를 향해 민감하게 열려 있어서 어떤 인상이든 그만큼 더욱
빨리 받아들이기 때문일세. 여인들 몇 명이 기이하게 울상 짓
고 있는 모습을 보았는데, 틀림없이 그 이유가 여기에 있을 걸
세. 그 가운데 비교적 영리한 여인이 홀 한쪽 구석에서 창문 쪽

　13 두 파트너가 같은 방향을 보고서 오른손은 오른손끼리, 왼손은 왼손끼
리 잡는 포지션.

으로 등을 돌리고 앉아 귀를 막았네. 그러자 다른 여인이 그 앞에 무릎을 꿇고서, 첫 번째 여인의 품에 머리를 묻었네. 세 번째 여인이 그 두 사람 사이로 끼어들어서, 눈물을 줄줄 흘리며 자매들을 부둥켜안았네. 어떤 여인들은 집으로 돌아가려 했고, 또 어떤 여인들은 어찌할 바를 모르고 정신없이 허둥대었다네. 우리 젊은이들 가운데 짓궂은 녀석 몇 명은 그 소란한 틈을 타서 뻔뻔하게도, 겁에 질린 아름다운 여인들의 입술이 더듬더듬 하늘을 향해 드리는 기도 중간에서 그 입술을 가로채려고 열심인 듯 보였네. 몇몇 남자들은 조용히 담배를 피우러 층계를 내려갔네. 그 집의 안주인이 덧창과 커튼이 있는 방으로 우리를 안내하려는 현명한 생각을 해내었을 때, 나머지 사람들은 거절하지 않았다네. 모두 그 방에 들어선 즉시, 로테는 부지런히 몸을 놀려 의자들을 둥그렇게 원 모양으로 정돈하였네. 그러고는 사람들이 모두 의자에 앉았을 때, 재미있는 놀이가 있으면 제안하라고 말하였다네.

몇몇 사람이 야한 벌금 놀이를 기대하고서 입술을 쑥 내밀고 사지를 쭉 펴는 모습이 눈에 띄었네.

「지금부터 숫자 세는 놀이를 하겠어요!」

로테는 말하였네.

「자, 정신 바짝 차리세요! 제가 오른쪽에서 왼쪽으로 빙 돌면, 여러분도 돌아가며 차례대로 숫자를 세는 거예요. 숫자는 도화선처럼 아주 빠르게 이어져야 하고, 숫자를 더듬거나 잘못 말하는 사람은 따귀를 한 대씩 맞을 거예요. 이런 식으로 계속 천까지 세는 거예요.」

그것은 즐거운 광경이었네. 로테가 한 팔을 쭉 뻗고서 의자를 따라 빙 돌자, 맨 처음 사람이 〈일〉이라고 말한 뒤를 이어, 그 옆 사람은 〈이〉, 또 옆 사람은 〈삼〉이라고 연달아 말하였네. 그런 식으로 계속되었으며, 로테는 걸음을 갈수록 점점 더 빨리하였다네. 그러자 누군가가 실수하여서, 철썩! 따귀를 맞았네. 까르르 웃음소리에 이어, 또 다음 사람도 철썩! 따귀를 맞았다네. 그리고 속도는 점점 더 빨라졌네. 나도 두 번 뺨을 맞았는데, 다른 사람들보다 좀 더 힘껏 맞았다고 은근히 흡족한 마음으로 생각하였다네. 모두 흥겹게 웃고 떠들썩하게 이야기하는 바람에, 천까지 마저 세기도 전에 놀이가 끝났네. 서로 친밀한 사람들은 그들끼리 슬며시 자리를 물러나 따로 자리를 잡았네. 뇌우가 지나가고 나는 로테를 따라서 홀로 갔는데, 가는 도중에 로테가 말하였다네.

「사람들이 따귀를 맞느라 날씨고 뭐고 다 잊어버렸어요!」
나는 뭐라 대답할 말이 없었네.
「저도 사실은 무척 겁먹긴 마찬가지였어요.」
로테는 말을 이었네.
「그런데 다른 사람들한테 용기를 주려고 결연히 나서다 보니 용감해졌어요.」

우리는 창가로 다가갔네. 멀리서 천둥소리가 들려왔으며, 상큼한 비가 촉촉이 대지를 적시고 더없이 신선한 향기가 따사한 대기에 풍성하게 실려 올라왔네. 로테는 팔꿈치로 몸을 받치고서 창밖의 풍경을 둘러보고 하늘을 올려다보고 나를 돌아보았는데, 두 눈에 눈물이 그렁그렁하였다네. 그녀는 내 손에 한 손을 올려놓으며 말하였네.
「클롭슈토크!」[14]

나는 로테의 뇌리에 떠오른 웅장한 송가[15]를 즉시 기억에 되
살렸으며, 이것을 신호로 그녀가 나에게 쏟아 붓는 격렬한 감
정의 흐름에 깊이 빠져 들었네. 그러다 결국 감정을 억제하지
못하고서 환희의 눈물을 흘리며, 몸을 굽혀 그녀의 손에 입 맞
추고는 다시 그녀의 눈을 보았다네. 고결한 시인이여! 당신은
그 눈빛에서 당신을 숭배하는 마음을 보셨어야 합니다! 이제
나는 그토록 자주 더럽혀진 당신의 이름이 또다시 사람들의 입
에 오르내리는 것을 듣고 싶지 않습니다!

6월 19일

지난번 편지에서 내가 어디까지 이야기하다 말았는지 모르
겠네. 다만, 내가 잠자리에 들었을 때 시계가 새벽 두 시를 알
렸고, 편지를 쓰는 대신 직접 자네한테 말할 수 있었다면 아마
아침까지 자네를 붙잡았을 것만은 확실하네.
무도회에서 집으로 돌아오는 길에 있었던 일에 대해서는 아
직까지 자네한테 이야기하지 않았네. 그리고 오늘도 그 이야기
는 별로 하고 싶지 않네.
해 돋는 광경이 그지없이 아름다웠다네. 숲에서는 물방울이
뚝뚝 방울져 떨어지고, 주변의 들판에는 상큼한 기운이 감돌았
다네! 마차 안의 다른 아가씨들은 꾸벅꾸벅 졸고 있었고, 로테

14 Friedrich Gottlieb Klopstock (1724~1803). 독일의 시인.
15 클롭슈토크의 송가 「봄의 축제」(1759)를 가리킨다. 이 노래는 세상을
활기차게 소생시키는 봄의 뇌우를 노래한다.

는 자기한테 신경 쓸 필요 없으니 나도 한숨 눈을 붙이지 않겠
냐고 물었네.

「당신이 눈을 뜨고 있는 한 절대로 그런 일은 없을 겁니다.」
나는 그녀를 똑바로 바라보며 말하였네.

우리 두 사람은 사냥용 별장의 정문에 이를 때까지 졸음을
참아 내었네. 하녀가 소리 죽여 문을 열었고, 아버지와 동생들
은 잘 있느냐는 로테의 물음에 그동안 별일 없었으며 모두들
자고 있다고 대답하였네. 나는 헤어지는 자리에서, 그날 중으
로 다시 만나 달라고 로테에게 청하였네. 그녀는 내 청을 받아
주었고, 나는 집으로 돌아왔다네. 그 시각 이후로 해와 달과 별
들은 조용히 자신의 맡은 일을 하고, 나는 낮인지 밤인지 모르
고 지낸다네. 내 주변의 세상이 더 이상 눈에 보이지 않는다네.

6월 21일

요즈음 내가 얼마나 행복한 나날을 보내고 있는지 아는가.
하느님은 아마 이런 날들을 성인(聖人)들에게나 베풀어 주셨
을 걸세. 앞으로 나한테 무슨 일이 일어나더라도, 순수한 삶의
기쁨을 누리지 못했다고는 말할 수 없을 걸세. 자네도 나의 발
하임을 알지 않는가. 그곳은 나한테 이제 집처럼 아주 편안한
곳이 되었다네. 그곳은 로테가 있는 곳으로부터 30분 거리밖
에 되지 않는 데다가, 그곳에 있으면 인간에게 주어진 온갖 행
복과 나 자신이 오롯이 느껴진다네.

내가 발하임을 산책의 목적지로 선택했을 때, 그곳이 하늘

에서 그리 가까우리라고는 생각도 못 했다네. 이제 멀리 산보하면서, 내 모든 소원을 싸안는 사냥용 별장을 얼마나 자주 바라보는지 아는가! 때로는 산 높은 곳에서, 때로는 들판에서 강물 너머로!

사랑하는 빌헬름, 나는 자신의 뜻을 펼치고 새로운 것을 발견하고 세상을 두루 돌아다니고 싶어 하는 인간의 욕망에 대해 여러 가지로 참 많은 생각을 했다네. 또한 주어진 한계를 순순히 받아들이고 익숙한 습관의 길을 따라 걸으면서 한눈팔지 않고 오로지 앞만 보려는 내적인 충동에 대해서도 많이 생각했네.

여기 언덕 위에서 아름다운 골짜기를 내려다보면 참으로 불가사의한 기분이 든다네. 주변의 것들이 얼마나 내 마음을 끌어당기는지 아는가. 저기 작은 숲! 아아, 그 숲의 그늘 속으로 뚫고 들어가 하나로 어우러질 수 있다면! 저기 산봉우리! 아아, 거기 높은 곳에서 드넓은 주변을 한눈에 굽어볼 수 있다면! 꼬리를 물고 이어지는 언덕들과 정겨운 골짜기들! 오, 그것들 속에 나를 푹 파묻을 수 있다면!…… 나는 서둘러 달려갔지만, 원하는 것을 찾지 못하고 돌아왔다네. 오, 멀리 있는 곳은 아직 오지 않은 미래와 같은 것일세. 그것은 우리의 영혼을 향해 커다랗게 어슴푸레한 빛을 발하고, 우리의 감각과 눈은 몽롱하게 그것을 더듬네. 아아! 우리는 온 존재를 다 바쳐서라도, 숭고하고 장엄하고 유일무이한 감정의 환희로 우리를 채우길 갈망하네. 그런데 아아! 우리가 서둘러 달려가 그곳에 이르더라도, 조금도 달라지는 건 없을 걸세. 우리는 여전히 빈곤하고 제한된 삶을 영위하고, 우리의 영혼은 잃어버린 삶의 청량제를 갈구할 걸세.

온 세상을 정처 없이 떠돌던 방랑자도 결국에는 다시 조국을 그리워하기 마련일세. 넓은 세계에서 헛되이 찾았던 환희를 자신의 오두막에서, 아내의 품에서, 올망졸망한 아이들에게서, 생계를 유지하기 위한 생업에서 발견한다네.

아침마다 해가 뜨자마자 나는 발하임으로 나가, 내가 먹을 완두콩을 그곳 주막의 텃밭에서 직접 내 손으로 딴다네. 그러고는 자리 잡고 앉아서 콩깍지를 까는 틈틈이 호메로스를 읽고, 작은 부엌에서 냄비를 골라 버터를 잘라 넣은 후, 완두콩을 불 위에 올려놓는다네. 냄비 뚜껑을 덮고 옆에 앉아서 이따금 냄비를 흔들어 주면, 페넬로페[16]의 오만불손한 구혼자들이 소와 돼지를 잡아서 불에 구워 먹던 장면이 눈에 선하네. 가부장적인 삶만큼 내 마음을 평온하고 진실한 느낌으로 채우는 것은 없는데, 다행히도 지금 허세 부리지 않고서 그것을 내 생활 방식에 엮어 넣을 수 있지 뭔가.

손수 기른 양배추를 식탁에 올리는 사람의 소박하고 순진한 환희를 마음으로 느낄 때, 내가 얼마나 행복한지 아는가. 그런 사람은 비단 양배추만이 아니라 양배추를 땅에 심었던 아름다운 아침과 양배추에 물을 주었던 정겨운 저녁, 나날이 커 가는 양배추를 보며 즐거워했던 유쾌한 날들, 이 모든 것을 한순간에 함께 즐긴다네.

16 호메로스의 서사시 『오디세이아』에서 주인공 오디세우스의 정숙한 아내. 오디세우스가 집을 떠나 유랑하는 동안, 페넬로페는 많은 남자들에게 구혼 공세를 받는다. 구혼자들은 오만불손하게 페넬로페의 집에 죽치면서, 연일 소, 돼지를 잡아 잔치를 벌인다.

6월 29일

그저께 이곳 시내의 의사가 행정관을 찾아왔다가, 내가 로테의 동생들과 함께 땅에서 뒹구는 모습을 보았다네. 아이들 몇 명은 내 위에서 기어 다니고 또 몇 명은 나를 놀려 대었으며, 나는 아이들을 간질여서 커다란 비명을 지르게 했네. 그 의사는 사회적인 선입견을 꼭두각시처럼 맹목적으로 추종하는 사람이었는데, 이야기하는 동안 내내 커프스의 주름을 만지작거리고 옷깃을 한없이 잡아당겼다네. 나는 그 의사의 코끝을 보고, 내 행동이 분별 있는 사람의 채신에 어긋난다고 생각한다는 것을 금방 알아차렸네. 하지만 조금도 개의치 않고 의사는 이성적인 일들을 처리하게 내버려 둔 채 아이들에게 카드로 다시 집을 지어 주었네. 그 일이 있은 후, 의사는 행정관의 자녀들이 이미 충분히 버릇없는데 베르테르가 그 아이들을 완전히 망치고 있다고 시내를 돌아다니며 불평했다네.

정말이지, 빌헬름, 이 세상에서 어린아이들만큼 내 마음에 가까운 것은 없다네. 나는 어린아이들을 지켜보면서, 언젠가 그들에게 반드시 필요할 온갖 미덕과 힘이 사소한 일에서 싹트는 것을 보게 된다네. 고집 피우는 아이에게서는 미래의 단호하고 의연한 성격을 보고, 장난치는 아이에게서는 세상의 위험을 가볍게 넘기는 경쾌함과 쾌활함을 인식한다네. 그렇듯 순진무구하고 그렇듯 온전하다니! 나는 인류의 스승[17]이 남긴 금언을 되새기고 또 되새긴다네.

17 예수 그리스도를 가리킨다.

<너희가 생각을 바꾸어 어린아이와 같이 되지 않으면……>[18]

친애하는 벗이여, 아이들은 우리와 동등한 존재일 뿐 아니라, 아니 오히려 우리는 아이들을 본보기로 삼아야 한다네. 그런데도 우리는 마치 아이들에게는 아무런 의지가 없기라도 한 듯 그들을 종처럼 다룬다네. 하지만 우리야말로 사실 의지가 없지 않은가? 그런데 우리가 아이들보다 우선권을 누려야 할 이유가 어디 있단 말인가? 나이가 더 많고 더 이성적이기 때문에? 오, 하느님, 당신께서는 오로지 나이 많은 아이들과 나이 어린 아이들만을 보십니다. 그리고 당신이 어떤 아이들한테서 더 많은 기쁨을 누리시는지, 당신의 아드님께서 이미 오래전에 널리 알렸습니다. 하지만 저들은 그분을 믿으면서, 그분의 말씀에는 귀 기울이지 않습니다. 이것은 어제오늘의 일이 아닙니다. 그러고는 자신의 자녀들을 자신과 같은 사람들로 키우고 있습니다. 잘 있게, 빌헬름! 이런 일에 대해서 더 이상 이러쿵저러쿵 길게 이야기하고 싶지 않네.

7월 1일

로테가 병마에 시달리는 사람에게 어떤 존재인지 나는 잘 알 수 있다네. 나 자신의 가련한 마음이 병상에서 고통에 시달리는 사람들보다 더 괴롭기 때문일세. 로테는 시내의 어느 착한 여인 곁에서 며칠 동안 머무를 예정일세. 의사들의 말에 따

18 마태오 복음 18장 3절 참조.

48

르면, 이제 살날이 얼마 남지 않은 여인인데, 최후의 순간에 로테를 곁에 두고 싶어 한다네. 지난주에 나는 로테와 함께 산기슭에 위치한 작은 마을 성(聖)***의 목사를 방문하였네. 우리는 로테의 둘째 여동생도 데려갔는데, 산속을 한 시간쯤 걸어서 오후 4시경에 그곳에 도착하였다네. 높다란 호두나무 두 그루가 무성한 그늘을 드리우는 목사관 뜰에 들어섰을 때, 그 선량한 노인은 현관문 앞의 벤치에 앉아 있었네. 그러다 로테를 보더니, 별안간 활기가 샘솟는 듯 지팡이 짚는 것도 잊은 채 로테를 향해 오려고 일어섰다네. 로테가 얼른 달려가 노인 옆에 앉으면서, 다시 자리에 앉으라고 간곡히 권하였네. 그리고 아버지의 인사말을 전하고, 목사의 늦둥이 막내아들, 지저분한 개구쟁이를 다정하게 꼭 껴안아 주었네. 로테가 얼마나 정성껏 노인을 보살피고, 또 반 귀먹은 사람을 이해시키려고 어떻게 목소리를 높였는지, 자네도 직접 눈으로 보았으면 좋았을 걸세. 로테는 어느 날 느닷없이 세상을 떠난 건장한 젊은 사람들과 카를로비바리[19]의 뛰어난 치료 효과에 대해 이야기하고, 내년 여름에 그곳으로 가겠다고 마음먹은 노인의 결정을 칭찬하고, 지난번에 만났을 때보다 노인이 훨씬 더 기운 넘치고 건강해 보인다고 말하였네. 그러는 동안에 나는 목사 사모님에게 정중히 인사하였고, 노인은 아주 쾌활해졌네. 내가 그렇듯 정겨운 그늘을 드리워 주는 아름다운 호두나무를 칭송하지 않을 수 없었을 때, 노인은 힘에 부치는데도 호두나무에 얽힌 이야기를 우리에게 들려주었네.

19 체코의 유명한 온천 휴양 도시.

「저 늙은 나무를 누가 심었는지 우리는 모른다네.」

노인은 말하였네.

「어떤 사람은 이 목사가 심었다고 하고, 또 어떤 사람은 저 목사가 심었다고 하네. 하지만 저기 뒤편의 좀 더 젊은 나무는 우리 집사람하고 나이가 같아서 올 10월에 쉰 살이 된다네. 내 장인어른이 아침나절에 저 나무를 심었는데, 바로 그날 저녁 무렵에 우리 집사람이 태어났다네. 장인어른은 이곳에서 내 전임 목사로 일하셨고, 이 나무를 얼마나 사랑하셨는지 이루 말로 표현할 수 없네. 물론 장인어른 못지않게 나한테도 이 나무는 무척 소중하다네. 내가 27년 전 가난한 대학생 시절에 처음으로 이 뜰에 들어섰을 때, 우리 집사람은 그 아래에 놓여 있던 통나무에 앉아서 뜨개질을 하고 있었다네.」

로테가 노인의 딸에 대해 묻자, 노인은 딸이 슈미트 씨하고 풀밭의 일꾼들 있는 곳으로 나갔다고 대답했다네. 노인은 이야기를 계속하였네. 노인의 전임 목사에 이어 전임 목사의 딸도 차츰 노인을 좋아하게 되었으며, 노인은 처음에 부목사로 일하다가 결국 목사 직을 물려받았다는 것이었네. 노인의 이야기가 끝나자마자, 노인의 딸이 슈미트 씨라는 남자와 함께 뜰을 가로질러 왔다네. 목사의 딸은 진심으로 따뜻하게 로테를 환영하였는데, 그러는 모습이 내 마음에 쏙 들었네. 몸매가 늘씬하고 날렵한 갈색 머리의 아가씨로, 틀림없이 시골에서 한동안 사람들을 즐겁게 해주리라 싶었네. 그 아가씨의 연인은(슈미트 씨가 연인으로 금방 밝혀졌기 때문일세) 용모는 준수하지만 워낙 말수가 적은 사람이어서, 로테가 우리의 대화에 계속 끌어들였는데도 도통 함께 이야기를 나누려고 하지 않았네. 그런데 그 남자의 얼굴 표정으로 보아, 아는 것이 부족해서라기보다는 뭔가 못마땅하고 고집스러워서 자신의 생각을 털어놓으려 하지 않는 것 같아 나는 기분이 우울하였네. 곧 이어서 이 사실은 유감스럽게도 더욱 분명하게 드러났네. 산보하는 길에 프리데리케가 로테와 나란히 걷다가 이따금 나하고도 잠깐 걸었을 때, 원래 약간 가무스름한 신사의 얼굴이 더욱 눈에 띄게 어두워졌네. 그러다 결국 로테가 내 옷소매를 잡아당기며, 프리데리케한테 너무 다정하게 대하지 말라고 귀띔하였다네. 사람들이 괜스레 서로 괴롭히는 것보다 나를 더 화나게 하는 것은 없네. 인생의 전성기를 맞이하여 마음 놓고 온갖 기쁨을 누릴 수 있는 젊은이들이 인상을 찌푸려서 서로 좋은 날들을 며칠씩 망치고는, 뒤늦게야 자신들이 허비한 시간을 그 무엇으로도 만회할 수 없다는 사실을 깨달을 때 특히 그렇다네. 나는 분통이 치밀었네. 그래서 저녁 무렵 목사관에 돌아가, 모두 식탁에 둘러앉아 우유를 마시는 자리에서 세상의 희로애락이 화제로 떠올랐을 때, 그 이야기를 꺼내어 불쾌한 기분을 털어놓지 않을 수 없었다네.

「우리 인간들은 툭하면 좋은 날들은 너무 적고 나쁜 날들만 너무 많다고 불평불만을 늘어놓습니다.」

나는 말문을 열었네.

「그런데 저는 그런 말들이 대부분 옳지 않다고 생각합니다. 우리가 언제나 마음의 문을 활짝 열고 하느님께서 날마다 우리에게 마련해 주시는 좋은 것들을 즐긴다면, 설사 언젠가 불행이 닥치더라도 충분히 견디어 낼 힘을 갖게 될 것입니다.」

「하지만 우리의 마음을 뜻대로 다스리기란 어렵답니다.」

목사 부인이 대답하였네.

「우리의 신체가 얼마나 많은 것을 좌지우지하는지 몰라요! 몸이 불편하면, 어디를 가도 불만스럽답니다.」

나는 그 말이 맞다고 인정하였네.

「그렇다면, 그것을 하나의 질병으로 보고, 그것에 대한 치료제가 없을지 생각해 봅시다.」

「그럴듯한 말이에요.」

로테가 말하였네.

「저는 적어도 많은 것이 우리한테 달려 있다고 믿어요. 제 경우를 보면 알 수 있어요. 저는 무슨 일인가가 화를 돋우고 짜증나게 만들면, 벌떡 일어나서 정원을 이리저리 거닐며 대무곡을 몇 곡 불러요. 그러면 짜증스러운 기분이 금방 사라져요.」

「그것이 바로 제가 하고 싶은 말입니다.」

내가 대답하였네.

「불쾌한 기분은 게으름하고 아주 비슷합니다. 사실 일종의 게으름이라고 볼 수 있지요. 우리의 본성은 원래 무척 게으른 경향이 있답니다. 하지만 우리가 정신을 바짝 차려서 분발하면 얼마든지 가뿐하게 일을 해결할 수 있습니다. 우리는 일하면서 진정한 즐거움을 맛볼 수 있지요.」

프리데리케는 아주 주의 깊게 귀를 기울이더니, 스스로를 다스리기는 어려우며, 특히 감정은 더욱 제어하기 어렵다고 이의를 제기하였네.

「우리는 지금 여기서 누구나 기꺼이 떨쳐 버리고 싶은 불편한 감정에 대해 말하고 있습니다.」

나는 대답하였네.

「그리고 누구나 직접 시도해 보기 전에는 스스로 얼마나 해낼 수 있는지 결코 알 수 없는 법입니다. 질병에 걸린 사람이 여기저기 의사들을 수소문해서 찾아다니고, 원하는 건강을 되찾기 위해서라면 최대한도의 절제 생활과 쓰디쓴 약도 마다하지 않을 것은 확실합니다.」

나는 그 성실한 노인이 우리의 대화에 참여하고 싶어서 두 귀를 쫑긋 세운다는 것을 알아차렸네. 그래서 목소리를 높여 노인을 향해 말했다네.

「흔히들 많은 악덕을 비난하는 설교를 늘어놓습니다. 그러나 불쾌한 기분을 배척하는 말은 지금까지 설교단에서 들어 본 적이 없습니다.」[20]

「그런 일이라면 도회지의 목사들이 나서야 할 걸세.」

노인이 말하였네.

「농부들은 본시 고약한 기분이라는 것을 잘 모른다네. 그렇더라도 이따금 그런 설교를 들어서 해될 일은 없을 걸세. 그것은 적어도 행정관 나리와 그 부인에게는 교훈이 될 걸세.」

모두 웃음을 터뜨렸고, 노인도 기침이 나올 정도로 크게 따라 웃었다네. 그래서 우리의 대화가 한동안 중단된 뒤를 이어, 그 젊은 남자가 다시 자기 의견을 말하였네.

「방금 고약한 기분을 악덕이라고 표현하셨는데, 그것은 좀 지나친 말씀이 아닌가 생각됩니다.」

「결코 그렇지 않습니다. 자기 자신과 이웃 사람에게 해를 끼치는 것은 당연히 악덕이라 불려야 하지 않겠습니까.」

---

20 이것과 관련하여 이제 라바터Johann Kaspar Lavater가 뛰어난 설교집을 발표하였는데, 특히 요나서에 대한 설교가 이에 해당한다 ― 원주.

나는 대답하였네.

「서로를 행복하게 해주지 못하는 것만으로도 모자라, 누구나 이따금 혼자서 누릴 수 있는 즐거움마저 서로에게서 빼앗아야 한단 말입니까? 그렇다면, 주위 사람들의 기쁨을 망가뜨리지 않으려고 자신의 불쾌한 기분을 감추고 혼자서만 품고 있을 만큼 착한 사람이 있으면 어디 말씀해 보십시오. 아니면 불쾌한 기분은 우리 자신의 무가치함에 대한 내적인 불만, 스스로에 대한 불평이 아닐까요? 그런 불만은 항상 어리석은 허영심이 부추기는 질투심과 결부되어 있습니다. 우리가 행복하게 해주지 않았는데도 행복한 사람들을 보면, 견디기 어려운 일이지요.」

내가 흥분하여 열변을 토하는 모습을 보고서 로테는 미소를 지었네. 그리고 프리데리케의 눈에 그렁그렁한 눈물은 어서 계속 말하라고 나를 격려하였다네.

「다른 사람의 마음을 좌지우지할 수 있다고 하여 그 마음속에서 싹트는 소박한 기쁨을 빼앗는 자는 참으로 딱한 인간입니다!」

나는 말하였네.

「우리가 스스로에게서 맛보는 한순간의 즐거움을 시기심 많은 폭군의 불쾌한 심기가 망가뜨리는 경우, 이 세상의 그 어떤 선물이나 호의도 그것을 메워 줄 수 없습니다.」

그 순간, 내 마음이 이루 말할 수 없이 북받쳤네. 지난 기억들이 생생하게 뇌리를 스치면서 눈물이 샘솟았다네.

「우리가 날마다 스스로를 향해 이렇게 말할 수 있다면 얼마나 좋겠습니까.」

나는 외쳤네.

「네가 친구들을 위해서 할 수 있는 일이 있다면, 그것은 오로지 친구들이 마음껏 즐거움을 누리도록 내버려 두고, 친구들의 행복을 함께 기뻐하면서 그 행복을 더해 주는 것밖에 없다. 친구들의 영혼이 정열에 휘말려 번민하고 수심에 짓눌려 헤어나지 못할 때 네가 조금이라도 위로해 줄 수 있겠느냐?

그리고 꽃다운 젊은 시절에 너한테 짓밟혔던 사람이 이제 끔찍한 최후의 병마에 꼼짝없이 붙잡혀 가련하게 축 늘어져 있다고 하자. 두 눈은 멍하니 허공을 향하고 창백한 이마에는 죽음의 땀방울이 맺혀 있다. 너는 최선을 다해도 어찌할 수 없다는 간절한 감정에 사로잡혀 죄인처럼 병상 앞에 서 있다. 마음속으로 두려움과 싸우며, 그 스러져 가는 사람에게 조금이라도 힘을 북돋아 주고 용기를 불어넣을 수만 있다면 모든 것을 바쳐도 아깝지 않다는 생각을 한다.」

이렇게 말하는 동안, 지난날 겪었던 광경이 너무도 생생하게 나를 덮쳤네. 나는 손수건으로 눈물을 닦으며 그 자리를 떠났다네. 그러다 이제 집으로 돌아가자고 부르는 로테의 목소리에 간신히 제정신을 차렸네. 로테는 돌아오는 길에, 내가 모든 일에 지나치게 깊이 마음을 쓴다며 그러다가는 나 자신이 망가질 것이라고 탓하였네. 내 몸을 아끼라는 것이었네! 오, 천사 같은 여인이여! 나는 그대를 위해서라도 살아야 하오!

7월 6일

로테는 여전히 그 위독한 여자 친구 곁을 지킨다네. 사람이 어찌 그리 한결같이 마음씨가 곱고 남을 잘 도와주는지, 그녀의 눈길이 닿는 곳에서는 고통이 줄어들고 행복이 늘어난다네. 어제저녁에 로테는 마리안네와 함께 어린 말헨을 데리고 산책을 나갔다네. 그 사실을 미리 알고 있었던 나는 그들을 도중에서 만나 함께 산책하였다네. 한 시간 반가량 걸은 후 시내로 돌아오는 길에, 내가 그렇듯 소중하게 여기는 샘터에 이르렀네. 이제 그 샘터는 나한테 수천 배나 더 소중해졌다네. 로테는 샘물을 에워싼 나지막한 돌담 위에 앉았고, 우리는 그 앞에 서 있었네. 샘터 주위를 돌아보는데, 아, 내 마음 쓸쓸했던 시절이 생생하게 기억에 되살아났네.

「사랑스러운 샘이여,」

나는 말하였네.

「그 이후로 나는 시원한 네 곁에서 휴식을 취하지 않았으며, 때로는 너한테 눈길도 주지 않고 서둘러 지나쳐 갔구나.」

아래쪽을 내려다보자, 말헨이 컵에 물을 떠 가지고서 부지런히 올라오고 있었네. 로테를 바라보는데, 그녀가 나한테 얼마나 소중한 사람인지 절실히 느껴졌네. 그때 말헨이 컵을 가져왔고, 마리안네가 컵을 받아 들려 했다네.

「안 돼!」

아이는 아주 귀여운 표정으로 외쳤네.

「안 돼, 로트헨 언니가 먼저 마셔야 한단 말이야!」

나는 이렇게 외치는 아이의 진실하고 고운 마음에 완전히 매료된 나머지, 아이를 번쩍 안아 올려 격렬하게 입 맞추었네. 그 순간의 느낌을 다른 무엇으로도 표현할 수 없었다네. 그러자 아이가 소리치며 울음을 터뜨렸네.

「당신이 잘못하셨어요.」[21]

로테가 말하였고, 나는 당황하였네.

「이리 와, 말헨.」

로테는 아이의 손을 잡고서 층계를 내려가며 말하였네.

「저기 시원한 샘물로 어서 씻으렴. 그러면 괜찮을 거야.」

나는 옆에 서서, 아이가 고사리 같은 두 손에 물을 묻혀 열심히 뺨을 문지르는 것을 바라보았네. 아이는 기적의 샘물이 모든 지저분한 것을 깨끗이 씻어 내고, 보기 흉한 수염을 나지 않게 해준다고 굳게 믿었네. 그러자 로테가 말하였네.

「이제 됐어!」

그런데도 아이는 적은 것보다는 많은 편이 나은 듯 계속 부지런히 씻었네. 빌헬름, 솔직히 말하면, 나는 그런 모습을 그 어떤 세례식보다도 경외감을 느끼며 바라보았네. 로테가 층계 위로 올라왔을 때, 국가의 잘못을 사면해 준 예언가 앞에 무릎을 꿇듯 기꺼이 그 앞에 무릎을 꿇고 싶었다네.

그날 저녁, 나는 넘치는 기쁨을 자제하지 못하고 어떤 남자에게 그 일에 대해 이야기하지 않을 수 없었다네. 평소에 똑똑한 사람이어서 이해심도 많을 줄 알았는데, 어떻게 되었는 줄 아는가! 그 남자는 아이들에게 잘못된 믿음을 심어 주어서는 안 된다며, 그것은 로테의 잘못이라고 말하였네. 로테 같은 사람들 때문에 수많은 잘못과 미신이 생겨나는데, 그런 것들에 물들지 않도록 일찍부터 아이들을 지켜 주어야 한다는 것이었어. 그러자 그 남자가 여드레 전에 세례를 받았다는 생각이 떠

---

21 베르테르가 말헨에게 입 맞춘 것을 말한다. 어린 여자아이가 남자에게 입맞춤을 받으면 흉측한 수염이 난다는 독일의 전래 동화가 있다.

올랐네. 그래서 더 이상 아무 말도 하지 않고서, 하느님이 우리를 대하시듯 우리는 아이들을 대해야 한다는 진실을 마음에 깊이 되새겼다네. 하느님은 우리를 기분 좋은 환상에 푹 잠기게 하시면서 우리를 가장 행복하게 하신다네.

7월 8일

사람이 어찌 이리 어린애 같을 수 있단 말인가! 어떻게 이렇듯 단 한 번만이라도 눈길 주기를 애타게 기다릴 수 있단 말인가! 어찌 이리 어린애 같단 말인가! 우리는 발하임에 걸어서 갔고, 여자들은 마차를 타고 갔다네. 산보하는 동안, 나는 로테의 검은 눈에서 — 나 같은 어리석은 바보가 또 있을까. 날 너그러이 용서해 주게. 자네가 직접 보았더라면 좋았을 그 눈에서 — , 간단히 말하려네(내 눈이 졸려서 자꾸 감기려고 하기 때문일세). 그러니까 여인들이 마차에 올라탔고, 젊은 W.하고 젤슈타트, 아우드란, 그리고 나는 마차 주위에 서 있었네. 마차 안의 여인들은 그 경박하고 경솔한 녀석들하고 농담을 주고받았고, 나는 로테의 눈을 찾았다네. 아아, 그 눈은 이 사람 저 사람에게로 옮아갔다네. 그런데 오로지 그 눈만을 애타게 찾는 나! 나! 나! 나한테만은 오지 않았네! 내 마음은 그녀에게 수없이 잘 가라고 말하였네. 그녀는 나를 바라보지 않았네. 마차가 출발하고, 내 눈에 눈물이 고였다네. 마차의 뒷모습을 바라보는데, 로테의 머리 장식이 문 밖으로 보였네. 아아! 나를 보기 위해서 뒤돌아보았을까? 이보게, 나는 이 불확실함에 실려 떠다니네. 그것이 내 마음을 위로해 주네. 아마 나를 찾아서 뒤돌아보았을 걸세. 아마 그랬을 걸세. 잘 자게. 아, 사람이 어찌 이리 어린애 같단 말인가!

7월 10일

여러 사람들이 모인 자리에서 로테에 대한 이야기가 오가면 내가 얼마나 어리석게 구는지, 자네가 한번 그 꼴을 보아야 할 걸세. 로테가 마음에 드느냐고 아예 나한테 대놓고 묻는 사람도 있다네. 마음에 들다니! 내가 이 말을 얼마나 증오하는지 아는가. 그녀가 단순히 마음에 들기만 하는 인간, 그녀가 모든 감각과 모든 느낌을 가득 채우지 않는 인간이 있다니, 그게 도대체 어떤 인간이란 말인가. 마음에 들다니! 최근에 누군가가 오시안[22]이 마음이 드느냐고 나한테 물었다네.

7월 11일

M. 부인이 몹시 아프다네. 로테가 괴로워하면 내 마음도 괴롭기 때문에, 나는 그 부인이 쾌차하게 해달라고 기도하네. 로테가 친구 집에 놀러 가는 일은 별로 없는데, 오늘 로테에게서 참으로 놀라운 이야기를 들었네. M. 노인이 탐욕스럽고 인색

22 스코틀랜드의 시인 제임스 맥퍼슨(1736~1796)의 산문 시집. 켈트족의 전설적인 눈먼 시인 오시안을 주인공으로 한다.

한 구두쇠로서 평생 부인을 들들 볶고 이래라 저래라 잔소리가 많았는데도, 그 부인은 꿋꿋하게 잘 헤쳐 나왔다네. 며칠 전에 의사에게서 살날이 얼마 남지 않았다는 통보를 받았을 때, 그 부인이 남편을 불러서(로테가 함께 방에 있었네) 이렇게 말하였다네.

「내가 눈을 감은 후에 집안에 시끄러운 일이 생기지 않도록 미리 당신한테 고백하고 싶은 일이 있어요. 지금까지 나는 단돈 한 푼이라도 절약하며 알뜰하게 집안 살림을 꾸려 왔어요. 하지만 지난 30년 동안 내가 당신을 속인 것을 용서해 줘요. 우리가 처음 결혼했을 때, 당신은 식비와 그 밖의 다른 생활비로 쓰라고 아주 적은 돈을 주었어요. 그 후 우리 살림살이가 불어나고 가게가 커졌는데도, 당신은 일주일에 한 번씩 주는 생활비를 도통 거기에 맞추어 늘려 주려고 하지 않았어요. 간단히 말해서, 우리 살림살이가 아주 번창했던 시절에도 7굴덴으로 일주일을 버티라고 나한테 요구했던 것을 당신도 잘 알 거예요. 나는 군말 없이 그 돈을 받고서, 모자라는 돈은 일주일에 한 번씩 가게 매상에서 보충했어요. 설마 안주인이 금고에 손을 대리라고는 아무도 예상하지 못했지요. 나는 동전 한 닢 헛되이 쓴 적이 없었으므로, 이렇게 고백하지 않았어도 마음 편히 저세상으로 갔을 거예요. 다만 그렇게 되면 내 뒤를 이어서 집안 살림을 떠맡은 사람이 얼마나 곤란하겠어요. 그런데도 당신은 첫 번째 부인이 그것만으로도 잘만 살았다고 끝까지 주장하지 않겠어요.」

인간이 어찌 이렇듯 눈멀 수 있는가에 대해서 나는 로테하고 이야기를 나누었네. 참으로 믿어지지 않는 일일세. 두 배는 더 많이 소용되는 곳에서 7굴덴으로 충분하다면, 배후에 분명 무슨 일이 숨어 있지 않을까 의심해야 하지 않겠는가. 하지만 눈 하나 깜짝하지 않고서 자신의 집에 예언가의 영원히 샘솟는 기름 항아리[23]가 있다고 믿을 사람들을 나도 알고 있네.

7월 13일

아니, 내가 잘못 본 것이 아닐세! 그녀의 까만 눈동자에서 나와 내 운명에 대한 진실한 관심을 읽을 수 있네. 그렇다네, 나는 분명히 그것을 느낀다네. 그리고 그녀가 — 오, 이런 말로 과연 천상의 환희를 표현해도 되고, 또 표현할 수 있는 것일까? — 나를 사랑한다고 나는 과감하게 믿을 수 있다네.

나를 사랑하다니! 그녀가 나를 사랑하는 이후로, 나 자신이 얼마나 소중한 존재가 되었으며, — 자네는 충분히 이해하리라 믿기에 솔직히 털어놓고 말하네 — 나 스스로를 얼마나 숭배하는지 아는가!

이것은 주제넘은 착각일까, 아니면 진실을 있는 그대로 느끼는 것일까? 나는 로테의 마음속에 있는 그 누구도 두렵지 않네. 그런데도 로테가 다정하게 따사한 마음으로 약혼자에 대해 말하면, 마치 나 자신이 모든 명예와 품위를 박탈당하고서 단검마저 빼앗긴 사람처럼 느껴진다네.

23 구약성서 열왕기 17장 10~16절 참조.

7월 16일

아아, 우연히 내 손가락이 그녀의 손가락을 스치고 우리의 발이 식탁 밑에서 맞부딪치면, 그 충격이 내 온몸의 혈관을 타고 흐른다네! 나는 불에 덴 듯 움찔하고, 그러면 비밀스러운 힘이 다시 나를 앞으로 잡아끈다네. 나는 정신이 온통 어지럽다네. 오! 그녀의 순진무구함, 그녀의 숨김없는 영혼은 그런 작은 친밀함이 나를 얼마나 괴롭히는지 느끼지 못한다네. 그녀가 대화를 나누면서 한 손을 내 손 위에 올려놓고, 이야기에 열중한 나머지 그 천상의 숨결이 내 입술을 스칠 정도로 가까이 다가오면, 나는 번개에 맞은 사람처럼 한없이 아래로 가라앉는 것만 같다네. 빌헬름, 내가 이 지극한 환희, 이 신뢰를 얻게 되는 날이 온다면! 자네는 내 말을 이해할 걸세. 아니, 내 마음은 그렇듯 타락하지 않았네. 의지가 약한 걸세. 의지가 약한 것일세! 그런데 그것이 바로 타락이 아니겠는가?

그녀는 나한테 신성한 사람일세. 그녀 앞에서는 모든 욕망이 침묵한다네. 그녀 곁에 있으면, 마치 영혼이 모든 신경을 거꾸로 타고 흐르는 듯 도무지 내 마음의 갈피를 잡을 수 없다네. 그녀가 피아노에 앉아 천사의 힘으로 더없이 소박하고 운치 있게 연주하는 멜로디가 있네. 그녀가 좋아하는 노래라네. 그녀가 그 노래의 첫 소절만 쳐도, 나는 온갖 고뇌와 혼란과 변덕스러운 기분에서 벗어난다네.

나는 옛 음악에 신비스런 힘이 깃들어 있다는 말이 결코 황당무계하게 여겨지지 않는다네. 그 소박한 노래가 얼마나 깊이 내 마음을 울리는지 아는가! 그리고 종종 내 머리에 총알을 날리고 싶은 충동이 이는 순간에, 그녀가 그 노래를 어떻게 불러 내는지 아는가. 그러면 내 영혼의 혼란과 어둠이 걷히고, 나는 다시 자유롭게 숨을 쉰다네.

7월 18일

　빌헬름, 이 세상에 만일 사랑이 없다면 우리의 마음은 어떻 겠는가. 마치 불빛이 비치지 않는 환등기 같을 걸세! 작은 램 프를 환등기 안에 설치하는 즉시, 아주 다채로운 영상들이 은 막에 나타난다네. 그것이 비록 일시적인 환영에 지나지 않을 지라도, 우리가 그 신비로운 현상 앞에서 철부지 소년처럼 황 홀해한다면 그것만으로도 우리에게 행복을 주는 것이 아니겠 는가. 오늘은 피치 못할 모임이 내 발길을 가로막는 바람에 로 테에게 갈 수 없었네. 그러니 어쩌겠는가? 오늘 그녀 곁에 있 던 사람이라도 내 주변에 두고 싶어서 하인을 그녀한테 보냈 다네. 내가 얼마나 초조한 마음으로 하인이 돌아오길 기다렸 고, 또 얼마나 기쁜 마음으로 하인을 맞아들였는지 아는가! 남 부끄럽게 여기지만 않았더라면 하인의 머리를 붙잡고서 입도 맞추었을 걸세.

　양지바른 곳에 두면 햇빛을 빨아들여서 밤이 되면 한동안 빛을 발한다는 볼로냐 중정석에 대한 이야기를 들은 적이 있 네. 어린 하인이 나한테 바로 그런 존재였네. 그녀의 두 눈이 소년의 얼굴과 뺨, 윗도리 단추, 재킷의 칼라에 머물렀다는 생 각을 하면, 그 모든 것이 너무 성스럽고 소중했다네! 그때 누군가가 천만금을 준다고 했어도 소년을 내어 주지 않았을 걸세. 어린 하인 곁에서 너무 행복했다네. 부디 나를 비웃지 말게. 빌 헬름, 우리가 행복하다면, 그것은 환상일까?

7월 19일

「그녀를 만나리라!」
나는 아침에 잠에서 깨어나 찬란한 태양을 바라보며 더없이 즐거운 마음으로 외친다네.
「그녀를 만나리라!」
그리고 온종일 다른 소원은 없다네. 모든 것, 그야말로 모든 것이 이 기대 속에 녹아든다네.

7월 20일

자네들은 나더러 공사(公使)를 따라서 ***로 가라고 하는데, 나는 아직 그럴 생각이 없네. 내가 원래 어디에 예속되는 것을 좋아하지 않는 데다가, 우리 모두 그 남자가 밉살맞은 사람이라는 것을 잘 알지 않는가. 자네 말로는, 우리 어머니께서 내가 활동하기를 원하신다고 하는데, 그 말에 웃지 않을 수 없었다네. 그렇다면 지금은 내가 활동하지 않는다는 말인가. 그리고 내가 완두콩을 세든 메주콩을 세든 근본적으로는 매한가지 아니겠는가? 모든 일이 결국에는 하찮은 것에 지나지 않는다네. 스스로 그러고 싶은 욕구나 정열을 전혀 느끼지 못하면서도, 단지 다른 사람을 위해 돈이나 명예 같은 것을 얻으려 하는 것은 바보나 하는 짓일 뿐이네.

7월 24일

자네가 내 그림 그리는 것을 그토록 중요하거 여기니, 그 이야기는 차라리 꺼내지 않는 편이 좋겠네. 사실 그 이후로 그림을 거의 그리지 않았다네.

나는 요즘만큼 행복한 적이 없었네. 작은 돌멩이 하나 풀 한 포기에 이르기까지 자연을 이렇듯 풍요롭고 절실하게 느껴 본 적이 없었다네. 그런데도…… 뭐라고 말로 표현해야 할지 잘 모르겠네. 사물들을 머릿속에 떠올리는 힘이 아주 미진하다네. 모든 것이 흐릿하고 아물거려서 또렷하게 윤곽을 붙잡을 수 없네. 그러면서도 만약 점토나 밀랍이 있다면, 그것으로 뭔가를 빚어내는 상상을 한다네. 시간이 좀 걸릴지라도, 실제로 점토를 구해서 형상을 빚어 볼 생각이네. 비록 케이크밖에 빚어내지 못한다 할지라도 말일세!

그동안 세 번이나 로테의 초상화를 그려 보았는데, 번번이 우스꽝스럽게 되어 버리고 말았네. 얼마 전까지만 해도 그림이 원하는 대로 잘 그려졌던 만큼, 그것은 더욱 내 울화를 돋우었다네. 그러고 나서 로테의 실루엣을 그렸는데, 이것으로 만족해야 할 성싶네.

7월 26일

알았소, 사랑하는 로테, 내가 전부 알아서 마련하고 주문하리다. 다만 나한테 더 많은 일을 시켜 주시오, 다만 더 자주 말이오. 당신한테 한 가지 부탁이 있소. 앞으로는 나한테 보내는 쪽지에 모래를 뿌리지 마시오.[24] 오늘 쪽지를 받자마자 입술에 갖다 대었는데, 입 안에서 모래가 씹혔다오.

7월 26일

로테를 자주 보지 않겠다고 벌써 여러 번 굳게 마음먹었다네. 하지만 누가 그런 결심을 지킬 수 있겠는가! 날이면 날마다 유혹에 굴복하고는, 내일은 찾아가지 않겠다고 엄숙하게 다짐한다네. 그리고 그다음 날이 오면 또다시 반박할 수 없는 구실을 찾아내서는 어느 새 그녀 곁에 가 있다네. 그녀가 전날 저녁에 〈내일 또 오실 거죠?〉라고 물었는데, 어떻게 가지 않을 수 있겠는가? 어떨 때는, 그녀에게 부탁을 받았는데 내가 직접 찾아가서 답변하는 것이 예의범절에 맞지 않겠느냐고 생각한다네. 아니면 날씨가 너무 좋아 발하임에 가는데, 발하임에서 그녀가 있는 곳까지는 불과 30분 거리밖에 되지 않잖느냐는 구실을 댄다네. 바로 지척에 있는 듯한 기분이 드는 걸세. 그러면 눈 깜짝할 사이에 벌써 그녀 곁에 있다네. 옛날에 우리 할머니

24 옛날에는 잉크로 글씨를 쓴 후에, 잉크가 번지는 것을 막기 위해서 가는 모래를 뿌렸다.

께서 가까이 다가오는 배의 쇠붙이란 쇠붙이는 모조리 끌어당
긴다는 자석 산 이야기[25]를 들려주셨다네. 못들이 일제히 자석
산을 향해 날아가고, 가련한 인간들은 와르르 무너져 내리는
널빤지 틈에 끼어 난파하는 신세가 된다네.

7월 30일

알베르트가 돌아왔고, 나는 이곳을 떠날 생각이네. 알베르
트가 모든 점에서 나보다 나은, 참으로 고매하고 뛰어난 남자
라고 인정한다면, 그렇듯 완벽함을 소유한 남자와 대면하는 것
이 얼마나 견디기 어렵겠는가. 소유하고말고! 이제 끝일세, 빌
헬름, 그녀의 약혼자가 왔다네! 참으로 착실하그 자상해서, 도
저히 좋아하지 않을 수 없는 남자라네. 다행히도 나는 약혼자
를 맞아들이는 자리에 없었네. 만일 그 자리에 있었더라면, 내
마음은 갈가리 찢어졌을 걸세. 게다가 그는 아주 점잖은 사람
이어서, 이제껏 한 번도 내 앞에서 로테에게 입 맞추지 않았다
네. 하느님께서 그에 대한 보답을 해주실 걸세. 약혼녀를 존중
하는 태도 한 가지만 보아도, 나는 그를 사랑해야 하네. 나한테
도 호의를 보이는데, 본인 스스로 우러나와서 그러기보다는 로
테의 작품이라고 추측되네. 이런 점에서 여자들은 눈치 빠르게
상황을 잘 판단하기 때문일세. 자신을 사모하는 두 남자가 서
로 사이좋게 지낼 수만 있다면, 여자들에게 좋지 않겠는가. 물

25 『천일야화』의 이야기들 가운데 하나.

론 그러기는 쉽지 않지만 말일세.

그런데도 나는 알베르트에게 경의를 표하지 않을 수 없다네. 그의 침착한 겉모습은 숨기려야 숨길 수 없는 내 불안한 성격과 생생한 대조를 이룬다네. 그는 감정도 풍부하고 로테가 자신에게 뭘 의미하는지도 잘 알뿐더러, 불쾌한 기분에 사로잡히는 경우도 별로 없는 듯 보이네. 자네도 알다시피, 불쾌한 기분은 내가 무엇보다도 증오하는 인간의 죄악이지 않은가.

알베르트는 나를 분별 있는 사람으로 여긴다네. 그래서 내가 로테에게 집착하고 로테의 모든 행동을 보며 진심으로 기뻐할수록, 그는 로테를 더욱 사랑하고 그의 승리감은 더욱 고취된다네. 그가 이따금 질투심을 내보이며 로테를 괴롭히는지 나는 알고 싶지 않네. 내가 알베르트의 입장이라면, 틀림없이 이 악마로부터 무사하지 않을 걸세.

그거야 어떻든지 간에, 이제 로테 곁에 머무르는 내 기쁨은 끝일세. 이것을 어리석다고 해야 할 것인가, 아니면 눈멀었다고 해야 할 것인가? 굳이 뭐라고 이름 붙일 필요가 있겠는가. 사실 그 자체로 충분한 것을! 나는 진작 알베르트가 오기 전부터 이런 일이 있을 줄 알고 있었네. 내가 로테에게 어떤 요구도 해서는 안 된다는 것을 알고 있었고, 또 실제로 어떤 요구도 하지 않았네. 그러니까 내 말은, 그렇듯 사랑스러운 모습 앞에서 갈망하는 마음을 품지 않는 것이 가능한 한 그랬다는 말일세. 그런데 지금 다른 사람이 정말로 나타나서 그 아가씨를 가로채 가자, 이 못난 인물이 눈을 크게 뜨고 바라본다네.

나는 이를 악물고서 내 비참한 처지를 조소하네. 그리고 달리 어쩔 도리가 없으니 체념해야 한다고 내게 말할 사람들은 두 배, 세 배 더욱 조소할 것일세. 이 허수아비 같은 인간들아, 썩 물러나라! 나는 숲을 배회하다가 로테를 찾아간다네. 그러다 알베르트가 정원의 정자에 그녀와 함께 앉아 있는 것을 보면, 더 이상 발걸음이 떨어지지 않는다네. 나는 완전히 얼이 빠져서 바보같이 굴고 익살을 떨고 엉뚱한 짓을 한다네.

「제발 부탁이에요.」

오늘 로테가 나한테 말하였네.

「어제저녁 같은 모습은 다시 보이지 마세요. 당신이 그렇게 익살맞게 구시면 너무 끔찍해요.」

우리끼리 이야기지만, 나는 알베르트에게 바쁜 일이 생기기만을 기다린다네. 그러면 내가 휙 날쌔게 달려갈 걸세. 로테가 혼자 있으면, 언제나 내 마음이 편안하다네.

8월 8일

그런 뜻이 아니었네. 사랑하는 빌헬름, 달리 어쩔 수 없으니 운명에 순응하라고 요구하는 사람들을 도저히 참을 수 없다고 탓한 것은 물론 자네를 두고 한 말이 아닐세. 자네가 그런 비슷한 생각을 가지고 있을 줄은 내 미처 짐작조차 하지 못했네. 근본적으로는 자네 말이 옳네. 친애하는 벗이여, 다만 여기서 한 가지 짚고 넘어가고 싶은 것이 있다네. 이 세상에서 이것이냐 아니면 저것이냐 양자택일로 끝나는 것은 별로 없다네. 매부리코와 납작코 사이에 수없이 다양한 코 모양이 존재하듯, 사람의 감정과 행동 방식은 천차만별 아주 다양한 것일세.

그러니 자네의 논지가 옳다고 인정하면서도 양자택일의 두 가능성 사이를 슬쩍 빠져나오려 한다고 나를 너무 나쁘게 생각하지 말게.

자네는 로테에게 희망이 있느냐 없느냐 둘 중 하나라고 말하네. 그러니까 첫 번째 경우에는 그 희망을 밀고 나가서 적극적으로 소원을 이루려고 노력하라. 그러나 만일 두 번째 경우라면, 정신을 바짝 차려서 사람을 탈진시키는 불행한 감정을 떨쳐 버리려고 시도하라. 자네 말은 이런 뜻이 아닌가. 이보게! 참 듣기 좋은 말일세. 그리고 이런 말은 하기도 쉽다네.

그렇다면 자네는 잠행성 만성 질병에 걸려서 생명의 불꽃이 서서히 꺼져 가는 불행한 사람에게, 단도를 휘둘러 단번에 고통을 종식시키라고 요구할 수 있겠는가? 환자의 힘을 소진시키는 불행이 거기서 벗어날 수 있는 용기마저 빼앗아 가지 않겠는가?

자네는 이 말에 비슷한 비유를 들어 대답할 수 있을 걸세. 우물쭈물 망설이며 목숨을 위태롭게 하기보다는 차라리 팔 한쪽을 내놓아야 하지 않겠느냐고. 나는 잘 모르겠네! 우리 비유를 들어 가며 이리저리 물고 늘어지지 마세. 그만두세. 그렇다네, 빌헬름, 내게는 이따금 벌떡 일어나서 모든 것을 떨쳐 버릴 수 있는 용기가 생기는 순간이 있다네. 그런 순간에 어디로 가야 할지만 안다면, 분명 그리로 갈 걸세.

같은 날 저녁에

한동안 내팽개쳐 두었던 일기장이 오늘 우연히 다시 손에 잡혔네. 내가 모든 것을 잘 알면서도 이런 상황에 한발 한발 빠져 들어간 것을 깨닫고서 놀랐다네! 내 처지를 뚜렷이 보면서도, 어떻게 그리 어린아이처럼 행동할 수 있었는지. 그리고 지금도 뚜렷이 보긴 마찬가진데, 어째서 나아질 기미가 조금도 보이지 않는 것인지.

8월 10일

만일 어리석게 굴지만 않는다면, 나는 이 세상에서 남부럽지 않게 최고로 행복한 삶을 누릴 수 있을 걸세. 인간의 영혼을 즐겁게 해주는 상황들이 내 경우만큼 근사하게 조합되기도 쉽지 않을 테니 말일세. 아아, 행복이 오로지 우리의 마음에 달려 있다는 것은 확실하네. 그 화목한 가정의 한 식구처럼 지내며, 노인에게서는 아들처럼 사랑을 받고 어린아이들에게서는 아버지처럼 사랑을 받는다네. 그리고 로테의 사랑도 있네! 또 성실한 알베르트는 변덕스럽고 무례하게 굴어서 내 행복을 방해하는 일이 결코 없다네. 그는 나를 진정한 우정으로 감싸 주고, 이 세상에서 로테 다음으로 나를 사랑한다네! 빌헬름, 우리 둘이 산보하면서 로테에 대해 나누는 이야기를 듣는 사람이 있다면 틀림없이 재미있어할 걸세. 사실 우리의 관계보다 더 우스꽝스러운 것이 또 어디 있겠는가. 그런데도 나는 우리 관계를 생각하면 종종 눈물이 치솟는다네.

알베르트가 정숙하고 조신하셨던 로테의 어머니에 대한 이야기를 들려주었네. 어머니는 숨을 거두시면서, 로테에게 집안 살림과 아이들을 맡기고 알베르트에게는 로테를 간곡히 부탁하셨다네. 그 이후로 로테는 완전히 사람이 달라져서 성심껏 살림살이를 맡아 하는 일에 다른 어머니들에게 조금도 뒤지지 않는다네. 언제나 사랑 어린 마음으로 주변을 보살피고 한시도 일손을 놓지 않으면서도, 쾌활하고 밝은 성품을 조금도 잃지 않았다는 것일세. 알베르트와 나란히 걸으며 이런 이야기를 듣는 동안, 나는 길가의 꽃을 꺾어서 정성껏 꽃다발을 엮었네. 그러고는 꽃다발을 흘러가는 강물에 던지고서, 잔잔한 물살에 떠내려가는 것을 지켜보았네. 알베르트가 앞으로 이곳에 머무를 것이며 궁중에서 대우 좋은 일자리를 얻게 될 것이라고 내 벌써 자네에게 이야기했던가. 알베르트는 궁중에서 무척 좋은 평을 받고 있다네. 나는 그처럼 부지런하고 꼼꼼하게 일하는 사람을 아직까지 별로 보지 못했네.

8월 12일

알베르트가 하늘 아래 다시 없는 사람인 것은 확실하네. 그런데 어제 알베르트하고 별난 논쟁을 벌였지 뭔가. 나는 불현듯 산에 가고 싶은 마음이 들어서, 작별 인사를 나누려고 알베르트를 찾아갔다네. 지금 바로 그 산에서 자네한테 편지를 쓰는 중일세. 내가 알베르트의 방 안을 이리저리 오가는데, 문득 권총이 눈에 띄었다네.

「이번 여행길에 자네 권총을 좀 빌려 주게나.」

나는 말하였네.

「자네가 총알 장전하는 수고를 마다하지 않는다면 얼마든지 빌려 가게나.」

알베르트는 대답하였네.

「나는 권총들을 그저 형식상 방에 걸어 놓고 있을 뿐일세.」

내가 권총 하나를 내리는데, 알베르트는 말을 계속하였네.

「예전에 조심한다는 것이 오히려 그만 엉뚱한 불상사를 일으킨 이후로, 나는 그 물건하고 더 이상 관계하고 싶지 않네.」

나는 도대체 무슨 일이 있었는지 알고 싶은 호기심이 일었네.

「내가 시골의 한 친구 집에서 석 달가량 머무른 적이 있었다네.」

알베르트는 이야기하였네.

「그때 소형 권총 몇 자루를 장전하지 않은 채 두고서도 잠만 편안히 잘 잤네. 그러던 중 어느 비 오는 날 오후에 하릴없이 앉아 있는데, 느닷없이 습격을 받아서 권총이 필요할지도 모른다는 생각이 떠오르는 걸세. 어쩌다 그런 생각이 떠올랐는지 누가 알겠는가. 자네도 무슨 말인지 알 걸세. 그래서 하인에게 권총을 내어 주며, 잘 닦아서 장전하라고 일렀네. 그런데 하인이 처녀들하고 장난치며 그녀들을 깜짝 놀래 주려고 한 모양일세. 어찌 된 영문인지는 자세히 알 길이 없지만, 장전용 밀대가 권총 안에 들어 있었던 탓에, 권총이 그만 발사되고 말았네. 총알이 소녀의 오른쪽 손바닥의 도톰한 부분을 맞추면서 엄지손가락을 박살내고 말았지 뭔가. 나는 온갖 하소연을 듣고 치료비까지 물어 줘야 했네. 그 이후로는 절대로 무기를 장전하지 않는다네. 이보게 친구, 조심한다는 것이 무엇인가? 위험은 언제 닥칠지 결코 알 수 없는 법일세. 그렇기는 하지만…….」

빌헬름, 그 〈그렇기는 하지만〉을 빼고 내가 알베르트를 얼마나 좋아하는지 아는가. 모든 보편적인 원칙에 예외가 존재한다는 것은 너무 당연하기 때문일세. 하지만 그 사람은 너무 고지식하다네! 자신이 경솔한 것이나 일반적인 것, 어설픈 진실을 말했다고 믿으면, 그것을 한도 끝도 없이 제한하고 수정하고 이리 빼고 저리 더한다네. 그래서 원래 말하려던 내용이 결국 하나도 남아 있지 않는다네. 이번에도 알베르트는 지나치게 깊이 파고들었고, 나는 언제부터인가 한 귀로 듣고 한 귀로 흘려버렸네. 이런저런 엉뚱한 생각을 하다가, 불쑥 몸을 움직여 권총의 총구를 내 오른쪽 눈 위의 이마에 대고 눌렀다네.

「이런!」

알베르트가 내 손에서 권총을 낚아채 가며 말하였네.

「이게 무슨 짓인가?」

「총알이 들어 있지 않다면서.」

나는 대답하였네.

「아무리 그렇더라도, 이게 무슨 짓이란 말인가?」

알베르트가 성급하게 대꾸하였네.

「인간이 얼마나 어리석으면 스스로 목숨을 끊을 수 있는지, 도저히 납득할 수 없는 일일세. 그 생각만 해도 혐오감이 치민다네.」

「자네들은 무슨 말만 하면 금방 〈그것은 어리석다, 현명하다,

좋다, 나쁘다〉라고 말하는데, 그래서 도대체 어쨌단 말인가?」

나는 외쳤네.

「자네들은 행동의 내적인 관계를 깊이 조사해 본 적이 있는가? 왜 그런 일이 일어났으며, 왜 일어날 수밖에 없었는지 원인을 확실하게 밝혀 낼 수 있는가? 자네들이 정말 밝혀 냈다면, 그렇듯 성급하게 판단을 내리지 않을 걸세.」

「그 동기가 무엇이든지 간에 분명히 악덕한 행위가 있는 것은 사실일세. 이 점은 자네도 인정할 걸세.」

알베르트는 말하였네.

나는 어깨를 으쓱하며 알베르트의 말이 옳다고 인정하였네.

「하지만 이보게, 여기에도 몇 가지 예외가 있다네.」

그러고는 말을 이었네.

「도둑질이 악덕인 것은 사실일세. 그러나 당장 굶어 죽을 지경에 처한 가족과 자신을 구하려고 도둑질에 나선 사람이 있다면, 동정을 받아야겠는가, 아니면 벌을 받아야겠는가? 부정을 저지른 아내 때문에 분노를 참지 못하고 그 부정한 아내와 비열한 간부(姦夫)를 처단한 남편에게 누가 앞장서서 돌을 던지겠는가? 더없이 행복한 시간에 어쩔 수 없이 사랑의 환희에 도취한 아가씨에게는 또 누가 돌을 던지겠는가? 지극히 냉철하게 따지고 드는 우리의 형법조차 정상을 참작하고 형벌을 유보할 걸세.」

「그것은 전혀 다른 문제일세. 정열에 휩싸인 사람은 모든 판단력을 상실한 상태이니, 술꾼이나 광인으로 보아야 마땅하네.」

알베르트가 대답하였네.

「아아, 너희 이성적인 인간들이여!」

나는 미소 지으며 외쳤네.

「정열! 취기! 광기! 자네들 도덕적인 인간들은 그렇듯 냉정하고 무심하게 서서, 술꾼을 탓하고 광기에 사로잡힌 사람들을 혐오하며, 그런 사람들 곁을 성직자처럼 스쳐 지나가고,(누가 복음 10장 31절 참조) 그런 사람이 되지 않게 해주셨다고 바리새인처럼 하느님께 감사드리네. 나는 한 번 이상 술에 취해 보았으며 내 정열은 광기에서 멀지 않았는데도, 결코 후회하지 않는다네. 위대한 것, 불가능해 보이는 것을 실현시킨 비범한 이들이 옛날부터 어떻게 술꾼이나 정신병자로 몰렸는지 내 나름대로 깨달았기 때문일세.

그러나 평소에도 누군가가 조금만 뜻밖의 자유롭고 고매한 행위를 하면, 〈저 사람은 술 취했다, 저 사람은 미쳤다!〉라고 등 뒤에서 외치는데, 참으로 견디기 어려운 일일세. 너희 냉철한 인간들이여, 부끄러운 줄 알라! 너희 똑똑한 인간들이여, 부끄러운 줄 알라!」

「자네가 또 지나치게 엉뚱한 생각을 하는 걸세.」

알베르트가 말하였네.

「자네는 매사를 지나치게 과장한다네. 지금 여기서 우리가 말하는 자살을 위대한 행위와 비교하는 것만큼은 확실히 잘못되었네. 자살은 나약함으로밖에는 볼 수 없기 때문일세. 고통스러운 삶을 꿋꿋하게 견디어 내기보다는 목숨을 끊는 편이 물론 더 쉽다네.」

나는 여기서 대화를 중단하려고 하였네. 내가 진심을 다해 말하는데, 상대방이 깊이 생각할 필요조차 없는 진부한 말로 응수할 때보다 더 당황스러운 것은 없기 때문일세. 그러나 이미 그런 말을 자주 들은 데다가 그런 말을 들을 때마다 화가 치밀었기 때문에, 애써 마음을 가다듬고는 조금 힘주어 대답하였네.

「자네는 그것을 나약함이라고 말하는가? 이보게, 제발 겉모습에 현혹되지 말게. 폭군의 멍에에 한숨짓던 백성들이 도저히 참을 수 없어서 마침내 우르르 들고일어나 쇠사슬을 끊어 버리는 경우, 자네는 그것을 나약하다고 이를 텐가? 자신의 집이 화염에 휩싸이자 너무 놀란 나머지 극도로 긴장하여, 평소에는 들지도 못하던 짐을 가볍게 나르는 사람, 또 모욕을 받고 분을 참을 수 없어서 여섯 명과 싸워 승리를 거두는 사람, 이런 사람들을 나약하다고 부를 텐가? 이보게, 힘껏 노력하는 것이 강인함이라면, 크게 긴장하는 것은 어째서 그 반대란 말인가?」

알베르트가 나를 빤히 응시하며 말하였네.

「내 말에 너무 기분 나빠하지 말게. 자네가 지금 말하는 사례들은 적절하지 않다고 생각되네.」

「그럴지도 모르지.」

나는 대답하였네.

「내가 횡설수설 이야기를 엮어 나간다고 비난하는 소리를 벌써 여러 번 들었네. 그렇다면, 원래는 편안하게 느껴야 할 삶의 짐을 과감하게 벗어 던지기로 결심한 사람의 심정이 어떨지, 우리 한번 다른 방식으로 헤아려 보세. 우리가 마음 깊이 공감할 수 있을 때에만, 이 일에 대해 말할 자격이 있기 때문일세.」

나는 말을 이었네.

「인간의 본성에는 한계가 있네. 인간은 원래 기쁨이나 슬픔이나 아픔을 어느 정도까지는 참아 낼 수 있지만, 도에 넘치는 경우에는 즉시 파멸에 이른다네. 그러니까 여기서 문제는 누군가가 강인하느냐 나약하느냐가 아니라, 도덕적인 것이든 육체적인 것이든 자신에게 주어진 고통의 정도를 과연 참아 낼 수 있느냐는 것일세. 악성 열병에 걸려 죽어 가는 사람을 겁쟁이라 부르는 것이 무례한 일이듯, 스스로 목숨을 끊은 사람을 비겁하다고 말하는 것도 마찬가지로 황당한 일이라고 생각하네.」

「그것은 역설일세! 그런 역설이 어디 있는가!」

알베르트가 외쳤네.

「자네가 생각하는 것만큼 심한 역설은 아닐세.」

나는 힘주어 대답하였네.

「어쩌다 몸이 심한 공격을 받아서, 기운도 소진하고 기능도 제대로 발휘할 수 없는 경우가 있네. 요행히 병을 잘 이겨 내어서 상태가 급변하고 정상적인 생활 궤도를 되찾을 가능성이 없는 경우를 죽을병이라 부른다는 것을 아마 자네도 인정할 걸세.

그렇다면 이보게, 이것을 우리의 정신에 한번 적용해 보세. 주변의 영향에 크게 좌우되고 무슨 생각이든 쉽게 떨쳐 내지 못하면서 편협한 삶을 영위하다가, 마침내 자신의 감정을 다스리지 못하고 마음의 평정을 상실하여 파멸에 이른 사람이 있네.

그런 경우엔 냉정하고 이성적인 사람이 그 불행한 사람의 상태를 아무리 정확하게 파악하고, 아무리 간곡하게 설득해도 소용이 없네! 건강한 사람이 환자의 침대 옆에 서서 환자에게 자신의 힘을 조금도 불어넣을 수 없는 것과 마찬가질세.」

알베르트에게는 이런 말들이 너무 막연하게단 생각되었네. 그래서 나는 얼마 전에 물에 빠져 죽은 처녀를 알베르트에게 상기시키고서 그 이야기를 한 번 더 들려주었다네.

「집안일을 돕고 매주 정해진 일을 하며 세상 물정 모르고 살아온 얌전한 젊은 아가씨였네. 조금씩 장만해 둔 나들이웃으로 치장하고서 일요일에 가끔 비슷한 처지의 아가씨들과 어울려 교외를 산책하고, 어쩌다 성대한 축제가 벌어지면 한 번씩 춤을 추고, 동네 싸움이나 얄궂은 소문에 대해 이웃집 처녀와 몇 시간 신나게 수다를 떠는 것 말고는 인생의 다른 즐거움을 전혀 모르고 살았다네. 그러다 마침내 그 아가씨의 정열적인 본성이 은밀한 욕구를 느끼게 되고, 그 욕구는 남자들의 감언이설을 통해 더욱 부추겨지네. 지금까지 즐거웠던 일들은 서서히 시들해지고, 드디어 한 남자를 만나서 생전 처음 느끼는 감정에 깊이 휩쓸리네. 아가씨는 세상을 전부 잊고서 오로지 그 남자에게 모든 희망을 거네. 눈에 아무것도 보이지 않고 귀에 아무 소리도 들리지 않으며, 오직 그 남자 하나만을 느끼고 오직 그 남자 하나만을 갈구하네. 부질없는 허영심의 공허한 유희에 타락하지 않은 아가씨의 욕망은 곧바로 목적을 향해 나아가네. 그 남자의 여인이 되려 하고, 그 남자와 영원히 결합하여 이제껏 맛보지 못한 온갖 행복을 누리려 하고, 그동안 애타게 갈망하던 모든 기쁨을 일시에 즐기려 하네. 모든 바람을 꼭 이루어 주겠다는 거듭된 약속과 욕망을 부추기는 대담한 애무가 그 처녀의 영혼을 완전히 휘감네. 처녀는 몽롱한 정신으로 온갖 기뺨을 예감하며, 한껏 기대에 부풀어서 모든 소원을 부둥켜안으려고 마침내 두 팔을 활짝 펼친다네. 그런데 사랑하는 사람이 그녀를 버리고 떠난 버린 걸세. 처녀는 넋이 나가 뻣뻣하게 굳은 몸으로 낭떠러지 앞에 서 있네. 세상이 온통 깜깜하고 아무런 희망도 보이지 않으며 그 무엇도 위로가 되지 않고 도대체 뭐가 뭔지 알 수 없다네! 나라는 존재를 느끼게 해주던 사람이 떠나 버렸기 때문일세. 그 아가씨에게는 눈앞에 놓인 넓은 세상도 보이지 않고, 잃어버린 것을 메워 줄 수 있을 많은 사람도 보이지 않네. 세상 전부로부터 외로이 혼자 버림받았다고 느끼네. 끔찍한 마음의 고통에 쫓겨 앞뒤 생각 없이, 사방을 뒤덮을 죽음 속에서 모든 고뇌를 종식시키려고 아래로 몸을 내던진다네. 이보게 알베르트, 이런 사연을 안은 사람들도 있다네! 그런데 이것이 질병의 경우가 아니라고 말할 텐가? 이리저리 뒤엉키고 서로 모순되는 힘들의 미로 속에서 천성이 벗어날 길을 찾아내지 못하면, 그 사람은 죽을 수밖에 없다네.

그 아가씨를 보고, 〈저런 어리석은 바보! 참고 기다렸더라면 시간이 해결해 주었을 텐데. 차츰 절망감도 가라앉고 위로해 줄 다른 사람이 나타났을 텐데〉라고 말할 수 있는 사람은 한심한 인간일세. 그것은 바로 이렇게 말하는 것과도 같다네. 〈저런 어리석은 바보, 열병으로 죽다니! 차츰 기운이 돌아오고 혈액 상태가 좋아져서 혼란이 지나가길 기다렸더라면, 모든 게 좋아졌을 텐데. 그랬더라면 지금도 살아 있을 텐데.〉」

이 비교를 여전히 이해하지 못한 알베르트가 몇 가지 이의를 제기하였네. 내가 무엇보다도 순박한 아가씨에 대한 이야기만을 했다는 것일세. 그렇듯 편협하게 살지 않아서 상황을 잘

판단할 수 있는 이성적인 사람의 경우에는 어떻게 그런 일을
용서할 수 있을지 모르겠다는 것이었네.

「이보게 친구, 그 사람도 사람일세.」

나는 외쳤다네.

「정열이 사납게 날뛰고 인간성의 한계가 사람을 짓누르면,
설사 약간의 이성을 지니고 있다 할지라도 거의, 아니 전혀 도
움이 되지 않는다네. 오히려…… 나머지 이야기는 다음 기회에
하세…….」

나는 모자를 집어 들며 말하였네. 아아, 가슴이 터질 것만 같
았다네. 우리는 서로 이해하지 못한 채 헤어졌다네. 이 세상에
서 서로를 이해하기가 어찌 이리 어렵단 말인가

8월 15일

결단코, 사랑만큼 이 세상에서 사람을 꼭 필요한 존재로 만
드는 것은 없을 걸세. 로테가 나를 잃지 않으려 하는 것에서 이
런 사실을 확연히 느낄 수 있네. 그리고 아이들은 내가 아침마
다 당연히 찾아오리라고 기대한다네. 오늘, 나는 로테의 피아노
를 조율하러 갔네. 그런데 아이들이 내 뒤를 쫓아다니며 재미있
는 이야기를 해달라고 조르는 데다가 로테마저 아이들의 부탁
을 들어주라고 말하는 바람에 조율할 겨를이 없었다네. 나는 아
이들에게 저녁 식사로 빵을 잘라 주면서 — 이제 아이들은 내
가 잘라 주는 빵도 로테의 빵 못지않게 잘 받아먹는다네 — 손
의 시중을 받는 공주 이야기[26]를 들려주었네. 자네한테 분명히

말하지만, 그러면서 내가 얼마나 많은 것을 배우는지 아는가. 흥미로운 이야기가 아이들에게 얼마나 깊은 인상을 남기는지 참으로 놀랍다네. 내가 이따금 사소한 주변 상황을 지어내고는 그다음에 같은 이야기를 할 때 그 내용을 잊어버리면, 아이들이 지난번에는 그렇지 않았다고 금방 말한다네. 그래서 이야기할 때마다 내용이 달라지지 않도록 지금 노래하듯 줄줄 암송하는 연습을 하고 있다네. 이것을 통해서 나는 작가가 두 번째 개정판을 내는 경우에 비록 시적으로는 훨씬 좋아질지 모르지만 스스로 작품에 어떤 손상을 미치는지 알게 되었네. 첫인상은 언제나 우리의 뇌리에 쉽게 받아들여지는 법일세. 인간은 원래 모험적인 것에 귀가 솔깃하지만, 일단 들은 것은 금방 기억에 깊이 뿌리를 내린다네. 그것을 지우거나 말살시키려 하는 사람은 후회할 걸세.

8월 18일

　인간의 행복을 이루는 것이 어째서 하필이면 불행의 원천도 되어야 한단 말인가?

　생동하는 자연은 내 마음에 넘치는 듯한 뜨거운 감정을 안겨 주며 나를 환희에 떨게 하였고 내 주변의 세계를 낙원으로 만들었다네. 그런데 이제는 그것이 악령처럼 가는 곳마다 내 뒤를 쫓아다니며 견딜 수 없는 고통을 안겨 준다네. 예전에 나

26 프랑스의 동화. 동화에서 공주는 붙잡혀서 갇혀 지내며, 천장에서 내려오는 손의 식사 시중을 받는다.

는 암벽에서 시작하여 강물을 넘어 건너편 언덕까지 펼쳐지는 풍요로운 골짜기를 둘러보며, 주위의 모든 것이 싹트고 샘솟는 것을 보았네. 아래쪽에서부터 높은 정상까지 키 큰 나무들로 무성하게 뒤덮인 산들과, 더없이 정겨운 숲에 가려 그늘지고 고불고불 굽이치는 골짜기들을 보았다네. 강물은 소곤거리는 갈대 사이로 미끄러지듯 잔잔히 흐르며, 황혼의 산들바람에 실려 오는 하늘의 사랑스러운 구름을 비쳐 주었네. 숲에 활기를 불어넣는 새들의 노랫소리가 사방에서 귓가를 울리고, 수많은 모기 떼가 마지막 붉은 햇살 속에서 대담하게 춤을 추고, 태양의 움찔거리는 최후의 눈길이 윙윙거리는 풍뎅이를 풀숲에서 해방시켰네. 사방에서 윙윙거리며 분주하게 움직이는 소리가 내 주의를 땅바닥으로 잡아끌었고, 척박한 바위 틈새에서 힘겹게 영양분을 빨아들이는 이끼와 메마른 모래언덕 아래로 자라나는 덤불은 성스러운 생명이 자연의 보이지 않는 내부에서 뜨겁게 불타오르는 것을 알려 주었네. 나는 그 모든 것을 내 뜨거운 가슴으로 품으며, 그 넘쳐흐르는 풍성함 속에서 마치 신이 된 듯한 기분이었다네. 무한한 세계의 장엄한 고습들이 내 영혼 속에서 힘차게 약동하며 활기를 불러일으켰네. 험준한 산들이 내 주변을 에워싸고, 낭떠러지가 내 앞을 가로막았네. 갑자기 비에 불어난 급류가 소용돌이치며 쏟아져 내리고, 강물이 발아래서 도도히 흘러가고, 숲과 산이 일제히 소리를 내었네. 땅속 깊은 곳에서 불가사의한 힘들이 서로 영향을 주고받으며 서로를 형성하는 것이 눈에 보였네. 온갖 종류의 피조물들이 이렇듯 하늘과 땅 사이에서 우글거리네. 모든 것, 그야말로 모든 것이 수천 가지 모습으로 이 세상을 채우네. 사람들은 아늑한 보금자리를 마련하고 서로를 포근하게 품어 주며 자신의 뜻대로 넓은 세상을 다스리네. 스스로 미소(微小)한 탓에 이 모든 것을 경멸하는 자는 가련한 바보일세! 영원히 창조하시는 창조주의 숨결은 오르기 어려운 산악 지대에서부터 사람의 발길이 닿지 않은 황무지를 지나 미지의 대양 끝까지 스치며, 이 세상의 티끌들이 자신을 받아들여 생명을 일구어 내는 것을 기뻐한다네. 아아, 그때 나는 얼마나 자주 두루미의 날개에 몸을 싣고 저 멀리 한없는 바다 끝까지 가고 싶었던가! 그 무한함의 물보라 치는 잔으로 삶의 넘치는 환희를 마시고, 자신 안에서 자신을 통해 만물을 만들어 내는 존재의 지고한 행복을 단 한 방울만이라도, 단 한순간만이라도 내 가슴의 미소한 힘으로 느껴 보고 싶었던가!

벗이여, 그런 시간들에 대한 추억만이 내 마음을 편안하게 해준다네. 그 이루 형용할 수 없는 감정들을 되살려서 말로 표현하려고 노력하다 보면, 내 영혼은 저 높이 두둥실 떠올랐다가는, 지금 나를 에워싼 불안한 상황을 곱절은 더 생생하게 느낀다네.

내 영혼을 가리고 있던 장막 같은 것이 걷히고, 내 앞에는 무한한 삶의 무대가 영원히 입 벌리고 있는 무덤 속의 깊은 나락으로 변한다네. 모든 것이 덧없이 사라져 버리는데, 자네는 〈이것이 존재한다!〉라고 말할 수 있겠는가? 날씨가 변하듯 세상 만물이 순식간에 지나가 버리며, 존재를 지탱하는 힘이 견뎌내지 못하고서, 아아, 물살에 휩쓸려 깊이 가라앉고 바위에 부딪혀 박살나는데 말일세. 자네와 자네 주변의 사람들은 매 순간 끊임없이 소진되어 갈뿐더러, 자네 또한 매 순간 끊임없이 뭔가를 파괴하고 또 파괴할 수밖에 없네. 지극히 예사로운 산보조차 수많은 가련한 벌레들의 생명을 앗아 가며, 단 한 번의 발걸음이 겨우겨우 힘들게 쌓아 올린 개미집을 으스러뜨려서 그 작은 세계를 굴욕적인 무덤으로 짓밟아 버리네. 아니, 이 세상에 어쩌다 한 번 일어나는 커다란 재난, 마을들을 송두리째 휩쓸어 가는 홍수, 도시들을 한입에 삼켜 버리는 지진은 내 마음을 뒤흔들지 못하네. 오히려 자연의 삼라만상 안에 숨어 있는 소진시키는 힘이 내 마음을 헤집어 놓는다네. 그 힘이 만들어 내는 것은 결국 스스로를 파괴하고 이웃을 파괴한다네. 그래서 나는 불안하게 비틀거리네. 하늘과 땅 그리고 내 주변의 작용하는 힘들. 내 눈에는 영원히 삼키고 영원히 되새김질하는 괴물만이 보이네.

8월 21일

아침마다 울적한 꿈에서 어렴풋이 깨어날 때면 그녀를 찾아 헛되이 두 팔을 뻗치네. 그녀와 나란히 초원에 앉아서 두 손을 마주 잡고 그녀에게 수없이 입 맞추는 천진하고 행복한 꿈에 속고 나면, 밤마다 침대에서 속절없이 그녀를 찾아 더듬네. 아아, 잠에 반쯤 취해서 그녀를 찾아 더듬거리다가 정신이 들면, 내 짓눌린 마음에서 폭포수처럼 눈물이 치솟는다네. 나는 암담한 미래에 절망하여 운다네.

8월 22일

빌헬름, 불행하게도 내 활동력이 불안한 무관심으로 변해
버렸다네. 나는 한가로이 빈둥거리지도 못하면서, 그렇다고 무
슨 일을 열심히 하는 것도 아닐세. 머릿속에 아무 생각도 떠오
르지 않고, 자연을 보아도 아무런 느낌이 없고, 책에는 진저리
가 나네. 우리가 우리 자신을 잃어버리는 경우에는 모든 것을
잃게 된다네. 이보게, 맹세컨대, 내가 차라리 날품팔이였으면
좋겠다고 이따금 얼마나 바라는지 아는가. 그러면 아침마다 잠
에서 깨어나면서 그날 하루에 대한 기대나 열망, 희망이라도
품을 수 있지 않겠는가. 내가 서류에 파묻혀 있는 알베르트를
종종 얼마나 부러워하는지 모른다네. 내가 알베르트라면 얼마
나 좋을까 나도 모르게 상상한다네! 자네하고 장관에게 편지
를 써서, 공사관에 일자리를 마련해 달라고 부탁할까 벌써 여
러 차례 생각했다네. 그 일자리를 얻을 수 있을 것이라고 자네
가 장담하지 않았는가. 내 생각에도 가능할 것 같으이. 장관이
오래전부터 나를 어여삐 여기는 데다가, 무슨 일이든 전념해
보라고 나한테 간곡히 일렀기 때문이네. 그래서 때로는 한 시
간쯤 그 문제에 대해 진지하게 고려해 본다네. 그러다 나중에
다시 그 생각을 하게 되면, 자유에 싫증난 말이 자청해서 자신
에게 안장을 얹게 하고 마구를 채우게 했다가 결국 신세를 망
친 우화[27]가 떠오른다네. 그러면 뭘 어찌해야 좋을지 도대체
종잡을 수 없네. 사랑하는 벗이여! 혹시 내 안의, 변화를 좇는

[27] 말이 사슴에 쫓기는 사람들을 도와주었다가, 결국 사람들에게 착취당했
다는 내용의 우화.

갈망이 내 마음을 몰아세우는 달갑잖은 조급함이 되어 어디를 가든 나를 쫓아다니는 것은 아닐까?

8월 28일

혹시라도 내 병을 치료할 가능성이 있다면, 필시 이 사람들이 고쳐 줄 걸세. 오늘이 내 생일인데, 아침 일찍 알베르트에게서 작은 소포가 왔네. 소포를 열자마자 분홍색의 리본이 눈에 띄었다네. 내가 로테를 처음 만났을 때 그녀가 달고 있던 리본으로, 나는 그 리본을 갖고 싶다고 몇 번이나 로테에게 부탁했었다네. 그리고 사륙판의 자그마한 책 두 권이 들어 있었는데, 베트슈타인판 호메로스였네. 산보 갈 대마다 에르네스티판을 들고 가는 것이 거추장스러워서 벌써 여러 번 그 작은 판본이 갖고 싶었다네. 보게나! 그들은 이렇듯 내 소원을 알아서 헤아려 주고, 우정의 온갖 작은 호의를 찾아낸다네. 주는 사람의 허영심이 우리를 욕보이는 눈부신 선물보다 이런 작은 호의가 천배는 더 소중하지 않겠는가. 나는 그 리본에 수없이 입 맞추고, 다시는 돌아오지 않을 그 행복했던 며칠 동안 나를 가득 채웠던 환희에 대한 추억을 숨을 들이쉴 때마다 빨아들인다네. 빌헬름, 내 처지가 이런데도 나는 인생의 꽃이 환영일 뿐이라고 불평하지 않는다네. 얼마나 많은 꽃들이 한 줄기 흔적도 남기지 않고 덧없이 사라져 가는가! 열개를 맺는 꽃들은 참으로 적고, 그 열매들 가운데서 무르익는 것은 또 얼마나 적은가! 그런데도 열매들은 충분히 남아 있다네. 그런데도 ─

오, 벗이여! — 그 무르익은 열매들을 어떻게 업신여기고 경멸하며 즐기지 않은 채 썩어 가게 내버려 둘 수 있단 말인가?

잘 있게! 올 여름은 참으로 눈부시게 아름답네. 나는 종종 로테의 과수원에서 과일나무 위에 앉아 있네. 그곳에는 과일을 따는 기다란 장대가 있어, 나무 꼭대기의 배를 딴다네. 내가 배를 아래로 내려 주면, 그녀가 아래 서서 배를 받아 든다네.

8월 30일

불행한 인간이여! 이래도 네가 어리석은 바보가 아니라더냐? 네 스스로를 속이고 있지 않느냐? 이 사납게 날뛰는 끝없는 정열이 대체 무엇이란 말이냐? 이제 나는 오직 그녀를 향해서만 기도한다네. 내 상상력은 오직 그녀의 모습만을 떠올리고, 내 주변 세상의 모든 것은 오직 그녀와의 관계에서만 보인다네. 그러면 때로는 그녀와 더불어 행복한 시간을 보내지만, 결국에는 그녀를 떨쳐 낼 수밖에 없다네! 아아, 빌헬름! 내 마음이 어찌 이리 나를 짓누른단 말인가! 나는 두세 시간 그녀 곁에 앉아서, 그 자태와 몸놀림, 그 천상적인 언어의 표현을 즐긴다네. 그러다 보면 내 모든 감각이 차츰 팽팽하게 긴장해 눈앞이 흐릿해지고 거의 아무 소리도 귀에 들리지 않게 되어, 마치 암살범에게 목이 졸리는 것만 같다네. 내 심장이 거세게 고동치면서 짓눌린 감각에 숨통을 터주려 하면 혼란만이 더욱 가중될 뿐이라네. 빌헬름, 내가 아직 이 세상에 존재하는지 분간이 가지 않을 때도 종종 있다네! 그리고 로테가 비애에 사로잡힌 나를 불쌍히 여겨서 자신의 손을 붙잡고 답답한 마음을 눈물로 달래도록 허락하지 않을 때는, 도저히 가만히 있을 수가 없다네. 집을 뛰쳐나가서 들판을 이리저리 헤맨다네. 그러면 가파른 산을 기어오르거나, 덤불에 긁히고 가시에 찔리면서도 길도 없는 숲 속을 헤치고 나가는 것이 기쁨이라네. 그러다 보면 기분이 조금 나아진다네! 조금! 그리고 때로는 지칠 대로 지쳐서 갈증에 시달리며 아무 데나 드러눕고, 때로는 보름달이 휘영청 밝은 한밤중에 상처 난 발바닥을 조금 쉬게 하려고 쓸쓸한 숲 속의 굽은 나뭇등걸에 앉는다네. 그러다 어스름하게 동틀 무렵, 지쳐서 그만 꾸벅꾸벅 잠이 든다네. 오, 빌헬름! 쓸쓸한 작은 암자, 짐승의 거친 털로 지은 의복과 가시르 엮은 허리띠가 내 영혼이 갈망하는 위로일세. 잘 있게! 이 비참함의 끝이 있다면, 그것은 무덤뿐일세.

9월 3일

나는 이곳을 떠나야 하네! 빌헬름, 내 흔들리는 결심을 붙잡아 주어서 고맙네. 벌써 2주일 전부터 그녀 곁을 떠나려는 생각을 품고 있네. 나는 이곳을 떠나야 하네. 그녀는 다시 시내의 여자 친구 곁에 머물고 있다네……. 그리고 알베르트는…… 그리고…… 나는 떠나야 하네!

9월 10일

그것은 밤이었네! 빌헬름! 이제 나는 모든 것을 극복할 걸세. 다시는 그녀를 만나지 않을 걸세! 오, 친애하는 벗이여, 자네의 목을 부둥켜안고서 환희의 눈물을 쏟아 내며 내 마음을 사로잡는 느낌들을 말로 표현할 수 있다면 얼마나 좋겠는가. 나는 여기 앉아서 가쁜 숨을 몰아쉬고 마음을 진정시키려 애쓰며 아침이 오길 기다리네. 해가 뜨면 말들이 오기로 약속이 되어 있네.

아아, 그녀는 곤히 자며, 다시는 나를 보지 못하리란 것을 생각조차 못 하네. 나는 마음을 단단히 먹고 결연히 뿌리쳤으며, 두 시간 동안 대화를 나누면서도 내 계획을 발설하지 않았다네. 세상에, 어떻게 그런 대화를 나눌 수 있었는지!

알베르트가 저녁 식사 후 곧바로 로테와 함께 정원으로 오겠다고 약속했다네. 나는 테라스의 커다란 밤나무 아래 서서, 정겨운 골짜기와 잔잔한 강물 너머로 지는 해를 마지막으로 바라보았네. 그녀와 나란히 서서 그토록 자주 그 아름다운 광경을 바라보았건만, 이제……. 나는 정든 가로수 길을 따라 이리저리 걸었네. 로테를 만나기 전부터, 마치 신비스러운 힘에 이끌리듯 그곳을 자주 찾았다네. 그리고 우리가 처음 만났을 때, 서로 상대방이 그 아늑한 장소를 무척 좋아한다는 것을 확인하고서 얼마나 기뻐했는지 모른다네. 그곳은 진실로 예술이 만들어 낸 더없이 낭만적인 곳이라네.

무엇보다도 밤나무 사이로 아주 멀리까지 보이는 전망이 일품이라네. 아, 그러고 보니 내가 벌써 여러 번 편지로 자네한테 이야기했던 기억이 나네. 키 큰 너도밤나무 울타리가 주위를 에워싸고 있으며, 가로수 길이 옆에 난 관목에 가려 차츰 어스름해지다가, 마침내 외로움의 전율이 감도는 좁은 광장에 이른다고 이야기했을 걸세. 어느 한낮에 처음으로 그 광장에 들어섰을 때, 참으로 은밀한 기분이 들었던 기억이 지금도 생생하다네. 그곳이 환희와 고통의 무대가 될 것이라고 그때 이미 어렴풋이 예감했다네.

그렇게 30분가량 이별과 재회의 애달프면서도 달콤한 생각에 잠겨 있을 즈음, 두 사람이 테라스로 올라오는 소리가 들렸네. 나는 두 사람을 향해 달려가, 한 줄기 오싹한 전율을 느끼며 그녀의 손을 잡고 입 맞추었네. 우리가 테라스에 올라섰을 때, 수풀이 무성한 언덕 너머로 달이 떠올랐다네. 이런저런 이야기를 나누는 사이 어스름한 정자에 이르렀고, 로테가 정자 안에 들어가 앉았네. 알베르트가 그 옆에 앉은 뒤를 이어, 나도 자리 잡고 앉았다네. 그러나 나는 마음이 착잡해서 오래 앉아 있지 못하였네. 자리에서 일어나 로테 앞으로 걸어갔다가는, 이리저리 서성이다 다시 자리에 앉았네. 마음이 참으로 불안하였다네. 로테가 너도밤나무 울타리 위로 떠올라 우리 앞의 테라스를 환히 비추는 아름다운 달빛으로 관심을 돌렸네. 어스름이 우리를 깊이 감싸고 있던 탓에, 그 아름다운 광경은 더욱 시선을 끌었다네. 우리는 조용히 침묵을 지켰고, 이윽고 로테가 입을 열었네.

「나는 달 밝은 밤에 산책을 하면 언제나 돌아가신 분들이 떠오르고 죽음이나 내세가 느껴져요. 우리도 언젠가는 저세상으로 가겠지요!」

로테는 장엄한 목소리로 말을 이었네.

「하지만 베르테르, 우리가 다시 만나게 될까요? 우리가 다시 서로를 알아볼까요? 어떻게 될 것 같아요? 당신은 어떻게 생각해요?」

「로테,」

나는 눈물이 그렁그렁한 눈으로 로테에게 한 손을 내밀며 말하였네.

「우리는 다시 만나게 될 겁니다! 이 세상에서도 저세상에서도 꼭 다시 만나게 될 겁니다!」

더 이상은 말을 이을 수가 없었다네. 빌헬름, 내가 이 두려운 이별을 마음속에 품고 있었던 탓에, 틀림없이 로테가 그런 질문을 던졌을 걸세!

「그리고 이미 세상을 떠난 정다운 사람들이 우리에 대해 알까요?」

로테는 말을 이었네.

「우리가 즐거울 때 따사한 사랑의 마음으로 자신들을 생각한다는 것을 느낄까요? 오! 조용한 저녁에 어머니의 아이들이고 내 아이들인 동생들과 함께 앉아 있으면, 아이들이 예전에 어머니를 에워쌌듯 나를 에워싸고 있으면, 언제나 어머니의 모습이 내 주변을 감돈답니다. 나는 그리움의 눈물이 글썽한 눈으로 하늘을 올려다보며, 임종하시는 자리에서 동생들의 어머니가 되어 주겠다고 약속한 말을 어떻게 지키는지 어머니께서 잠시 내려다보시기를 바란답니다. 그리고 이루 말로 표현할 수 없는 심정으로 이렇게 외친답니다. 〈사랑하는 어머니, 제가 어머니만큼 동생들에게 잘해 주지 못하는 것을 용서해 주세요.

아! 하지만 저는 최선을 다하고 있어요. 동생들에게 옷을 입히고 음식을 먹이고, 그리고 또 돌보아 주고 사랑한답니다.〉 아아, 돌보아 주고 사랑하는 것이야말로 그 무엇보다도 중요하지 않겠어요. 더없이 소중한 어머니! 어머니께서 저희들의 화목한 모습을 보신다면 뜨겁게 감사하는 마음으로 하느님을 찬미하실 것입니다. 어머니께서는 최후의 비통한 눈물을 흘리시며 자식들의 행복을 위해 하느님께 기도드리셨어요.」

그녀가 이렇게 말했다네. 오, 빌헬름, 그녀의 말을 누가 그대로 되풀이할 수 있겠는가! 생기 없는 차가운 글자가 그 영혼의 천상적인 아름다움을 어떻게 묘사할 수 있겠는가! 알베르트가 다정하게 로테의 말을 가로막았네.

「사랑하는 로테, 이러면 당신 몸에 해로워요. 당신이 이런 생각들에 깊은 애착을 느끼는 것은 알지만, 제발 부탁이니…….」

「오, 알베르트!」

로테는 말하였네.

「당신도 틀림없이 기억할 거예요. 아버지께서 여행을 떠나셨을 때, 우리는 저녁에 동생들을 잠자리에 보내고서 작고 둥그런 탁자 옆에 앉아 있곤 했어요. 당신은 손에 좋은 책을 들고 있었지만, 그 책을 읽을 때는 드물었어요. 우리 어머니의 고결한 영혼을 접하는 것이 무엇보다도 중요하지 않았던가요? 아름답고 자애롭고 쾌활하고 언제나 부지런하셨던 어머니! 제가 얼마나 자주 침대에서 무릎을 꿇고 눈물 흘리며, 부디 어머니처럼 되게 해주십사고 기도드렸는지 하느님께서는 아실 거예요.」

「로테!」

나는 로테 앞에 무릎을 꿇고서 그 손을 부여잡았네. 그리고는 하염없이 흐르는 눈물로 그 손을 적시며 외쳤다네.

「로테! 하느님의 은총과 당신 어머니의 영혼이 당신을 지켜 주실 것이오!」

「당신이 우리 어머니를 만나 보셨더라면.」

로테는 내 손을 꼭 잡으며 말하였네.

「우리 어머니는 당신을 만나 보시기에 손색이 없으셨어요.」

나는 그 자리에서 녹아 없어지는 것만 같았네. 그보다 더 자랑스럽고 고매한 말은 내 평생 들어 본 적이 없었다네.

로테가 말을 이었네.

「그런데 막내아들이 생후 6개월도 안 된 한창 젊은 나이에 세상을 떠나셔야 했어요! 병상에 오래 앓아누워 계시진 않았어요. 어머니께서는 조용히 운명에 순응하셨지만, 오로지 자식들 때문에, 특히 막내둥이 때문에 무척 마음 아파하셨어요. 임종을 앞두시고, 아이들을 데려오라고 나한테 말씀하셨어요. 나는 아무것도 모르는 철부지 어린 동생들과 어쩔 줄 몰라하는 큰 동생들을 어머니에게 데려갔어요. 동생들이 침대를 에워싸자, 어머니께서는 두 손을 들어 자식들을 위해 기도하시고 동생들 모두에게 하나하나 입 맞추셨어요. 그리고 동생들을 방에서 내보내신 후에 나한테 말씀하였어요. 〈저 아이들의 어머니가 되어 주어라!〉 나는 꼭 그렇게 하겠다고 약속했어요! 〈내 딸아, 너는 지금 어려운 약속을 하고 있단다.〉 어머니는 말씀하셨어요. 〈어머니의 마음과 어머니의 눈, 나는 눈물을 흘리며 고마워하는 네 모습을 볼 때마다, 네가 그것이 무엇인지 느끼는 것을 알 수 있었단다. 부디 그런 마음으로 네 동생들을 돌보아 주고, 순종하고 헌신하는 마음으로 네 아버지를 모시도록 해라.

네가 아버지에게 위로가 될 것이다.〉 어머니는 아버지를 찾으셨답니다. 아버지께서는 견디기 어려운 슬픔을 우리에게 내보이지 않으시려고 밖으로 나가신 뒤였지요. 아버지는 더할 수 없이 비통해하셨답니다.

알베르트, 당신은 방 안에 있었어요. 어머니께서는 인기척 소리를 들으시고 누구냐고 물으셨으며 당신을 가까이 부르셨어요. 안심하는 눈빛으로 조용히 당신과 나를 번갈아 바라보시며, 우리가 행복할 것이라고, 함께 행복할 것이라고……」

그 순간 알베르트가 로테의 목을 부둥켜안고서 입 맞추며 외쳤다네.

「우리는 행복하오! 우리는 앞으로도 행복할 것이오!」

평소에 그렇듯 침착한 알베르트도 마음의 평정을 잃었고, 나는 완전히 제정신이 아니었다네.

「베르테르.」

로테가 다시 말문을 열었네.

「이런 분이 세상을 떠나셔야 했다니! 오, 맙소사! 그토록 사랑하는 어머니를 떠나보낼 수밖에 없었던 것을 생각하면! 검은 옷을 입은 아저씨들이 엄마를 데려갔다고 두고두고 슬퍼하는 자식들만큼 그것을 절실하게 느끼는 사람은 없답니다!」

로테가 몸을 일으켰고, 나는 정신이 들었네. 그러나 여전히 깊은 감동에서 헤어나지 못한 채, 그대로 앉아서 그녀의 손을 붙잡았다네.

「이제 가야겠어요.」

그녀는 말하였네.

「이러다가 너무 늦겠어요.」

그러면서 로테는 손을 빼려 하였지만, 나는 그 손을 더욱 꼭 붙잡았네.

「우리는 다시 만나게 될 겁니다.」

나는 외쳤네.

「우리는 반드시 다시 만나게 될 것이고, 어떤 모습이더라도 반드시 서로를 알아볼 겁니다. 나는 갑니다.」

나는 말을 이었네.

「자진해서 기꺼이 갑니다. 그러나 영원히 떠난다고 말한다면, 내 마음이 견뎌 내지 못할 것입니다. 잘 가요, 로테! 잘 가게, 알베르트! 우리는 다시 만날 걸세.」

「그야 물론 내일 다시 만나지 않겠어요?」

로테가 농담조로 대답하였고, 그 내일은 내 마음에 깊이 사무쳤네. 아아, 그녀는 내 손에 잡힌 손을 빼면서 아무것도 몰랐다네. 두 사람은 가로수 길을 따라 내려갔고, 나는 그 자리에 서서 달빛에 비친 두 사람의 뒷모습을 바라보았네. 그러다 땅바닥에 몸을 내던지고는 엉엉 울었다네. 벌떡 일어나 테라스 위로 달려가, 거기 키 큰 보리수나무 그늘 속에서 하얀 옷이 정문을 향해 어른어른 움직이는 것을 보았네. 나는 양 팔을 쭉 뻗었고, 하얀 옷은 사라져 갔네.

제2부

1771년 10월 20일

어제 우리는 이곳에 도착했다네. 공사는 몸이 불편해서 며칠 동안 두문불출할 예정일세. 공사가 저리 퉁명스럽지만 않다면, 모든 일이 순조로울 걸세. 운명이 나한테 가혹한 시련을 안겨 주려고 단단히 마음먹은 모양일세. 그렇더라도 즐겁게 지내야지 않겠는가! 마음이 가벼우면 무슨 일이든 견디기 쉬운 법일세! 마음이 가벼우면? 이런 말이 내 펜 끝에 오르다니, 웃음이 나오는구먼. 오, 내가 조금만 더 가벼운 마음으로 홀가분하게 살아간다면, 태양 아래서 가장 행복한 자가 될 걸세. 어찌 이렇단 말인가! 다른 사람들은 약간의 능력과 재질을 지니고서도 내 앞에서 기분 좋게 으스대며 허풍을 치는데, 나는 이런 능력과 재능을 지니고서도 절망하다니? 저한테 이 모든 것을 선사하신 하느님, 어째서 이 능력과 재능의 절반을 거두어 가시고 그 대신에 자신감과 자족감을 주시지 않으셨습니까?

참고 견디자! 참고 견뎌야 한다! 그러면 나아질 것이다. 이보게, 자네 말이 단연코 옳기 때문일세. 나는 날마다 사람들에 휩쓸려 지내면서 그들이 무엇을 어떻게 하는지 직접 눈으로 보게 된 이후로, 나 자신을 다스리기가 훨씬 더 쉬워졌다네. 우리가 원래 모든 것을 우리 자신과 비교하고 또 우리 자신을 모든 것에 비교하도록 만들어졌기 때문에, 행복과 불행은 우리 스스로를 비교하는 대상에 달려 있네. 그리고 혼자 있는 것보다 더 위험한 것은 없다네. 우리의 상상력은 남보다 더 높이 올라서려는 본성의 부추김을 받고 문학의 비현실적인 영상들에 자극을 받아서, 우리 자신이 가장 못나 보이고 나머지 모든 존재가 우리보다 더 훌륭하고 완벽해 보이는 형상들을 만들어 낸다네. 이런 과정은 아주 자연스럽게 이루어진다네. 우리는 종종 스스로가 많이 부족하다고 느끼는데, 바로 우리에게 부족한 것을 다른 사람들이 소유한 듯 보이네. 그러면 우리는 스스로 지니고 있는 것마저 전부 그 사람에게 주어 버리고서 그 사람은 참으로 안락하고 즐겁게 산다고 믿네. 그래서 행복한 사람 한 명이 완벽하게 만들어지는데, 그 사람은 사실 우리가 만들어 낸 사람일 뿐이라네.

이와 반대로 우리가 온갖 결점과 역경을 무릅쓰고 앞만 똑바로 보고 계속 노력한다면, 닥쳐 온 시련을 헤쳐 나가면서도, 순풍에 돛을 달고 노를 갖춘 다른 사람들보다 더 많이 성취하는 것을 종종 본다네. 그런 다음 다른 사람들과 어깨를 나란히 하거나 심지어는 다른 사람들을 앞서 나갈 때 진정으로 자기 자신을 만끽할 수 있다네.

11월 26일

이제 이곳에서 그럭저럭 잘 지낸다네. 무엇보다도 좋은 점은 할 일이 충분히 있다는 것일세. 그리고 형형색색의 사람들, 온갖 새로운 모습들이 내 영혼에 다채로운 구경거리를 제공한다네. 그동안에 C. 백작을 사귀었는데, 참 너그럽고 훌륭한 분이어서 나날이 더욱 존경하지 않을 수 없다네. 그분은 많은 것을 통찰하기 때문에, 마음이 차갑지 않다네. 그분과 이야기하다 보면, 그가 우정과 사랑을 중요하게 여긴다는 것을 알 수 있네. 내가 공무상 찾아갔을 때, 그분은 나한테 관심을 보였다네. 처음 몇 마디 나누기도 전에 우리가 서로 잘 이해하고 그 누구보다도 이야기가 잘 통할 것이라고 느꼈기 때문일세. 내게 보여 준 그분의 솔직한 태도는 아무리 칭송해도 도자랄 걸세. 마음의 문을 활짝 여는 고매한 영혼을 보는 것만큼 진실하고 따뜻한 기쁨은 이 세상에 또 없을 걸세.

12월 24일

공사 때문에 불쾌한 일이 한두 번이 아닌데, 내 그럴 줄 알았다네. 그런 고지식한 얼간이는 세상에 또 만나 보기 어려울 걸세. 노처녀처럼 하나하나 시시콜콜 따지며 번잡을 떤다네. 결코 스스로에게 만족할 줄 모르고, 그러다 보니 누구에게도 고맙다는 소리를 할 줄 모르네. 나는 일을 쉽게 처리하는 편이고, 또 한번 끝낸 일은 잘 돌아보지 않는 성격일세. 그런데 공사는 나한테 서류를 돌려주며 말한다네.

「잘 썼소. 하지만 한 번 더 살펴보시오. 항상 좀 더 나은 낱말, 좀 더 정확한 표현이 있기 마련이오.」

그러면 나는 분통이 터진다네. 〈그리고〉라는 단어 하나라도, 또 토씨 하나라도 결코 빠뜨려서는 안 되며, 이따금 나도 모르게 문장을 도치하는 경우에는 그야말로 길길이 날뛴다네. 그리고 복잡한 문장을 전통적인 어법에 맞추어 쓰지 않으면, 한마디도 이해하지 못하네. 그런 사람을 상대하는 것은 참으로 고역일세.

C. 백작의 신뢰는 아직까지 나를 위로해 주는 유일한 것일세. 최근에 C. 백작은 우리 공사가 너무 느리고 소심해서 얼마나 불만인지 나한테 아주 솔직하게 털어놓았다네.

「그런 사람들은 자신뿐만 아니라 다른 이들까지도 힘들게 만든다오.」

백작은 말하였네.

「하지만 여행을 하다 보면 때로는 산도 넘어야 하듯, 이런 일도 체념하고 순응하는 수밖에 다른 도리가 없소. 물론 산이 없다면 길이 훨씬 더 편안하고 짧을 것이오. 그렇지만 산이 일단 가로막은 이상, 넘을 수밖에 없지 않겠소!」

그 노인네도 백작이 나를 자신보다 더 높이 사는 것을 느끼고 분해하고 있다네. 그래서 기회 있을 때마다 일부러 나 들으라고 백작의 험담을 늘어놓는다네. 나야 당연히 그 말에 반박할 수밖에 없고, 그러다 보니 상황만 더욱 악화될 뿐일세. 심지어 어제는 나를 겨냥하고서, 백작이 국제적인 무역에 아주 능숙하고 손쉽게 일을 처리할뿐더러 문장력도 뛰어나지만, 어설픈 통속 작가들이 흔히 그렇듯이 철저한 학문적인 지식은 부족하다고 말하여 내 분통을 터뜨렸다네. 그러면서 〈어때, 찌르니까 아프냐?〉라고 묻는 듯한 표정을 짓지 뭔가. 하지만 나는 그렇게 생각하고 그렇게 행동할 수 있는 사람을 경멸하기 때문에, 끄덕도 하지 않았네. 조금도 물러서지 않고 오히려 격렬하게 맞받아쳤다네. 백작은 성품으로 보나 학식으로 보나 존경하지 않을 수 없는 분이라고 말하였네.

「저는 자신의 정신을 그렇듯 넓히고 또 그 정신을 많은 일들을 통해 널리 알리면서도 일상생활에 그대로 적용하는 사람은 본 적이 없습니다.」

그것은 소귀에 경 읽기였네. 나는 쓸데없이 허튼소리로 더 이상 내 울화를 돋우지 않으려고 자리를 물러 나왔다네.

이것은 모두 자네들 책임일세! 자네들이 활동을 해야 한다고 노래를 부르고 허튼소리를 늘어놓아서 내게 결국 이런 굴레를 씌우지 않았는가. 활동이라고! 감자를 심고 곡식을 팔러 시내에 마차를 몰고 가는 사람도 나보다는 더 쓸모 있는 일을 할걸세. 만일 그렇지 않다면 내가 지금 쇠사슬로 꽁꽁 묶여 있는 이 갤리선에서 앞으로 10년 더 중노동을 하겠네.

외양만 번지르르하고 알맹이는 없는 외화 나 빈. 서로 지루해하며 곁눈질하는 뻔뻔함. 남보다 한발 앞서 가겠다고 서로 눈치 보고 경계하는 출세욕. 뻔뻔하게 노골적으로 드러내는 비참하고 추레한 욕망. 예를 들어 만나는 사람마다 자신이 귀족이라고 내세우고 영지 자랑을 늘어놓는 여인이 이곳에 있네. 그래서 처음 보는 사람은 그녀를 어설픈 귀족 신분하고 땅뙈기 조금을 굉장한 것인 양 떠벌리는 미련한 여인이라고 생각한다네. 그런데 사실은 그보다 더욱 심각하지 뭔가. 그 여인은 여기 이웃에 사는 법원 서기의 딸이라네. 이보게, 어떻게 그렇듯 스스로를 웃음거리로 만들 만큼 지각이 없는지, 나는 도저히 그런 사람들을 이해할 수 없네.

친애하는 벗이여, 게다가 나는 자신에게 맞추어 다른 사람들을 평가하는 것이 얼마나 어리석은지 날이 갈수록 더욱 절실하게 깨닫는다네. 그리고 내 개인적인 사정이 복잡한 데다가 내 마음이 사나운 폭풍우처럼 몰아치기 때문에, 다른 사람들의 일에 왈가왈부하고 싶지 않다네. 그러니 다른 사람들도 제발 나를 내버려 두었으면 좋겠네.

사람들을 불행하게 만드는 사회적인 신분 관계가 무엇보다도 내 신경에 거슬린다네. 물론 나도 신분 제도가 얼마나 필요한 것이고 또 나 자신에게 얼마나 많은 이점을 제공하는지 여느 사람 못지않게 잘 안다네. 다만, 내가 이 지구상에서 그나마 약간의 기쁨, 한 가닥의 행복을 즐기려는 찰나에, 하필이면 그런 것의 방해를 받아야 한다는 게 문제지. 얼마 전에 나는 산보 길에서 B. 양을 알게 되었다네. 삭막한 삶 한가운데서도 소박함을 잃지 않은 사랑스러운 아가씨인데, 우리는 대화를 나누는 동안 서로가 마음에 들었네. 그러다 헤어지면서 나는 B. 양에게 집으로 찾아가도 괜찮겠느냐고 물었네. 그 아가씨가 하도 선선히 허락해서, 나는 방문하기에 적절한 때를 기다리고 있기도 어려웠다네. 그 아가씨는 원래 이 고장 사람이 아닌데, 지금 고모 집에서 살고 있다네. 그 노부인의 인상이 내 마음에 들지 않았네. 나는 노부인에게 깊은 관심을 보이고, 대화의 방향을 대부분 그 노부인에게로 돌렸네. 그런데 반 시간도 지나지 않아서, B. 양이 나중에 나한테 털어놓은 것들을 대략 모두 파악하였네. 노부인은 그 나이에 전혀 가진 것 없이 살고 있다네. 내세울 만한 재산도 없고 이지적인 사고 능력드 없고, 조상들말고는 의지할 데도 없고, 신분 말고는 몸을 가릴 것도 없다네. 그래서 그 신분으로 철통같이 바리케이드를 친 채 꼼짝도 하지 않고, 자신의 아성에서 사람들을 무시하며 내려다보는 것 말고는 아무런 즐거움도 없다네. 젊은 시절에는 꽤 아름다웠다고 하는데, 그 아름다움에 속아 인생을 허비했다네. 처음에는 그 변덕스러운 고집으로 가련한 젊은이들을 여러 명 괴롭혔고, 나중에 나이 들어서는 늙은 장교 하나를 제 마음대로 부리며 연명하였네. 늙은 장교는 그 대가로 그럭저럭 생계를 유지하며 청동기시대[1]를 보내고서 세상을 떠났다네. 이지 그 고모는 철기시대를 맞이하여 외롭게 살고 있네. 그렇듯 상냥한 조카딸만 없다면, 거들떠보는 사람이 아무도 없을 걸세.

1772년 1월 8일

　도대체 어떤 사람들이기에 오로지 형식적인 격식만을 따지려 들고 식탁에서 그저 한 자리 높이 올라가려고 몇 년 동안이나 기를 쓴단 말인가! 그렇다고 그런 사람들에게 다른 할 일이

1 옛 시인과 철학자들은 인류의 발전사를 황금시대, 백은시대, 청동기시대, 영웅시대, 철기시대의 다섯 단계로 구분하였다. 여기서 괴테 는 이런 시대 구분을 인간의 삶에 적용하고 있다. 인류의 호전적인 시대를 말하는 청동기시대는 결혼 생활을 일컬으며, 인간이 살아남기 위해 고군분투하는 철기시대는 과부의 삶을 가리킨다.

없는 것도 아닐세. 아니, 오히려 사소한 일에 불쾌해하느라고
중대한 일을 처리하지 않는 탓에 일이 쌓인다네. 지난주에 썰
매를 타러 갔다가, 그만 싸움이 벌어지는 바람에 흥이 온통 깨
져 버렸다네.

어느 자리에 앉든 그게 무슨 대수란 말인가. 맨 앞자리에 앉
는다고 제일 중요한 역할을 하는 것도 아닌데, 그들은 그걸 모
르는 어리석은 바보들이라네! 재상의 다스림을 받는 왕들이 얼
마나 많고, 또 비서관의 다스림을 받는 재상들은 얼마나 많은
가! 그런데 누가 제일인자란 말인가? 다른 이들의 심중을 간파
하고, 그들의 정열과 정력을 자신의 계획을 실행하는 데 동원할
만큼 권력이나 술수가 뛰어난 사람이 제일인자가 아닐까 싶네.

1월 20일

사랑하는 로테, 눈보라를 피해 찾아든 여기 이 누추한 농가의
방에서 당신에게 편지를 쓰지 않을 수 없다오. 그 음울한 D. 시
에서 내 마음에 낯설기 그지없는 사람들에 휩싸여 지내는 동안
에는 당신에게 편지를 쓰고 싶은 마음이 한순간도, 단 한순간도
들지 않았다오. 여기 이 오두막 안에, 작은 창문을 거세게 때리
는 눈과 우박에 외롭게 갇히고 보니 당신이 맨 먼저 떠올랐소.
이곳에 발을 들여놓은 순간, 당신의 모습과 당신에 대한 추억이
일시에 휘몰아쳤다오. 오, 로테! 이렇듯 장엄하고, 이렇듯 따뜻
하다니! 오, 하느님! 이제야 다시 행복한 순간이 찾아왔습니다.

소중한 사람이여, 이렇듯 멍하니 살아가는 내 모습을 당신

이 본다면! 내 감각이 얼마나 메말랐는지 모른다오. 내 마음은 단 한순간도 풍요롭지 못하고, 단 한 시간도 행복하지 못하다오. 그야말로 휑하니, 아주 휑하니 비었다오! 나는 마치 요지경 앞에 서 있듯, 작은 남자들과 작은 말들이 눈앞에서 오가는 것을 보며 지금 헛것을 보는 것은 아닌가 스스로에게 묻는다오. 나도 그 연극에 함께 참여한다오. 아니, 참여한다기보다는 꼭 두각시처럼 조종당하며, 이따금 옆 사람의 경직된 손을 잡았다가는 자지러지게 놀라 뒤로 물러선다오. 저녁마다, 내일은 꼭 해돋이를 보겠다고 마음먹지만, 아침이 되면 침대에서 일어나지 못한다오. 낮에는 달빛을 보고 싶어 하지만, 캄이 되면 방을 나서지 못한다오. 도대체 무엇 때문에 잠자리에서 일어나고, 무엇 때문에 잠자리에 드는지 잘 모르겠소.

내 삶에 활기를 불어넣어 줄 효모가 없다오. 깊은 한밤중에 나를 깨어 있게 하는 자극도 사라지고, 아침이면 나를 잠에서 깨우는 자극도 종적을 감추었다오.

이곳에서 B. 양이라고 하는 참한 아가씨를 한 명 만났다오. 사랑하는 로테, 당신을 닮은 사람이 있을 수 있다면, 그 아가씨가 당신을 닮았다오.

〈어머!〉

당신은 말할 것이오.

〈그런 달콤한 찬사에 인간이 얼마나 쉽게 무너지는데요.〉

이 말이 아주 거짓은 아니라오. 얼마 전부터, 나는 달리 어쩔 도리가 없는 탓에 아주 정중하고 재치 있게 구는데, 그러면 여인들이 나만큼 우아하게 칭찬할 수 있는 사람은 없을 것이라고 말한다오(나만큼 우아하게 거짓말할 수 있는 사람은 없을 것이라고 덧붙여야 하오. 사실 거짓말하지 않고서는 칭찬할 수 없기 때문이오. 무슨 말인지 알겠소?). B. 양에 대한 이야기를 하려던 참이었소. B. 양의 푸른 눈을 보면, 무척 인정 많은 아가씨라는 것을 금방 알 수 있다오. 그 아가씨는 현재 마음속의 소원을 하나도 충족시킬 수 없는 처지여서 괴로워하며, 이런 혼란스런 상황에서 벗어나기를 무척 갈망한다오. 우리는 더없이 행복한 시골 풍경을 상상하며 함께 몇 시간을 보낸다오. 아아, 당신이 있는 시골 풍경! 그 아가씨가 얼마나 여러 번 당신에게 경의를 표했는지 모른다오. 억지로 경의를 표한 것은 아니라오, 자진해서 그랬다오. 그 아가씨는 당신에 대한 이야기를 즐겨 듣고 당신을 사랑한다오.

오! 내가 지금 정겹고 아늑한 방에서 당신의 발치에 앉아 있고, 우리의 사랑스러운 아이들이 내 주변에서 엎치락뒤치락 뒹군다면 얼마나 좋을까. 아이들이 당신에게 너무 시끄럽다 싶으면, 무서운 옛날이야기를 들려준다며 아이들을 내 주변으로 조용히 불러 모을 것이오.

흰 눈에 덮여 반짝이는 들판 너머로 해가 장엄하게 지고 있소. 눈보라는 지나갔고, 이제 나는 다시 철창 안으로 돌아가야 하오. 잘 있으시오! 알베르트가 당신 곁에 있소? 뭐하고 있소? …… 하느님, 이런 물음을 용서해 주십시오!

2월 8일

일주일 전부터 날씨가 참으로 험악한데, 나한테는 오히려

고마운 일일세. 이곳에 있는 동안, 날씨만 조금 화창했다 하면 꼭 그 날씨를 망치거나 싫어지게 만드는 사람이 있었네. 비가 주룩주룩 내리고 매섭게 눈보라치고 오슬오슬 춥고 질퍽하게 눈이 녹으면, 〈이런! 집에 머무르는 편이 외출하는 것보다 나쁘지 않겠군〉이라고 생각한다네. 아니면 그 반대로 생각하든지. 그래서 좋다네. 아침에 해가 떠오르면서 청명한 날을 약속하면, 저들은 또다시 서로에게서 빼앗아 갈 수 있는 천상의 보물을 얻었다고 외치지 않을 수 없다네! 저들이 서로에게서 빼앗아 가지 못할 것은 없네. 건강, 명성, 기쁨, 휴양! 그리고 대부분 어리석고 무지하고 편협한 탓에 서로 빼앗고 빼앗긴다네. 저들의 말을 들어 보면, 더없이 좋은 의도에서 그런다는 것일세. 나는 이따금 무릎을 꿇고서 미친 듯이 제 손으로 제 몸에 해코지하지 말라고 저들에게 간청하고 싶다네.

2월 17일

공사도 나도 더 이상 서로 오래는 참아 내지 못할 것 같으이. 정말 견디기 어려운 사람이라네. 공사가 일을 처리하고 업무를 해결하는 방식이 너무 어이가 없어서, 나는 종종 그 사람의 뜻을 어기고 내 생각대로, 내 방식으로 일을 처리하지 않을 수 없다네. 그러면 당연히 그 사람의 마음에 들 리가 없네. 그 사람은 그 문제로 최근 궁중에 불평을 터뜨렸고, 나는 장관에게 부드럽게 질책을 받았네. 하지만 아무리 부드럽다 하더라도 질책은 질책 아닌가. 내가 사직서를 제출하려고 하는데, 장관에게서 개인적으로 편지[2]가 왔네. 나는 그 편지 앞에 무릎을 꿇고서, 그 고매하고 고결하고 지혜로운 정신에 고개 숙이지 않을 수 없었다네. 그분은 내가 지나치게 민감하다고 훈계하셨으며, 효율을 증대시키고 다른 사람들에게 영향을 미치고 일에 몰입해야 한다는 내 진보적인 이념을 젊은이다운 씩씩한 기개라고 칭송하셨네. 그 이념을 뿌리 뽑으려고 하신 것이 아니라 다만 조금 완화시켜서, 그 이념이 진정으로 힘을 발휘하고 힘차게 결실을 맺을 수 있도록 이끌어 주려고 그랬다고 하셨네. 일주일 후에 나는 원기를 되찾고 마음을 다잡았네. 영혼의 평온은 근사한 것이며 스스로에 대한 기쁨이기도 하네. 사랑하는 벗이여, 다만 그 보석이 아름답고 귀중한 만큼 쉽게 깨어지지 않는다면 얼마나 좋겠는가.

2월 20일

내 사랑하는 이들이여, 그대들에게 하느님의 가호가 있기를! 하느님이 내게서 거두어 가신 좋은 날들을 전부 그대들에게 내려 주시기를!

알베르트, 자네가 나를 속였다니 고맙네. 나는 두 사람의 혼인날이 언제일까 소식이 오기만을 기다렸으며, 그날이 오면 로테의 실루엣을 엄숙하게 벽에서 떼어 내어 다른 종이들 아래로

2 이 편지와 추후에 언급하게 될 또 다른 편지를 이 뛰어난 분에 대한 존경심에서 삭제하였다. 독자들이 아무리 진심으로 고맙게 여긴다 하더라도 그런 대담함을 용서받을 수 있다고는 생각지 않기 때문이다 — 원주.

깊이 묻어 두려고 마음먹었었네. 그러나 이제 자네들 두 사람이 부부인데도, 로테의 그림은 아직 여기에 걸려 있다네. 그렇다면 이대로 두세. 그러지 말라는 법도 없지 않겠는가? 나도 항상 자네들 곁에 있고, 자네와는 상관없이 로테의 마음속에 자리하고 있네. 그야 물론 두 번째 자리를 차지하고 있으며, 그것으로 만족하려 하고 또 만족할 수밖에 없네. 오, 만일 내가 그녀에게서 잊힌다면 미쳐 버리고 말 걸세. 알베르트, 이 생각만 하면 지옥에 떨어진 기분일세. 알베르트, 잘 있게! 하늘의 천사여, 잘 있으시오! 다, 잘 있으시오!

3월 15일

나를 이곳에서 기어이 몰아내고야 말 불쾌한 일이 있었다네. 이가 부드득 갈리네. 이런 제기랄! 이 울화를 어떻게 삭인단 말인가. 이 모든 것은 내 적성에 맞지도 않는 임무를 맡으라고 나를 다그치고 몰아세우고 괴롭힌 자네들 책임일세. 내 이럴 줄 알았네! 이제 어쩔 텐가! 이번에도 내 과격한 이념이 모든 것을 망쳤다고 말할 셈인가! 이보게 신사 양반, 여기 연대기 기록자처럼 매끄럽게 기록할 수 있는 좋은 이야깃거리가 있네.

C. 백작이 나를 남달리 어여뻐 여기고 총애하는 것은 누구나 아는 사실일세. 내가 자네한테도 벌써 골백번 말했을 걸세. 어제 나는 C. 백작에게 식사 초대를 받았는데, 하필이면 바로 같은 날 저녁에 지체 높은 신사 숙녀들의 연회가 백작 집에서 열렸다네. 나는 그런 연회가 있는 줄 전혀 몰랐고, 또 우리 같

은 하급 관리들이 거기 속하리라고는 꿈에도 생각지 않았네. 어찌 되었든 나는 백작과 함께 식사를 했고, 식사 후에는 커다란 홀에서 함께 이리저리 거닐었네. 백작과 더불어 마침 그 자리에 합세한 B. 대령과도 이야기를 나누는 사이에 연회 시간이 다가왔고, 나는 맹세코 아무 생각도 하지 않았다네. 그때 대단한 귀부인 S.가 남편 나리하고 잘 부화한 새끼 거위 따님을 대동하고 나타났네. 새끼 거위 따님께서는 밋밋한 가슴을 꼭 졸라매는 예쁜 옷을 입고 있었는데, 그들은 지나가면서 대대로 물려받은 명문 귀족의 눈과 콧구멍을 내보였네. 나는 그런 귀족 무리가 참으로 혐오스러웠기 때문에 그곳을 물러나려고 하였네. 오로지 백작이 그 역겨운 잡담에서 벗어나기만을 기다리는데, 마침 B. 양이 홀에 들어섰다네. 나는 그 아가씨를 보면 조금이나마 마음이 밝아지는 탓에 그대로 머물렀네. 그리고 B. 양의 의자 뒤에 가 섰는데, 이야기를 나누는 그 아가씨의 표정이 평소와는 달리 어색하고 당황해하는 것을 잠시 후에 깨달았다네. 그것이 내 주의를 끌었고, 이 아가씨도 결국 저 인간들과 다를 바 없구나 싶은 생각이 들어서 기분이 상했다네. 당장 그 자리를 박차고 나오고 싶었지만, 그 아가씨를 기꺼이 용서하고 싶었고 그 사실을 믿고 싶지 않았으며 그 아가씨에게서 상냥한 말 한마디라도 듣지 않을까 기대하는 마음으로 그대로 머물렀네. 그러는 사이에 홀 안은 사람들로 가득 찼다네. F. 남작은 프란츠 1세의 대관식에서 입었던 옷차림[3]으로 등장하였

---

3 마리아 테레지아 여제(女帝)의 남편인 프란츠 1세(1708~1765)는 1745년에 독일 황제로 즉위하였다. 그러므로 F. 남작은 27년 묵은 옷을 입고 나타난 것이다.

고, 직책상 그 자리에서 귀족 대접을 받는 추밀 고문관 R.은 귀 먹은 부인과 기타 등등 딸린 식구들을 대동하고 나타났네. 또한 낡아서 해진 옷을 최신 유행하는 헝겊 쪼가리로 기운 초라한 차림의 J.도 빼놓을 수 없네. 어쨌든 그런 사람들이 우글거렸네. 나는 몇몇 아는 사람들과 이야기를 나누었는데, 그날따라 모두 별로 말이 없어서 이상하다고 생각하며, 으로지 B. 양에게만 주의를 기울였다네. 홀의 한쪽 구석에서 여인들이 귓속말을 주고받고, 그 귓속말이 남자들에게 옮아가고, 결국엔 S. 부인이 백작하고 이야기하는 것을 전혀 알아채지 못하였네. (이 모든 것을 나중에 B. 양에게 들었다네.) 그러다 결국 백작이 나한테 다가오더니 나를 창문이 있는 한쪽 구석으로 데려갔네.

「자네도 우리의 별난 관습에 대해 잘 알 걸세.」

백작은 말하였네.

「여기 모인 사람들이 자네가 이 자리에 있는 것을 못마땅하게 여기는 눈치일세. 나는 결코…….」

「각하, 부디 저를 용서해 주십시오.」

나는 백작의 말을 가로막았네.

「제 생각이 짧았습니다. 각하께서는 제 이런 불찰을 너그러이 용서해 주시리라고 믿습니다. 벌써부터 이곳을 떠날 생각이었지만, 제 마음속의 악마가 저를 붙잡았습니다.」

그러고는 허리 굽혀 절하면서 미소 띤 얼굴도 덧붙이자, 백작은 내 두 손을 꼭 붙잡는 것으로 하고 싶은 말을 대신하였네. 나는 그 지체 높으신 나리들 곁을 살며시 빠져나와서 마차를 타고 M.으로 갔다네. 거기 언덕 위에서 해 지는 광경을 바라보며 호메로스를 펼치고서, 오디세우스가 현명한 돼지치기의 대접을 받는 아름다운 구절을 읽었네. 그 모든 것이 좋았다네.

그러다 저녁 식사를 하러 시내에 돌아왔네. 음식점 안에는 사람들이 몇 명 남아 있었는데, 한쪽 구석에서 테이블보를 젖혀 놓고 주사위 놀이를 하고 있었네. 그때 성실한 아델린이 들어와서는 나를 바라보며 모자를 벗더니, 가까이 다가와 소리 죽여 물었네.

「자네 불쾌한 일이 있었는가?」

「나 말인가?」

나는 되물었네.

「백작이 자네를 연회에서 내쫓았다며.」

「그 따위 시시한 연회가 별것인가!」

나는 말하였네.

「차라리 신선한 공기를 마시고 싶었다네.」

「자네가 대수롭지 않게 여기니 다행일세. 나는 다만 그런 소문이 나돌아서 불쾌할 뿐일세.」

그제야 나는 분통이 치밀기 시작하였네. 음식점 안의 사람들이 모두 나를 바라보았는데, 그래서 나를 힐끔거렸구나 싶은 생각이 들지 뭔가! 그것이 울화를 돋우었네.

오늘도 가는 곳마다 사람들에게 얼마나 동정을 받았는지 아는가. 또 나를 시기하는 사람들은 얼마나 의기양양하게 떠들어 대는지 모른다네. 머릿속에 뭐 좀 들었다고 우쭐거리며 사회적인 격식을 무시하려 들고 오만불손하게 굴다가는 저 꼴이 된다니까, 사람들이 이런 식으로 얼마나 치졸하게 떠들어 대는지 아는가. 그저 내 손으로 내 심장을 푹 찌르고 싶을 뿐일세. 남들이야 뭐라 말하든 개의할 필요 없다지만, 저 못된 인간들이

자신보다 조금 못하다 싶으면 제멋대로 마구 떠드는 소리를 과
연 참아 낼 사람이 있는지 보고 싶네. 아아, 저들이 떠벌리는
말이 허튼소리라면, 못 들은 척할 수도 있으련만!

3월 16일

모든 것이 나를 몰아세우네. 오늘 가로수 길에서 B. 양을 만
났는데, 도저히 말을 걸지 않을 수 없었다네. 그러다 사람들에
게서 조금 멀어져 단둘이 남았을 때, B. 양의 최근 행동에 대한
섭섭한 마음을 표현하였네.
「오, 베르테르.」
B. 양은 진심 어린 목소리로 말하였네.
「제 마음이 어떤지 잘 알면서, 제 당황한 모습을 어떻게 그런
식으로 해석할 수 있어요? 제가 홀에 들어선 순간부터 당신 때
문에 얼마나 괴로웠는데요. 저는 이런 일이 벌어질 줄 알았어
요. 당신한테 수없이 말해 주고 싶었지만, 차마 입이 떨어지지
않았어요. 저는 S. 부인과 T. 부인이 당신과 한자리에 있기보다
는 차라리 남편들을 데리고 그곳을 떠나리라는 것을 알고 있었
어요. 그리고 백작이 그 사람들의 기분을 상하게 해서는 안 되
는 것도 알고 있었지요. 그런데 지금 이런 소동이 벌어지다니!」
「그게 무슨 말씀입니까, 아가씨?」
나는 그 말에 깜짝 놀랐지만 애써 아무렇지도 않은 표정으
로 물었네. 그저께 아델린한테 들은 말들이 그 순간 부글부글
끓는 물처럼 내 혈관을 타고 흘렀기 때문일세.

「제가 그 일로 얼마나 곤혹을 치렀는지 아세요!」

그 상냥한 아가씨는 눈물이 그렁그렁한 눈으로 말하였네. 나는 더 이상 마음을 자제하지 못하고, 그 아가씨 발치에 몸을 던지려고 하였네.

「무슨 일인지 말씀해 주십시오!」

나는 외쳤네. 눈물이 B. 양의 양 볼을 타고 흘러내렸고, 나는 제정신이 아니었다네. B. 양은 흐르는 눈물을 감추려 하지 않고 손수건으로 닦으며 말하였네.

「당신도 우리 고모님을 아시잖아요. 고모님도 그 자리에 계셨는데……, 아, 고모님이 어떤 눈으로 당신을 보셨을 것 같아요! 베르테르, 저는 어제저녁에 이어 오늘 아침에도 당신과 만나는 일에 대해서 설교를 들어야 했어요. 당신을 깎아내리고 욕보이는 소리를 들으면서도, 당신을 절반도 변호하지 못했고 또 변호해서도 안 되었어요.」

그 아가씨의 말 한마디 한마디가 비수처럼 예리하게 내 가슴을 파고들었네. 차라리 그런 말들을 들려주지 않는 편이 얼마나 나를 위한 길인지 그 아가씨는 깨닫지 못하였네. 그러고는 앞으로도 어떠어떠한 소문이 계속 나돌 것이며, 어떤 부류의 사람들은 그 소문을 듣고서 득의만만해할 것이라고 덧붙였다네. 내가 오만 방자하게 굴며 다른 사람들을 업신여긴다고 벌써 오래전부터 비난하는 소리가 드높았는데, 드디어 그 벌을 받았다고 고소해하며 기뻐할 것이라는 이야기였네. 빌헬름, 그 아가씨가 더없이 동정하는 목소리로 이런 이야기들을 들려주는데, 참으로 미칠 것 같았네. 지금까지도 부글부글 분노가 끓어오른다네. 누구든지 감히 나를 비난하는 사람이 있다면, 그 자리에서 당장 단검으로 찔러 버리고 싶었다네. 피를 보면 기분이 좀 나아질 것 같았네. 아아, 내가 치미는 울분을 참지 못해 얼마나 여러 번 칼을 잡았는지 아는가! 지나치게 몰아세우고 화를 돋우면 본능적으로 자신의 혈관을 물어뜯어서 호흡을 가다듬는다는 고매한 말 이야기를 들은 적이 있네. 요즘 내가 그런 심정일세. 내 혈관을 절개하여 영원한 자유를 얻고 싶다네.

3월 24일

나를 해임해 줄 것을 궁정에 청원해 놓고서, 지금 허락이 떨어지기만을 기다리는 중일세. 먼저 자네들에게 양해를 구하지 않은 것을 용서해 주게. 나는 우선 이곳을 멀리 떠나야 하네. 자네들이 무슨 말로 내가 계속 이곳에 머물도록 설득할지 잘 아네. 그러니 이 이야기는 그만두세. 우리 어머니께서 마음 상하시지 않도록 자네가 잘 말씀드려 주게. 내가 요즈음 내 앞가림도 못 하는 형편이니 도와 드리지 못하더라도 어머니께서는 이해하실 걸세. 물론 틀림없이 마음은 아파하실 걸세. 당신의 아들이 추밀 고문관과 공사 자리를 향해서 이제 막 근사하게 첫발을 내딛었는데, 이렇듯 불시에 그만두고서 보따리를 싸 들고 돌아가는 꼴을 보셔야 하다니! 그러니 어쩌다 이런 꼴이 되었는지 자네들 마음대로 적당히 짜 맞추어서 둘러대게나. 이것으로 끝일세, 나는 이곳을 떠나려네. 혹시라도 자네들이 내가 어디로 가는지 알고 싶다면, 나와 같이 지내는 것을 무척 좋아하는 후작이 이곳에 있네. 그 후작이 내 계획을 듣고서는, 자신의 영지에서 아름다운 봄을 함께 보내자고 제안하였네. 그곳에서 내 마음대로 자유롭게 지낼 수 있다고 약속하였다네. 서로 어느 정도 마음이 맞기 때문에, 운을 하늘에 맡기고서 용기를 내어 후작과 함께 갈 생각일세.

4월 19일

자네가 보낸 두 통의 편지는 고맙게 잘 받았네. 내 사직서가 수리될 때까지 미루다 보니 그만 답장이 늦어졌다네. 나는 우리 어머니께서 장관에게 도움을 청하여, 행여 내 계획에 차질이 생기지 않을까 우려하였네. 하지만 이제 내 뜻대로 되어서 사직서가 수리되었다네. 궁정에서 내 사직서를 쉽게 수리하려 하지 않았으며 장관이 내게 보낸 편지에 뭐라고 썼는지 자네들에게 말하고 싶지 않네. 그러면 자네들은 또다시 하소연을 늘어놓을 걸세. 왕세자께서 눈물이 나올 정도로 가슴 뭉클한 말씀과 함께 전별금으로 25두카텐[4]을 보내셨네. 그러니 내가 얼마 전에 편지로 어머니께 부탁드린 돈은 이제 필요가 없어졌네.

5월 5일

내일 이곳을 떠날 예정일세. 내가 태어난 곳이 마침 가는 길

4 유럽의 옛 금화.

에서 불과 6마일밖에 떨어져 있지 않다네. 그러니 그곳도 한번 찾아가서 행복하게 꿈꾸며 보낸 옛 시절을 되돌아보려 하네. 우리 아버지께서 돌아가신 후, 어머니께서는 그 정든 친밀한 곳을 떠나 견디기 어려운 도시에 갇혀 지내시네. 그때 어머니께서 날 데리고 나오신 성문으로 들어가 볼 생각일세. 잘 있게, 빌헬름. 가는 도중에 또 소식 전하겠네.

5월 9일

순례자처럼 지극히 경건한 마음으로 고향을 참배하는 동안에 예상하지 못한 숱한 감정들에 휩싸였다네. 시내에서 S. 방향으로 15분 거리 떨어진 곳에 커다란 보리수나무 한 그루가 있네. 나는 그 보리수나무 아래에서 역마차를 세우게 하고는, 천천히 걸어가면서 지난 추억들을 하나하나 새롭게 마음껏 음미하려고 마부더러 그냥 마차를 몰고 떠나라고 일렀네. 나는 예전 소년 시절에 산보의 목적지이자 종착지였던 그 보리수나무 아래 서 있었네. 그사이에 얼마나 많은 것이 달라졌는지! 당시에 나는 행복한 무지의 상태에서 미지의 세계를 동경하였네. 한없이 갈망하며 멀리 나아가려 하는 내 가슴을 채워 주고 충족시켜 줄 많은 자양분과 기쁨을 그 미지의 세계에서 누리길 바랐다네. 그런데 이제 그 넓은 세상에서 돌아왔다네. 오, 벗이여, 그동안 얼마나 많은 희망이 어긋나고, 얼마나 많은 계획이 무산되었는가! 나는 어린 시절에 그토록 동경하던 산을 바라보았네. 몇 시간씩 그 보리수나무 아래 앉아서 산을 그리워하

며, 그렇듯 정겹게 어른거리는 숲과 골짜기를 헤매는 상상을
하였네. 그러다가 집에 돌아갈 시간이 다가오면, 얼마나 마지
못해 그 정겨운 장소를 떠났던가! 나는 고향 도시를 향해 걸음
을 옮겼네. 낯익은 작은 정자들은 참으로 반가웠지만, 새로운
정자들과 그 밖에 사람들이 만들어 낸 변화들은 전부 눈에 거
슬렸다네. 성문 안에 들어서자마자 옛날의 나로 되돌아간 기분
이었네. 이보게, 더는 자세히 이야기하지 않으려네. 나한테 아
무리 아름다웠을지라도, 그것을 전부 이야기로 들으면 지루할
걸세. 옛날에 우리가 살던 집 근처의 장터 부근에 숙소를 정하
기로 결정하고서 그리로 가는 도중에 보니, 그 성실한 노부인
이 우리 어린이들을 바글바글 모아 두었던 교실이 잡화상으로
바뀌어 있었네. 그 비좁은 교실에서 불안에 떨고 눈물을 흘리
고 가슴이 쿵쾅쿵쾅 뛰던 순간들이 생생하게 되살아났네. 한
걸음 한 걸음 옮길 때마다 감회가 새로웠다네. 성스러운 땅을
참배하는 순례자도 종교적인 추억이 서린 장소들을 그렇듯 많
이 만나지 못하고, 순례자의 영혼도 그렇듯 성스러운 감동으로
넘치기 어려울 걸세. 그 이야기를 다 하자면 한이 없겠지만, 하
나만 더 말하겠네. 나는 강물을 따라서 내려가다가 어느 농장
에 이르렀네. 거기도 내가 즐겨 다니던 길이었고, 또 거기서 우
리 사내아이들은 납작한 돌멩이를 강물에 던져 멀리까지 튕겨
나가게 하는 연습을 했다네. 내가 이따금 그곳에 서서 강물을
바라보던 일이 눈에 선하게 떠올랐네. 흘러가는 강물을 따라가
면 그 얼마나 아름다운 일들을 겪게 될지 머릿속에 그려 보았
고, 또 강물이 흘러가는 곳들을 그 얼마나 모험적으로 상상하
였던가. 그러다 내 상상력은 곧 한계에 이르렀지만 강물은 계

속 흘러 흘러갔고, 나도 강물을 따라서 아스라이 먼 곳까지 이르렀다네. 이보게, 사랑하는 벗이여, 옛날의 훌륭한 조상들은 그렇듯 제한된 삶을 살면서도 행복하였다네! 그들의 감정과 문학은 참으로 순진무구하였다네! 오디세우스가 끝없는 망망대해와 무한한 대지에 대해 말하면, 그렇듯 진실하고 인간적이고 진지하고 아늑하고 비밀스러울 수가 없네. 내가 지금 어린 학생들하고 어울려 지구가 둥글다고 말해 보았자 나한테 무슨 도움이 되겠는가? 인간은 약간의 흙덩이로도 얼마든지 즐길 수 있으며, 죽어서 묻히는 데는 그보다 더욱 적은 것으로도 충분하다네.

이제 나는 이곳 후작의 사냥용 별장에 있네. 후작하고는 아직까지 아주 잘 지낸다네. 후작은 소박하고 진실한 사람인데, 나로서는 전혀 이해할 수 없는 별난 사람들이 후작 주변에 어슬렁거린다네. 악한들 같지는 않지만, 성실한 사람들이라는 인상도 들지 않네. 때로는 성실하게 보이는데도 도무지 믿음이 가지 않는다네. 게다가 유감스럽게도 후작은 종종 어디선가 주워듣거나 책에서 읽었을 뿐인 것들에 대해 말하는데, 그것도 다른 사람들의 관점을 그대로 받아들여서 이야기한다네.

또한 후작은 모든 힘과 행복과 불행, 모든 것의 단 하나 원천이며 내 유일한 자부심인 이 마음보다는 내 이성과 재능을 더 높이 산다네. 아, 내가 알고 있는 것들은 누구라도 알 수 있는 것일세. 내 마음만이 오직 나만의 것일세.

5월 25일

그동안 머릿속에서 계획하는 일이 있었지만, 확실해질 때까지 자네들에게 말하려 하지 않았었네. 그런데 지금 그 계획이 무산되었으니, 말하지 않기를 잘했네. 나는 전쟁에 출전할 생각이었다네. 벌써 오래전부터 거기에 관심이 많았으며, ***에서 장군으로 근무하는 후작을 따라 이곳에 온 것도 사실은 그 때문일세. 나는 산보하는 길에서 후작에게 그런 계획을 털어놓았고, 후작은 적극 만류하였네. 그런데 그 계획이 일시적인 기분이었던 모양일세. 만일 진지한 정열이었더라면, 후작이 반대하는 이유에 귀를 기울이지 않았을 걸세.

6월 11일

자네가 뭐라고 말하든지 간에, 나는 더 이상 이곳에 머무를 수 없다네. 내가 이곳에서 뭘 하겠는가? 그저 지루할 뿐이라네. 후작은 아주 간곡하게 나를 붙잡지만, 여기는 내가 있을 곳이 아니라네. 후작하고 나는 근본적으로 전혀 공통점이 없다네. 후작은 이성적인 남자이지만, 상식적인 수준을 벗어나지 못한다네. 후작과 지내다 보면, 마치 잘 쓰인 책을 읽는 것 같은 기분이라네. 이곳에서 앞으로 일주일가량 더 머무른 후에, 다시 방랑의 길을 떠날 걸세. 내가 이곳에서 잘한 일이 있다면, 그것은 그림을 그렸다는 것일세. 후작은 예술에 대한 감각이 있다네. 그 혐오스러운 학문적인 지식과 범속한 용어들에 구속

받지 않는다면, 더욱 뛰어난 감각을 발휘할 텐데. 내가 이따금 열심히 상상력을 발휘하여 후작을 자연과 예술로 인도하면, 후작은 갑자기 잘해야겠다는 생각에선지 틀에 박힌 전문 용어들을 들이민다네. 그러면 이가 부드득 갈린다네.

6월 16일

그야 물론일세, 나는 이 지상에서 방랑자이고 순례자일 뿐이라네! 그렇다면 자네들은 그 이상 뭐란 말인가?

6월 18일

내가 어디로 갈 생각이냐고 묻는 겐가? 그렇다면 자네를 믿고서 털어놓겠네. 이곳에서 2주일 더 머물러야 하는데, 그런 후에 ***광산을 찾아보자고 나 자신을 설득하였네. 하지만 사실 그것은 중요하지 않고, 나는 다만 로테에게 다시 가까이 가고 싶을 뿐일세. 그게 전부라네. 나 자신의 마음을 비웃으며, 그것이 하는 대로 내버려 두려네.

7월 29일

아니, 좋네! 모든 것이 좋다네! 내가…… 그녀의 남편이라면! 오, 저를 만드신 하느님, 저한테 이런 환희를 안겨 주셨더라면, 제 평생은 오로지 기도로 이루어졌을 것입니다. 그래도 저는 불평하지 않으렵니다. 이 눈물을 용서해 주시고, 제 헛된 소원을 용서해 주십시오. 그녀가 내 아내라면! 하늘 아래 가장 사랑스러운 그 여인을 내 품에 안는다면……. 빌헬름, 알베르트가 그녀의 늘씬한 몸에 팔을 두르면, 나는 온몸에 소름이 오싹 돋는다네.

그런데 내가 이런 말을 해도 되는 것일까? 빌헬름, 왜 안 되겠는가? 로테는 알베르트보다 내 곁에서 더 행복했을 걸세! 오, 알베르트는 마음이 원하는 것들을 충족시켜 줄 수 있는 사람이 아니라네. 어떤 면에서 감수성이 부족한데, 그것은 하나의 결점일세. 이 말을 자네 마음대로 생각하게나. 좋은 책을 읽으면서 내 마음과 로테의 마음이 하나로 일치할 때도, 오! 알베르트의 마음은 아무것도 느끼지 못한다네. 우리가 누군가 다른 사람의 행동에 크게 감동하는 수많은 경우에도 마찬가질세. 사랑하는 빌헬름! 알베르트가 로테를 진심으로 깊이 사랑하긴 하지만, 그런 사랑은 누구라도 받을 수 있다네!

견디기 어려운 사람이 찾아와 날 방해했다네. 그사이 눈물이 마르고 정신이 산만해졌네. 잘 있게, 벗이여!

8월 4일

나 혼자만 이렇듯 어렵게 사는 것이 아닐세. 사람들은 누구나 희망에 속고 환멸을 맛보며 살아간다네. 보리수나무 아래의 그 착한 여인을 찾아갔었네. 맏이가 나를 보고서 달려왔고, 그 아이의 환호성이 몹시 초췌해 보이는 여인을 불러내었네.

「나리, 세상에, 우리 한스가 죽었답니다.」

여인은 날 보자마자 말하였네. 한스는 그 여인의 막내아들이었고, 나는 아무 말도 할 수가 없었네.

「그리고 제 남편은 스위스에서 돌아오긴 했지만 빈손으로 왔답니다. 인정 많은 사람들이 도와주지 않았더라면 영락없이 동냥하는 신세가 될 뻔했어요. 중도에서 열병에 걸려 고생 고생 했답니다.」

나는 입이 떨어지지 않았다네. 아이에게 돈을 조금 선물하고는, 여인이 권하는 사과 몇 개를 받아 들고서 그 슬픈 추억의 장소를 떠났네.

8월 21일

마치 손바닥 뒤집듯이 내 마음이 변한다네. 때로는 삶의 즐거운 정경이 펼쳐지는 듯한 순간도 있다네. 아아, 단 한순간 말일세! 그렇게 몽상에 빠져 들다 보면, 〈알베르트가 만일 죽는다면 어떨까?〉 이런 생각을 뿌리치지 못한다네. 그러면 너는……! 그리고 그녀는…… 이런 헛된 망상을 쫓아가다가 결국 깊은 심연에 이르면, 깜짝 놀라 부르르 떨며 뒷걸음친다네.

처음 로테를 무도회에 데려가기 위해서 마차를 타고 지났던 성문과 길을 따라 걷다 보면, 그사이 얼마나 많은 것이 변했는지 모른다네. 모든 것, 정말로 모든 것이 이제는 흘러가 버렸네! 지난 일들은 흔적도 보이지 않고, 그때 몰아쳤던 감정의 고동 소리도 들리지 않네. 마치 막강한 세력을 자랑하는 어느 제후가 성을 쌓아서 호화찬란하게 꾸미고는 훗날을 기대하며 사랑하는 아들에게 물려주고 세상을 떠났는데, 혼백이 되어 돌아와 보니 성은 사라지고 깡그리 불타 버린 폐허만이 남았을 때 느끼게 될 심정 같다네.

9월 3일

때로는 이해가 가지 않는다네. 내가 이렇듯 외곬으로, 이렇듯 진심으로 간절히 그녀만을 사랑하는데, 어떻게 다른 사람이 그녀를 사랑할 수 있고 사랑해도 되는 것인지! 나는 오로지 그녀 말고는 아무것도 알지 못하고, 또 오로지 그녀 말고는 가진 것도 없는데!

9월 4일

사실이 그렇다네. 자연이 가을을 향해 다가가면서, 내 마음 안팎으로도 가을이 깊어 간다네. 내 잎사귀들이 노랗게 물들어 가고, 주변의 나뭇잎들은 이미 낙엽이 되어 뒹군다네. 내가 이곳에 처음 왔을 무렵, 어느 머슴에 대해 한 번 자네한테 편지에 쓰지 않았던가? 발하임에서 그 사람 안부를 물었더니, 그동안 해고당했다는데 그 후로 어떻게 되었는지 소식을 아는 사람이 아무도 없었네. 그러다 어제 다른 마을로 가는 길에 우연히 그 남자와 마주쳐서 말을 걸었는데, 그 남자는 내 마음을 두 배, 세 배는 더 많이 울린 이야기를 들려주었다네. 자네도 그 이야기를 들으면 쉽게 이해가 갈 걸세. 하지만 그게 무슨 소용이 있겠는가? 어째서 나를 괴롭히고 번민하게 하는 것들을 홀로 가슴속에 묻어 두지 않는단 말인가? 무엇 때문에 자네 마음마저 우울하게 만들고, 무엇 때문에 항상 자네한테 나를 불쌍히 여기고 나무랄 기회를 준단 말인가? 하지만 이것이 내 운명이라면 어쩔 수 없지 않겠는가!

처음에 그 남자는 조금 겁먹은 듯, 내가 묻는 말에만 조용히 슬픈 표정으로 대답하였네. 그러나 곧 옛날의 으리 관계를 되찾아서, 솔직하게 자신의 잘못을 털어놓고 불행한 처지를 한탄하였네. 이보게, 내가 그 사람의 말 한마디 한마디를 그대로 자네한테 전해 주고 자네의 판단을 들을 수 있다면 얼마나 좋겠는가! 그 사람은 나한테 지난 이야기를 고백하였네. 아니, 지난 이야기를 하면서 추억에 잠기고 그 행복을 맛보았다는 말이 맞을 걸세. 그 남자는 주인 여자를 사모하는 마음이 나날이 뜨겁게 불타올라서, 마침내는 자기 자신이 뭘 하고 있는지도 모를 지경에 이르렀다네. 그 사람의 말을 빌리면, 고개를 어디로 돌려야 할지도 몰랐다는 것일세. 그 남자는 이렇게 이야기하였네.

「저는 빵 한 조각 물 한 모금도 넘기지 못하고 잠도 이루지 못하였습니다. 그대로 숨이 막힐 것만 같았답니다. 마치 무슨 마귀에 씐 듯이, 하지 말라는 일은 하고 하라는 일은 잊어버렸습니다. 그러던 어느 날, 그 여인이 윗방에 있는 것을 알고서 그녀 뒤를 쫓아갔습니다. 아니, 뒤를 쫓아간 것이 아니라 저도 모르게 끌려갔습니다. 그 여인은 제 간청을 들어주지 않았고, 저는 그만 완력으로 그 여인을 차지하려고 하였습니다. 어쩌다 그런 일이 벌어졌는지 저 자신도 모르겠습니다. 다만 그 여인을 향한 제 마음은 진심이었으며, 오로지 그 여인이 저와 결혼해서 행복하게 살기만을 애타게 바랐다고 하느님께 맹세할 수 있습니다.」

그 남자는 한동안 이렇게 이야기하더니, 할 말이 아직 남았는데도 입이 떨어지지 않는 듯 더듬거렸네. 그러더니 이윽고, 주인 여인이 어떻게 자신의 애정 어린 작은 표현들을 받아 주고 가까이 다가오도록 허락했는지 수줍어하며 털어놓았다네. 그 남자는 두세 번 이야기를 중단하고서, 그 여인을 비방하려고 이런 이야기를 하는 것은 절대로 아니라고 거듭 단언하였네. 자신은 예전과 다름없이 그 여인을 사랑하고 높이 평가하며, 지금까지 단 한 번도 이런 말을 입에 올린 적이 없다는 것이었네. 다만 지금 이런 말을 하는 것은 자신이 정신 나간 괴팍한 사람이 아니라는 사실을 나한테 알려 주고 싶어서라고 덧붙였다네. 이보게, 내가 항상 입버릇처럼 되풀이하는 말을 여기서 또 한 번 하지 않을 수 없다네. 지금도 내 눈앞에 어른거리는 그 사람을 자네한테 직접 소개할 수 있다면 얼마나 좋겠는가! 내가 그 사람의 운명을 얼마나 동정하고 또 동정할 수밖에 없는지 자네가 느끼도록 실감나게 말할 수 있다면! 하지만 자네가 내 운명에 대해 잘 알고 또 나에 대해 잘 알고 있으니, 내가 어째서 불행한 사람들, 특히 이 불행한 남자에게 이끌리는지 충분히 잘 알 걸세.

편지를 한 번 더 읽어 보니, 이야기의 결말을 쓰는 것을 그만 깜박 잊었네그려. 하지만 자네도 이 이야기가 어떻게 끝났는지 어렵지 않게 짐작할 수 있을 걸세. 친정 오라비가 중간에 끼어 들어 방해하는 바람에, 그 여인은 결국 그 남자를 거부하였다네. 그 오라비라는 사람은 벌써 오래전부터 그 머슴을 눈꼴사나워하며 집에서 내쫓을 기회만 노리고 있었다네. 누이에게 자식이 없으니 자신의 자식들이 그 재산을 물려받을 가능성이 많은데, 누이가 새로 결혼하면 그 상속권이 위터로워질 것이기 때문일세. 그래서 그 머슴을 즉시 집에서 내쫓았으며, 그 여인이 아무리 스스로 원할지라도 다시는 받아들일 수 없도록 크게 소란을 피웠다네. 주인 여자는 새 머슴을 구했고, 들리는 소문에 의하면 새 머슴 때문에 오라비하고 사이가 갈라졌다고 하네. 그리고 새 머슴과 결혼할 것이 확실하다고 하는데, 그 오라비는 절대로 그 꼴을 보지 않기로 단호하게 결심했다고 하네.

나는 조금도 과장하거나 미화하지 않고 있는 그대로 자네한테 이야기했네. 아니, 오히려 너무 무미건조하게 이야기했으며, 우리의 인습적이고 도덕적인 언어를 이용하여 너무 거칠게 표현했다고 말할 수 있을 걸세.

그러니 이 사랑, 일편단심, 정열은 결코 시적으로 꾸며 낸 이야기가 아닐세. 이것은 살아 있는 것이며, 우리가 무지하고 상스럽다고 일컫는 계층의 사람들 사이에서 가장 순수하게 존재하는 것이라네. 우리 배운 사람들, 그릇된 교육을 통해 하잘것없는 존재로 추락한 인간들! 이보게, 부디 이 이야기를 경건한 마음으로 읽어 주게나. 오늘 이 이야기를 쓰는 동안 내 마음은 차분하다네. 자네도 내 필체를 보면, 내 마음이 평소와 달리 혼란스럽게 소용돌이치지 않는다는 것을 알 수 있을 걸세. 사랑하는 벗이여, 이것을 바로 자네 친구의 이야기라고 생각하게나. 그렇다네, 내가 바로 그랬고, 앞으로도 그럴 걸세. 나는 이 가련하고 불운한 사람의 반만큼도 용감하지 못하고 반만큼도 단호하지 못하다네. 그래서 그 사람과 나를 감히 비교할 엄두가 나지 않는다네.

9월 5일

로테가 시골로 출장 간 남편에게 이런 말로 시작하는 짧은 편지를 썼네.

「더없이 사랑하는 소중한 사람이여, 일이 끝나는 대로 빨리 돌아오세요. 당신이 돌아오기만을 설레는 마음으로 기다리고 있어요.」

그때 한 친구가 알베르트에게 사정이 생겨서 곧 돌아오지 못할 것이라는 소식을 가져왔네. 그래서 발송되지 못한 채 그대로 놓여 있던 편지가 저녁에 내 손에 들어왔네. 나는 편지를 읽으며 미소 지었고, 로테는 나한테 왜 웃느냐고 물었다네.

「인간의 상상력은 그 얼마나 신적인 선물입니까.」

나는 외쳤네.

「나는 한순간 이것이 내게 보낸 편지라고 상상했습니다.」

그녀는 이 말이 마음에 들지 않는 듯 말문을 닫아 버렸고, 나도 침묵을 지켰네.

9월 6일

처음 로테와 함께 춤출 때 입었던 수수한 푸른색 연미복을 그만 입기로 결심하기까지는 쉽지 않았다네. 하지만 최근 들어 그 연미복이 너무 볼품없어졌네. 사실은 칼라와 소맷부리까지 지난번에 입던 것과 똑같이 새 연미복을 맞추고, 거기에 곁들여 노란 조끼와 바지도 새로 짓게 하였네.

그러나 아무래도 지난번 것에는 미치지 못할 것 같으이. 잘 모르겠지만…… 시간이 흐르면 차츰 새 옷도 정들지 않을까 싶네.

9월 12일

로테가 며칠 집을 비우고서 알베르트를 데리러 갔었네. 오늘 그녀의 방에 들어갔더니, 마침 방에 있다가 나를 맞이하였네. 나는 기쁨에 넘쳐 그녀의 손에 입 맞추었다네.

카나리아 한 마리가 거울 있는 곳에서 로테의 어깨 위로 날아왔네.

「새 친구를 데려왔어요.」

로테는 카나리아를 손에 앉히며 말하였네.

「동생들에게 선물할 생각이에요. 새가 얼마나 귀여운지 몰라요. 자, 보세요! 내가 빵을 주면 날개를 퍼덕이며 얌전하게 쪼아 먹는답니다. 나한테 입도 맞추어요. 자, 보세요!」

로테가 입을 내밀자, 그 작은 짐승은 마치 환희를 느끼고 즐길 수 있기라도 한 듯 그 감미로운 입술에 아주 사랑스럽게 바싹 몸을 붙였네.

「새가 당신한테도 입을 맞출 거예요.」

로테가 내 쪽으로 새를 내밀며 말하였네. 그 작은 부리가 로테의 입에서 내 입을 향해 길을 내었네. 사랑에 넘치는 기쁨의 예감처럼, 숨결처럼 내 입술을 톡 쪼며 스쳐 지나갔네.

「이 입맞춤에도 욕망이 전혀 없는 것은 아닌가 봅니다. 새가 공허한 애무에 실망하여 돌아서는 걸 보면요.」

「내 입으로 주는 먹이도 받아먹는답니다.」

로테는 빵 부스러기를 입술에 물고 새에게 내밀었다네. 순진무구한 사랑의 기쁨이 입술을 맴돌며 황홀한 미소를 만들고 있었네.

나는 외면하였네. 로테가 내 앞에서 그래서는 안 되었네. 그 천상적인 순진무구함과 환희에 찬 모습으로 내 상상력을 자극해서도 안 되었고, 이따금 삶의 무심함에 실려 잠드는 내 마음을 깨워서도 안 되었네. 그런데 왜 안 된단 말인가? 그녀가 날 이렇듯 신뢰하는데! 내가 자신을 얼마나 사랑하는지 스스로 잘 아는데!

9월 15일

이제 이 지상에는 가치 있는 것이 별로 남아 있지 않다네. 빌헬름, 그 얼마 남지 않은 소중한 것들을 이해할 수도 느낄 수도 없는 사람들이 있다니, 미쳐 버릴 것만 같네. 자네도 그 호두나무들을 알 걸세. 내가 로테와 함께 성 ***의 독실한 목사를 찾아갔을 때, 그 그늘에 앉아 있었다고 이야기했을 걸세. 맹세코 그 아름다운 나무들은 언제나 내 영혼을 더없는 기쁨으로 채웠었네! 그 나무들 덕분에 목사관이 얼마나 정다워 보였고, 또 나뭇가지들은 얼마나 보기 좋고 시원하게 그늘을 드리웠는지 아는가! 오래전에 그 나무들을 심었던 독실한 성직자들에 대한 추억이 거기에 배어 있었네. 그 마을의 학교 교사는 자신의 할아버지에게서 들은 어느 성직자의 이름을 종종 우리에게 말하였네. 아주 훌륭한 분이셨다는데, 나는 그 나무들 아래 서서 그분을 생각하면 언제나 마음이 경건해졌네. 어제 그 나무들이 베어진 이야기를 하는 동안에 학교 교사는 눈물을 글썽거렸다네. 이보게, 사실이라네. 그 나무들이 베어지다니! 정말 미칠 것만 같으이. 그 나무에 맨 처음으로 도끼질을 한 개자식을 죽여 버리고 싶다네! 우리 집 마당에 그런 나두들이 몇 그루 서 있는데, 그 가운데 하나가 늙어서 죽는다 해도 나는 슬픔에서 헤어나지 못할 걸세. 그런데 그 나무들이 산 채로 베여 나가는 것을 가만히 지켜볼 수밖에 없다니. 벗이여, 여기서 분명히 한 가지 짚고 넘어갈 것이 있다네. 인간의 감정이란 정말 무엇인지! 지금 마을 전체가 그것에 반발하고 있다네. 그래서 마을 사람들이 목사에게 감사의 표시로 선물하는 버터나 달걀 같은 것들이 많이 줄어들었는데, 제발 목사 부인이 그것을 통해서 자신이 마을에 어떤 상처를 주었는지 깨달았으면 좋겠네. 바로 그 신임 목사(우리의 노목사는 이미 세상을 떠났다네)의 부인이 나무를 베어 내게 한 장본인이기 때문일세. 그 병약하고 비쩍 마른 부인은 누구에게도 관심을 받지 못하는 탓에, 스스로 세상에 관심을 느끼지 못할 이유가 아주 많다네. 박식한 척 보이려 기를 쓰고, 성서를 연구한다고 설쳐 대고, 요즘 유행하는 도덕 비판적인 종교개혁에 앞장서고, 라파터의 열광적인 신앙에는 어깨를 으쓱하는 어리석은 여인이라네. 게다가 몸이 이미 완전히 망가져서, 이 지상에서는 아무런 기쁨도 맛보지 못한다네. 그런 가련한 존재 아니고서는 누가 감히 내 호두나무들을 잘라 낼 생각이나 하겠는가. 이보게, 참으로 어처구니가 없다네! 한번 생각해 보게나. 떨어진 나뭇잎들이 마당을 지저분하니 질퍽하게 만들고, 나무들에 가려 햇빛이 비치지 않고, 호두가 익으면 사내아이들이 호두를 따려고 돌멩이를 던지는 것이 그 목사 부인의 신경에 거슬린다는 것일세. 케니코트[5]와 미하엘리스,[6] 젬러[7]를 비교하며 깊이 성찰하는 데 방해가 된다는 걸세. 나는 특히 노인들을 비롯한 마을 사람들이 무척 불만스러워하는 것을 보고서 말하였네.

「당신들은 어째서 그냥 바라보기만 하셨습니까?」

「여기 시골에서는 면장이 하겠다면 달리 어쩔 도리가 없다오.」

그들은 대답하였네. 그러다 아주 고소한 일이 생겼다네. 목사도 평소에 부인이 제멋대로 변덕을 부리는 바람에 여간 애를 먹지 않았는데, 이번 일로 이득이나 좀 보아야겠다고 마음먹고서 면장과 짜고 나무 판 돈을 나누어 먹기로 하였다네. 하지만

5 Benjamin Kennicott(1718~1783). 영국의 신학자로, 특히 구약성서의 원전 비평 선구자로 유명하다.
6 Johann David Michaelis(1717~1791). 독일의 신학자, 동양학자.
7 Johann Salomo Semler(1725~1791). 독일의 신학자.

궁정의 회계과에서 그 사실을 알고 수익금을 〈이리 가져오너라〉라고 말하였다네. 나무들이 서 있던 목사관 부지의 소유권이 여전히 궁정의 회계과에 있었기 때문일세. 회계과에서는 가격을 제일 많이 부른 사람들에게 나무들을 팔았고, 나무들은 아직도 거기 놓여 있다네! 오, 내가 제후라면 얼마나 좋겠는가! 그러면 목사 부인과 면장과 회계과를 모조리……. 내가 제후라면! 하지만 내가 정말 제후라면, 무엇 때문에 내 영지 안의 나무들에게 신경을 쓰겠는가!

10월 10일

나는 그녀의 까만 눈을 바라보기만 해도 기분이 좋아진다네! 그런데 이보게, 알베르트가 스스로 바란 만큼 행복해하는 것 같지 않아서 화가 치민다네. 내가 만일…… 얼마나 행복할 것인가…… 나는 원래 말줄임표를 좋아하지 않지만, 여기서는 달리 표현할 도리가 없네. 그리고 말줄임표로도 내 뜻이 충분히 그리고 분명하게 표현되었다고 생각하네.

10월 12일

오시안이 내 마음속에서 호메로스를 쫓아내었네. 그 영웅이 나를 어떤 세계로 데려가는가! 안개가 자욱이 끼고 아스라이 달빛 비치는 깊은 밤에 조상들의 혼백을 인도하는 폭풍우에 휩싸여, 나는 황야를 방랑하네. 산중의 동굴 속에서 혼백들이 비탄하는 소리가, 크게 울부짖으며 숲을 뚫고 흐르는 강물 소리에 묻혀 아련히 들려오네. 무성한 풀과 이끼에 뒤덮인 네 개의 망두석 앞에서는 장렬하게 세상을 떠난 연인을 애도하는 아가씨의 애끓는 통곡 소리가 귀를 울리네. 그러다 나는 광활한 황야에서 선조들의 발자취를 찾아 헤매는 그 백발의 방랑 시인을 찾아낸다네. 아아! 시인은 선조들의 묘비를 발견하고는 비탄에 젖어, 넘실거리는 파도 속으로 자취를 감추는 정겨운 저녁별을 바라보네. 밝은 빛이 용감한 자들 앞의 위험을 밝혀 주고 달빛이 승리의 화환에 뒤덮여 귀환하는 배를 비추어 주던 지난날이 영웅의 영혼 안에서 생생하게 되살아나네. 나는 그 영웅의 이마에 서린 깊은 수심을 읽고, 그 홀로 남은 마지막 영웅이 지친 몸을 이끌고 무덤을 향해 비틀비틀 걸음을 옮기는 것을 보네. 영웅은 죽은 이들의 혼백이 무력하게 떠도는 것을 보며 새삼 고통스럽게 달아오르는 기쁨을 들이마시고, 바람에 흩날리는 무성한 풀과 차가운 대지를 내려다보며 외친다네.

「언젠가 방랑자가 찾아오리라. 내 아름다움에서 나를 알아보고, 〈핑갈의 빼어난 아들, 그 시인이 어디 있냐?〉고 묻는 방랑자가 찾아오리라. 그의 발걸음은 내 무덤 위를 스쳐 지나고, 그는 이 지상에서 헛되이 나를 찾으리라.」

오, 벗이여! 나는 숭고한 용사처럼 검을 빼어 들어, 파르르 떨며 서서히 꺼져 가는 생명의 고통으로부터 내 영웅을 단칼에 해방시켜 주고 싶네. 그리고 그 자유로워진 반신(半神)의 뒤를 쫓아 내 영혼을 보내고 싶다네.

10월 19일

아아, 이렇듯 마음이 허전할 수가! 어찌 이리도 끔찍하게 마음이 허전할 수 있단 말인가! 그녀를 단 한 번만이라도, 오직 단 한 번만이라도 내 품에 꼭 안아 볼 수 있다면 이 허전함이 메워질 텐데.

10월 26일

그렇네, 이제 확실히 알 것 같네. 이보게, 일개 피조물 하나의 존재는 중요하지 않은 것을, 참으로 하찮은 것임을 갈수록 분명하게 알겠다네. 로테의 여자 친구가 찾아왔고, 나는 책을 가지러 옆방으로 갔다네. 그러나 책이 눈에 들어오지 않아서 글을 쓰려고 펜을 들었는데, 두 여인이 두런두런 이야기하는 소리가 귀에 들려왔네. 두 여인은 누가 결혼을 하고 누가 몹시 앓아누웠다는 등 시내의 이런저런 새로운 소식에 대해 이야기를 주고받았네.

「마른기침을 하고 뼈만 앙상하게 남아 기따금 정신이 가물가물하대요. 나 같으면 살려 보려고 더 이상 한 푼도 쓰지 않을 거예요.」

한 여자가 말하였네.

「***씨도 몹시 아프대요.」

로테가 말하였네.

「벌써 몸이 퉁퉁 부었다나 봐요.」

다른 여인이 대꾸하였네. 그러자 내 활발한 상상력이 나를 그 가련한 사람들의 병상으로 데려갔고, 그 사람들이 어쩔 수 없이 마지못해 삶에 등을 돌리는 것이 보였네. 빌헬름! 내 사랑하는 여인과 그녀의 친구는 생판 모르는 사람이 죽어 가듯 이야기하였네. 나는 주위를 돌아보고 방 안을 둘러보았다네. 로테의 옷가지들과 알베르트의 서류 그리고 낯익은 가구들, 심지어는 잉크병을 보며 생각하였네. 자, 네가 이 집 안에서 어떤 존재인지 보아라! 한마디로 말해서 네 친구들은 너를 존중한다! 너는 종종 그들을 기쁘게 하고, 네 마음은 그들 없이는 존재할 수 없는 듯 보인다. 그런데도 네가 멀리 간다면, 네가 그들과 헤어져서 멀리 떠난다면 어쩔 것인가? 그들이 너를 잃어버림으로써 벌어진 운명의 틈을 얼마나 오래 느낄 것인가? 얼마나 오래? 오, 인간은 얼마나 덧없는 존재인가! 자신의 존재를 진정으로 확신할 수 있는 곳에서도, 자신의 존재를 통해 참으로 깊은 인상을 심어 줄 수 있는 유일한 곳에서도, 사랑하는 사람들의 기억과 영혼 속에서도 소멸하고 사라져야 하다니! 그렇듯 빨리!

10월 27일

사람들이 어쩌면 그리 서로에게 미미한 존재일 수 있는지, 내 가슴을 갈가리 찢고 내 머리통을 깨부수고 싶을 때가 많다네. 아아, 사랑이든 기쁨이든, 온정이든 환희든, 이런 감정들은 나 스스로 느끼지 않으면 다른 사람이 주는 게 아닐 걸세. 그리고 내 마음이 아무리 지고의 행복으로 넘친다 하더라도, 내 앞에 차갑고 무력하게 서 있는 사람에게는 그 행복을 나누어 줄 수 없는 법일세.

같은 날 저녁

내가 이렇듯 많은 것을 지니고 있는데도, 그녀를 향한 마음이 모든 것을 삼켜 버리네. 내가 이렇듯 많은 것을 지니고 있는데도, 그녀 없이는 모든 것이 쓸모없다네.

10월 30일

하마터면 그녀의 목을 부둥켜안을 뻔한 적이 몇 번이던가! 그렇듯 사랑스러운 모습이 눈앞에서 오가는 것을 보면서도 손을 내밀어 붙잡을 수 없는 심정이 어떤지 하느님께서는 아신다네. 손을 내밀어 붙잡는 것은 인간의 가장 자연스러운 충동이 아니던가. 아이들은 무엇이든 눈에 띄는 것을 붙잡으려 들지 않는가? 그런데 나는?

11월 3일

맹세코, 다시는 눈뜨고 깨어나지 않기를 염원하며, 그리고 때로는 이 염원이 정말로 이루어지기를 바라며 잠자리에 든 적이 한두 번이 아닐세. 그러다 아침에 눈을 뜨고서 다시 태양을 바라보면 비참한 기분이 든다네. 오, 차라리 내가 변덕스러울 수 있다면! 그래서 모든 것을 날씨나 다른 사람이나 어긋난 계획 탓으로 돌릴 수 있다면, 이 견디기 어려운 불만의 짐이 반은 줄어들 걸세. 나는 참으로 딱한 인간일세! 모든 것이 오로지 내 잘못이라고 뼈저리게 느낀다네. 아니, 잘못이 아닐세! 예전에 온갖 행복의 원천이 내 안에 숨어 있었듯, 이제 온갖 불행의 원인이 내 안에 숨어 있는 것으로 충분하다네. 예전에 나는 풍성하게 넘치는 감정을 만끽하였고, 가는 곳마다 낙원이 내 뒤를 따라다녔으며, 내 마음은 온 세상을 사랑스럽게 포옹하지 않았던가? 그러던 내 마음이 이제는 죽어서 기쁨 한 방울 흘러나오지 않고 눈물 한 방울 샘솟지 않는다네. 이제 샘솟는 눈물에서 생기를 얻지 못하는 내 감각은 시름에 겨워 내 이마를 찌푸리게 만드네. 내 인생의 유일한 환희를 이루었던 것, 내 주변의 세계를 창조하도록 생기를 북돋우었던 성스러운 힘을 잃어버린 탓에, 내가 얼마나 괴로운지 아는가. 그 성스러운 힘이 사라지고 말다니! 창문 밖으로 저 멀리 언덕을 바라보면, 아침 해가 언덕 너머에서 안개를 가르며 적막에 싸인 초원을 비추고, 잔잔한 강물이 앙상한 버드나무 사이로 굽이치며 나를 향해 흘러오네. 오! 이렇듯 아름다운 자연이 래커 칠한 그림처럼 생기 없어 보이고, 이 세상의 온갖 환희도 내 마음속에서 단 한 방울의 기쁨을 뇌로 품어 올리지 못하네. 사나이 대장부로 태어나서 바짝 메말라 버린 샘물처럼, 메말라 갈라진 물동이처럼 하느님 앞에 서 있다네. 하늘이 청동 빛으로 반짝이고 대지가 메마르면 농부가 비를 내려 달라고 기도하듯이, 나 얼마나 자주 바닥에 몸을 내던지고서 눈물을 흘리게 해달라고 하느님께 간구했던가.

그런데 아아, 우리가 아무리 간절하게 기도드려도, 하느님께서 비도 햇살도 내려 주시지 않으리란 것을 느끼네. 이제 추억이 되어 나를 괴롭히는 그 시절은 어찌 그렇듯 행복에 넘쳤을까. 내가 끈기 있게 성령을 기다렸고, 하느님께서 나한테 넘치도록 내려 주신 환희를 온 마음으로 감사하며 받아들였기 때문일세.

11월 8일

내가 너무 무절제하게 산다고 로테에게 나무람을 들었네! 아아, 그렇듯 사랑스럽게 나무랄 수가! 내가 이다금 포도주를 한 잔만 마시겠다고 하고서는 무절제하게 한 병을 통째로 비워 버린다고 나무랐다네.

「그러지 마세요! 로테를 생각하세요!」

그녀는 말하였네.

「당신을 생각하라고요?」

나는 대답하였네.

「나한테 그렇게 말할 필요가 있을까요? 나야 물론 당신을 생각하지요! 아니, 생각하지 않습니다. 당신은 언제나 내 마음 속에 있답니다. 오늘 나는 당신이 얼마 전에 마차에서 내렸던 곳에 앉아 있었습니다……」

내가 그 문제에 더 깊이 파고들지 않도록 그녀는 화제를 바꾸었네. 이보게, 이제 나는 존재하지 않는다네! 그녀는 나를 자기 마음대로 할 수 있다네.

11월 15일

빌헬름, 진심으로 날 배려하고 호의적으로 충고해 주어서 정말 고맙네. 하지만 끝까지 견디어 낼 생각이니 안심하게. 아무리 삶에 지쳤어도 버티어 낼 힘이 아직 충분히 남아 있다네. 자네도 알다시피, 나는 종교를 숭상하지 않는가. 종교가 지친 이들에게 지팡이가 되어 주고, 번민하는 이들에게 용기를 북돋아 준다고 느끼네. 그런데 종교가 과연 누구에게나 그럴 수 있고, 또 그래야 하는 것일까? 넓은 세상을 살펴보면, 설교를 들었든 듣지 못했든 종교가 그렇게 해주지 못한 수많은 사람들, 또 앞으로 그렇게 해주지 못할 수많은 사람들이 눈에 띄네. 그런데 나한테 반드시 그렇게 해주리라는 보장이 있겠는가? 하느님의 아들은 그 주변의 사람들이 하느님 아버지께서 보내신 이들이라고 말씀하시지 않았던가?[8] 만일 내가 하느님의 아들에게 보내어진 사람이 아니라면? 내 마음이 말하는 대로, 하느님 아버지께서 나를 곁에 두시려 한다면? 이보게, 제발 이 말을 달리는 해석하지 말게. 이것은 내 솔직한 말로서 조금도 조롱하는 마음이 섞여 있지 않다네. 나는 지금 자네 앞에 내 영혼

8 요한 복음 6장 65절 참조.

을 있는 그대로 펼쳐 보이네. 만일 그렇지 않으려면 차라리 침묵했을 걸세. 나 자신의 일이든 다른 사람들의 일이든 잘 모르는 것에 대해서는 한마디도 하고 싶지 않다네. 주어진 분수를 지키며 자신의 잔을 남김 없이 마시는 것이 인간의 운명 아니겠는가? 천상의 하느님께서도 이 잔이 인간의 입술에는 너무 쓰다고 하셨는데, 내가 무엇 때문에 허세를 부리며 달콤한 척하겠는가? 내 온 존재가 삶과 죽음 사이에서 바르르 떨고, 지난 과거가 미래의 어두운 심연 위를 번개처럼 비추고, 내 주변의 모든 것이 침몰하고 나와 더불어 세계가 몰락해 가는 끔찍한 순간에, 내가 무엇 때문에 부끄러워하겠는가? 〈나의 하느님, 나의 하느님, 어찌하여 나를 버리셨나이까?〉⁹ 이것은 완전히 짓눌려 스스로를 잃어버리고 한없이 아래로 추락하는 피조물이 헛되이 이를 악물고서 일어서려고 안간힘을 쓰며 외치는 목소리가 아니겠는가? 그런데 내가 이런 외침을 부끄러워하겠는가? 하늘을 장막처럼 둘둘 말아 버리는 분께서도 벗어나지 못한 순간을 내가 두려워해야겠는가?

11월 21일

그녀는 자신과 나를 몰락으로 이끌어 갈 독약을 끓이면서도, 스스로 그걸 보지도 느끼지도 못한다네. 그녀가 파멸로 이끄는 잔을 나한테 내밀면, 나는 희열에 넘쳐 덥석 그 잔을 받아

9 마태복음 27장 46절 참조.

마시네. 그녀가 자주 — 자주라고? — 아니, 자주는 아닐세. 그녀가 이따금 나를 바라보는 따사한 눈빛, 내 무의식적인 감정 표현을 받아 주는 호의, 참고 견디는 내 모습을 바라볼 때 이마에 서리는 안타까움, 이 모든 것이 무얼 의미한단 말인가?

내가 어제 그만 돌아가겠다고 인사하자, 로테가 나한테 손을 내밀며 말하였네.

「친애하는 베르테르, 안녕히 가세요!」

친애하는 베르테르! 그녀가 나를 〈친애하는〉 사람이라고 부른 것은 그때가 처음이라 그 말은 내 뼛속 깊이 파고들었네. 나는 그 말을 골백번도 더 곱씹었다네. 그러다 어젯밤 잠자리에 들면서 나 자신하고 온갖 수다를 떨다가 나도 모르게 불쑥 말하였다네.

「안녕히 주무세요, 친애하는 베르테르!」

그러고는 혼자 웃지 않을 수 없었네.

11월 22일

〈그녀를 저한테 맡겨 주십시오.〉 이런 기도를 할 수는 없네. 그런데도 그녀가 종종 내 여인인 듯 생각된다네. 〈그녀를 저한테 주십시오.〉 이런 기도를 할 수는 없네. 이미 다른 남자의 여인이기 때문일세. 나는 이렇게 말도 안 되는 소리를 늘어놓으며 나 자신을 괴롭힌다네. 아마 이런 식으로 계속하다가는 서로 모순되는 말들이 한도 끝도 없이 이어질 걸세.

내가 얼마나 참고 견디는지 그녀도 느낀다네. 오늘따라 그녀의 눈빛이 내 마음 깊이 파고들었네. 내가 찾아갔을 때, 마침 그녀는 혼자 있었네. 나는 아무 말도 하지 않았고, 그녀는 나를 물끄러미 바라보았네. 그녀의 사랑스러운 아름다움도, 번득이는 뛰어난 재치도 내 눈에 보이지 않았다네. 그런 것들은 전부 내 눈앞에서 사라지고, 그지없이 절절한 안타까움과 감미로운 동정으로 넘치는 더욱 숭고한 눈빛이 나를 사로잡았다네. 어째서 내가 그녀의 발치에 몸을 던져서는 안 된단 달인가? 어째서 그녀의 목에 수천 번의 입맞춤으로 대답해서는 안 된단 말인가? 그녀는 피아노로 피신했으며, 감미로운 목소리로 나지막이 피아노에 맞추어 노래를 불렀네. 나는 그렇듯 매혹적인 그녀의 입술을 본 적이 없었네. 마치 그녀의 입술이 애타게 벌어져, 피아노에서 울려 나오는 달콤한 음조들을 빨아들이는 것만 같았네. 그러고는 그 순결한 입에서 신비한 메아리만이 울려 퍼지는 듯하였다네. 아, 그것을 자네한테 말로 표현할 수 있다면! 나는 더 이상 마음을 억제하지 못하고서 고개 숙여 맹세하였네. 천상의 정령들이 감도는 입술이여, 내 감히 너희들에게 입 맞추는 일은 결코 없으리라. 그런데도…… 나는 입 맞추고 싶다네……. 아아! 이보게, 이런 마음이 내 영혼을 벽처럼 가로막고 있네. 이 환희…… 그런 후에 이 죗값을 치르기 위해 몰락해도 좋다네…… 죗값이라니?

11월 26일

이따금 나 자신에게 말한다네. 네 운명은 세상에 유일무이한 것이다. 다른 사람들을 행복하다고 찬미하라. 너처럼 고통받는 사람은 지금껏 없었다. 그런 후에 옛 시인의 시를 읽으면, 마치 나 자신의 마음을 들여다보는 것만 같다네. 내가 이렇듯 많이 참고 견뎌야 하는데! 아아, 내 앞을 살다 간 사람들도 이렇듯 불행했단 말인가?

11월 30일

나는 아무래도, 아무래도 제정신을 차릴 운명이 아닌가 보네. 어디를 가더라도 나를 혼란스럽게 만드는 일에 부딪힌다네. 오늘도! 오, 운명이여! 오, 인간이여!

점심 무렵에 뭔가를 먹고 싶은 마음이 전혀 들지 않아서 물가를 따라 걸었다네. 모든 것이 삭막해 보였으며, 산에서는 음습한 서풍이 불어오고 잿빛의 비구름이 골짜기를 뒤덮었네. 그때 남루한 초록색 옷을 입은 사람이 멀리서 어른거렸는데, 바위 틈새로 기어 다니며 약초를 찾는 듯하였네. 내가 가까이 다가가자, 그 사람은 인기척 소리에 뒤돌아보았네. 착하고 반듯한 성품을 드러내는 얼굴에 잔잔한 슬픔이 진하게 배어 있어서 왠지 호감이 갔다네. 그 남자는 검은 머리카락 두 가닥을 도르르 말아 핀으로 고정시키고, 나머지는 굵게 하나로 땋아서 등 뒤로 내려뜨리고 있었네. 옷차림으로 보아 미천한 신분인 듯싶어서, 내가 관심을 표해도 별로 나쁘게 여기지 않을 것 같았네.
그래서 지금 뭘 찾고 있느냐고 물었다네.
「꽃을 찾고 있습니다.」
그 남자가 깊이 한숨지으며 대답하였네.
「그런데 웬일인지 하나도 눈에 띄지 않습니다.」
「지금은 꽃 피는 철이 아니잖습니까.」
나는 미소 지으며 말하였네.
「꽃들이 아주 많답니다.」
그 남자는 내 쪽으로 내려오며 말하였다네.
「우리 집 정원에는 장미하고 인동덩굴 두 가지 꽃이 있습니다. 하나는 우리 아버지께서 주신 것인데 잡초처럼 무성히 우거졌답니다. 벌써 이틀째 그것들을 찾고 있는데, 도대체 눈에 띄어야 말이지요. 저기 들판에도 항상 꽃들이 있습니다. 노란 꽃, 파란 꽃, 빨간 꽃. 용담꽃은 아주 작고 예쁘답니다. 그런데 하나도 눈에 띄지가 않아요.」
나는 왠지 으스스한 기분이 들어서 넌지시 돌려 물었다네.
「그래, 꽃을 가지고 뭘 하실 생각입니까?」
순간 야릇한 미소가 그 남자의 얼굴을 움찔 이지러뜨렸네.
「다른 사람들에게는 절대로 이야기하지 마십시오.」
그 남자는 손가락을 입술에 갖다 대며 말하였네.
「제 사랑하는 여인에게 꽃다발을 만들어 주겠다고 약속했답니다.」
「그거 참 근사하군요.」
나는 말하였네.
「아! 그 여인은 다른 물건들도 많이 가지고 있답니다. 아주 부자거든요.」

그가 말하였네.

「그래도 댁이 꽃다발을 만들어 주면 좋아할 겁니다.」

나는 힘주어 말하였네.

「아!」

그가 다시 말을 이었네.

「그 여인은 보석하고 왕관도 가지고 있습니다.」

「그 여인의 이름이 무엇입니까?」

「저도 네덜란드 정부로부터 돈만 받았더라면 이렇게 되진 않았을 겁니다!」

그가 대답하였네.

「그렇답니다, 제게도 한때 즐거웠던 시절이 있었지요! 지금은 모든 것이 끝장났습니다. 저는 이제……」

하늘을 올려다보는 촉촉한 시선이 모든 것을 말해 주었네.

「그렇다면 예전에는 행복하셨습니까?」

나는 물었네.

「아아, 저는 행복해지고 싶었습니다. 다시 그렇게만 될 수 있다면!」

그가 말하였네.

「그때는 마냥 행복하고 즐거웠으며 물 만난 물고기처럼 팔팔했지요.」

「하인리히!」

한 늙은 여인이 길을 내려오며 소리쳤네.

「하인리히, 도대체 어디 있었던 거냐? 우리가 너를 얼마나 찾았는지 아느냐? 어서 밥 먹으러 가자꾸나.」

148

「부인의 아드님이십니까?」

나는 그 여인에게로 다가가며 물었네.

「그렇답니다, 제 불쌍한 아들이랍니다!」

그 여인은 대답하였네.

「하느님께서 저한테 큰 시련을 안겨 주신 거지요.」

「언제부터 이렇게 되었지요?」

나는 물었네.

「이렇게 조용해진 것은 반년 정도 되었습니다.」

여인은 대답하였네.

「그나마 이 정도인 것이 다행이지요. 그전에는 일 년 동안이나 미쳐 날뛰는 바람에 정신병원에 묶어 두었답니다. 이제 사람들한테 해코지하지는 않아요. 다만 왕이니 황제니 하며 떠들 뿐이랍니다. 원래 심성이 착하고 조용한 아이여서 집안 살림도 잘 돕고 글씨도 예쁘게 썼답니다. 그런데 별안간 우울해지고 심한 고열에 시달리더니 그만 미치고 말았어요. 그러다 결국 지금 보시는 것처럼 되었답니다. 지난 이야기를 말씀드리자면…….」

나는 줄줄이 이어지는 여인의 말을 끊으며 물었네.

「아드님께서 전에는 마냥 즐겁고 행복했다고 자랑하던데, 그게 언제였습니까?」

「저런 어리석은 인간!」

여인은 애처로운 미소를 지으며 외쳤네.

「정신이 나갔던 때를 말하는 거랍니다. 그때가 좋았다고 항상 입버릇처럼 자랑하는데, 정신병원에서 아무것도 모르고 미쳐 날뛰던 시절을 말한답니다.」

나는 그 말에 벼락이라도 맞은 듯 놀라서, 여인에게 돈을 조금 쥐어 주고는 서둘러 그곳을 떠났다네.

행복했던 시절! 나는 시내를 향해 빠르게 걸음을 옮기며 외쳤네. 물 만난 물고기처럼 신이 났던 시절! 하느님, 어째서 제정신을 차리기 전과 다시 제정신을 잃어버린 후에만 행복하도록 인간의 운명을 정하셨습니까. 가련한 이여! 나는 그대를 괴롭히는 그 감각의 혼란과 우울증이 얼마나 부러운지 모르겠소! 그대는 — 겨울에 — 그대의 여왕에게 바칠 꽃을 꺾으러 희망에 넘쳐 밖으로 나간다오. 그리고 꽃을 찾지 못해 슬퍼하면서, 왜 꽃을 찾을 수 없는지 이해하지 못한다오. 그런데 나는, 나는 희망도 목적도 없이 나갔다가, 이렇듯 달라진 것 없이 돌아온다오. 그대는 네덜란드 정부로부터 돈을 받으면 어떻게 살 것인지 상상한다오. 행복하지 못한 것을 세상 탓으로 돌릴 수 있다니, 얼마나 좋겠소! 그대는 불행의 원인이 그대의 망가진 마음과 혼란스러운 정신에 있다는 것을 느끼지 못하오! 느끼지 못하오! 이 세상의 어떤 왕도 그대를 불행에서 벗어나도록 도와줄 수는 없소.

머나먼 샘물을 향해 떠났다가 도리어 병이 악화되어 더욱 고통스러운 죽음을 맞이한 병자를 조롱하는 자, 그리고 양심의 가책과 영혼의 고통을 떨쳐 버리려고 예수 그리스도의 무덤을 향해 순례를 떠난 번민하는 마음을 업신여기는 자는 처량하게 죽어 넘어져야 마땅하리라! 길도 없는 곳을 발바닥이 갈라지도록 한 걸음 한 걸음 헤치고 나갈 때마다 고뇌하는 영혼의 시름이 조금씩 덜어지고, 고된 여행의 날이 하루하루 지날 때마다 고통에 시달리는 마음이 조금씩 홀가분하게 가라앉는다네. 그런데 푹신한 안락의자에 앉아서 쓸데없이 말만 늘어놓는 너희는 그것을 광기라 부른단 말이냐? 광기! 오, 하느님, 당신은 제 흐르는 눈물을 보십니다! 대자대비하신 당신께서는 인간을 이렇듯 초라하게 창조하시고, 그것도 모자라 당신을 향한 약간의 신뢰심, 그 약간의 것마저 앗아 가는 형제를 굳이 덧붙여 주셔야 했단 말입니까! 병을 치료하는 뿌리나 포도즙의 효능에 대한 믿음은, 바로 당신께서 우리를 둘러싼 세상 만물에 병을 치유하고 마음을 달래 주는 힘을 숨겨 두셨다는 믿음일 것입니다. 우리에게는 시시각각 그런 힘이 필요합니다. 제가 알지 못하는 하느님 아버지! 예전에는 제 영혼을 가득 채우셨지만 이제는 저를 외면하시는 하느님 아버지! 저를 당신 곁으로 불러 주십시오! 더 이상 침묵을 지키지 마십시오! 당신의 침묵은 이 목마른 영혼을 붙잡아 주지 못할 것입니다. 뜻밖에도 아들이 집에 돌아와 아버지의 목을 부둥켜안으며 이렇게 외치면, 화를 낼 아버지가 어디 있겠습니까?

〈아버지, 제가 돌아왔습니다! 아버지의 뜻을 따르지 못하고 이렇듯 일찍 여행을 중단하였다고 화내지 마십시오. 세상 어디를 가나, 힘들게 일하고 보수를 받고 기뻐하는 것은 매한가지입니다. 하지만 그런 것이 저한테 무슨 소용이 있겠습니까? 저는 오로지 아버지 곁에서만 마음이 편합니다. 고로움도 즐거움도 오로지 아버지 면전에서 누리렵니다.〉

그런데 하늘에 계신 아버지, 당신께서는 그런 아들을 물리치시겠습니까?

12월 1일

빌헬름! 일전에 내가 행복하게 불행한 사람이라고 말한 남자 있지 않은가. 그 사람이 바로 로테의 아버님 밑에서 서기로 일했다네. 로테에 대한 연정을 남모르게 키워 오다가 결국 속내를 털어놓았는데, 그 일로 해고당하고서 그만 미쳐 버린 거라네. 그 이야기가 나를 얼마나 혼란스럽게 했을지, 이 무미건조한 말에서 느껴 보게나. 알베르트가 바로 이 무미건조한 말로 침착하게 나한테 이야기해 주었고, 자네도 아마 마찬가지로 침착하게 이 이야기를 읽겠지 싶네.

12월 4일

제발 날 이해해 주게……. 이보게, 이것으로 끝장일세. 더 이상은 견딜 수 없네! 오늘 로테 곁에 앉아 있었네. 나는 앉아 있었고, 그녀는 피아노를 쳤네. 다양한 멜로디 그리고 온갖 표현들! 온갖! 온갖 표현들! ― 나는 무엇을 원하는가? ― 로테의 어린 여동생이 내 무릎에 앉아서 인형을 예쁘게 꾸몄네. 나는 눈물이 치솟았네. 고개를 숙이는데 로테의 결혼반지가 눈에 들어와 눈물이 주르르 흘러내렸네. 그때 갑자기 로테가 더없이 감미로운 옛 멜로디를 연주하였다네. 아주 갑작스러운 일이었네. 내 마음이 조금 푸근해지면서, 그 노래를 들었던 지난날의 추억, 어긋난 기대와 불만으로 암울했던 추억이 뇌리를 스쳤네. 그러다 나는 방 안을 이리저리 거닐었고, 가슴이 답답하게 조여 오는 걸 느꼈네.

「제발,」

나는 로테에게 불쑥 다가가며 격렬하게 외쳤네.

「제발 그만두십시오!」

로테는 손을 멈추고 나를 멍하니 응시하였네.

「베르테르.」

그러더니 내 영혼 깊숙이 파고드는 미소를 지으며 말하였네.

「베르테르, 당신 지금 어딘가 몹시 아픈 모양이에요. 평소 즐겨 듣던 음악이 귀에 거슬리다니. 집에 돌아가세요. 제발 푹 쉬세요.」

나는 그 자리를 뿌리치고 나왔네. 하느님! 제 불행한 모습을 보시고 이제 제발 끝을 내주십시오.

12월 6일

그 모습이 한시도 내 뇌리를 떠나지 않는다네! 내 영혼을 자나 깨나 송두리째 채우고 있다네! 눈을 감으면, 마음의 시력이 하나로 모아드는 여기, 이마 안에 그녀의 까만 두 눈이 있네. 여기에! 말로는 표현할 수가 없다네. 눈을 감으면, 그녀의 까만 눈이 나타나네. 드넓은 바다처럼, 깊은 심연처럼 내 앞에, 그리고 내 안에 펼쳐져서 내 이마의 감각들을 가득 채우네.

반신이라 칭송받는 인간이란 존재는 무엇인가? 어째서 인간은 힘을 가장 필요로 하는 때에 하필이면 그 힘을 갖지 못한단 말인가? 어째서 인간은 기쁨에 겨워 하늘 높이 뛰어오르거

나 고통에 잠겨 땅속 깊이 추락하여서 충만한 무한함 속으로
잠기려는 바로 그 순간에 도로 흐릿하고 차가운 의식으로 끌
려온단 말인가?

엮은이가 독자에게

　나는 우리 친구 베르테르의 주목할 만한 마지막 며칠과 관련하여, 본인의 자필 기록이 많이 남아 있기를 얼마나 바랐는지 모릅니다. 그랬더라면 굳이 이런 글을 덧붙이는 일 없이, 베르테르의 편지들만으로 이 책을 끝까지 마무리 지을 수 있었을 것입니다.

　나는 되도록 베르테르 이야기를 잘 알고 있는 사람들의 입을 통해서 직접 정확한 정보를 수집하려고 노력하였습니다. 사실 그 이야기는 간단하고, 사람들이 그것에 대해 하는 말도 몇 가지 사소한 점을 제외하고는 대체로 일치합니다. 다만 그 일에 관계된 사람들의 성격에 대한 의견만은 각양각색이고, 그에 대한 판단도 분분합니다.

　그러니 우리는 다방면으로 수소문하여 알아낸 사실들을 성실하게 이야기하고, 고인이 남긴 편지들을 소개하고, 그동안 찾아낸 아주 사소한 쪽지들까지도 소홀히 여기지 않는 수밖에 다른 도리가 없습니다. 특히 어떤 일이 평범하지 않은 사람들 사이에서 일어나는 경우, 그 행동 하나하나의 독특하고 진정한 내적 동기를 발견하는 일은 결코 쉽지 않습니다.

불만과 무관심이 베르테르의 마음속에 점점 더 깊이 뿌리를 내리고 서로 단단히 뒤엉켜서는 마침내 그의 존재를 송두리째 점령하기에 이르렀습니다. 정신이 완전히 균형을 상실하였고, 내면의 흥분과 격정이 타고난 힘들을 모조리 혼란에 빠뜨리며 부정적인 영향을 미치더니, 급기야 베르테르를 허탈 상태에 빠뜨리고 말았습니다. 베르테르는 과거 그 어떤 불행과 싸웠을 때보다도 더욱 겁에 질렸으며, 그 상태에서 벗어나려고 고군분투하였습니다. 그러나 마음속의 불안이 그나마 남아 있던 정신의 힘과 활기와 예지를 갉아먹었고, 베르테르는 사람들과 함께 있는 자리에서도 항상 슬픈 표정이었습니다. 날이 갈수록 점점 더 깊이 불행에 빠져 들었으며, 자신이 불행해질수록 주변 사람들에게 더욱 부당하게 굴었습니다. 적어도 알베르트의 친구들은 그렇게 말합니다. 그들은 알베르트가 본시 청렴하고 조용한 성품으로, 오랫동안 바라 마지않던 행복을 성취하였고, 그 행복을 두고두고 오래 유지하고 싶어 했다고 주장합니다. 그런데 베르테르는, 말하자면 낮에는 재산을 탕진하고 저녁에는 고통과 궁핍에 시달리는 형상이라서, 알베르트의 그런 성품과 태도를 제대로 판단할 수 없었다는 것입니다. 친구들은 알베르트가 그렇듯 짧은 시일 안에 변할 리 없으며, 베르테르가 처음 만나서 그토록 높이 평가하고 존중했던 인물 그대로였다고 말합니다. 알베르트는 이 세상 무엇보다도 로테를 사랑하고 자랑스러워했으며, 로테가 더없이 훌륭한 여인으로서 모든 사람들에게 인정받기를 바랐습니다. 그러니 알베르트가 조금이라도 의심스러운 자리는 피하고 싶어 했으며, 또 아무리 순수한 방법이라 할지라도 그 보물을 누구하고도 나누고 싶어 하지 않았다고 해서 나쁘게 생각할 수 있겠느냐고 친구들은 묻습니다. 베르테르가 자신의 아내를 찾아오면 알베르트는 종종 방을 나와 버렸다고 친구들은 인정합니다. 하지만 그것은 그 친구에 대한 증오심이나 혐오감 때문이 아니라, 다만 자신이 함께 있음으로써 그 친구가 괴로워하는 것을 느꼈기 때문이라는 것입니다.

한번은 로테의 아버지가 몸져누워서 문밖출입을 할 수 없었습니다. 아버지는 딸을 데려오라며 마차를 보냈었고, 로테는 그 마차를 타고 갔습니다. 아름다운 겨울날이었답니다. 첫눈이 소복이 내려서 온 세상이 새하얗게 덮여 있었습니다.

이튿날, 베르테르는 로테를 뒤쫓아 갔습니다. 알베르트가 로테를 데리러 오지 못할 경우에 자신이 동행할 생각이었습니다.

청명한 날씨도 베르테르의 우울한 마음을 전혀 밝게 해주지 못하였습니다. 숨 막히는 압박감이 베르테르의 영혼을 짓누르고, 슬픈 영상들이 뇌리를 깊이 파고들고, 고통스러운 생각들이 꼬리를 물고 이어졌습니다.

베르테르는 자기 자신과 끊임없이 갈등을 빚으며 살았기 때문에, 다른 사람들도 혼란스럽고 위태롭게 살아간다고 여겼습니다. 자신이 알베르트 부부의 금실 좋은 관계를 방해했다고 믿었는데, 거기에는 은근히 로테의 남편에 대한 반감이 섞여 있었습니다.

그날 로테를 찾아가는 길에도, 베르테르는 이런 생각에서 벗어나지 못하였습니다.

〈어련하실까.〉

베르테르는 남몰래 이를 악물며 혼잣말하였습니다.

〈바로 그것이 친밀하고 다정하고 자상하고 도든 것에 공감하는 관계란 말이지! 한결같고 평온한 신의란 말이지! 그것은 권태이고 무관심이라고! 사실은 소중하고 정숙한 아내보다 온 갖 하찮은 일에 더 우선권을 두지 않는가? 그가 과연 자신의 행복을 평가할 줄이나 아는가? 로테의 값어치에 맞게 로테를 존중할 줄 아냐고? 로테는 알베르트의 사람이다. 그래 좋다, 그녀가 알베르트의 사람인 것은 사실이다. 나는 다른 일들 못지않게 이 사실도 잘 알고 있다. 이 생각에 벌써 익숙해졌다고 믿는데도, 이 생각만 떠오르면 여전히 미칠 것 같다. 이러다가는 결국 내 목숨을 온전하게 부지하기 어려울 것이다. 그리고 나에 대한 우정도 과연 진심이었을까? 로테를 향한 내 애착이 자신의 권리에 대한 침해이고, 로테를 향한 내 관심이 자신을 향한 무언의 비난이라고 여기고 있지 않은가? 나는 그것을 잘 알고 있고, 또 온몸으로 느낀다. 그래서 항상 날 보면 못마땅하게 여기고, 내가 가기만을 기다리는 것이다. 내가 있으면 부담스러운 것이다.〉

베르테르는 종종 빠른 걸음을 멈추고서, 되돌아가려는 듯 가만히 서 있었습니다. 하지만 번번이 다시 걸음을 앞으로 내딛었고, 이런 생각에 잠겨 혼자 중얼거리며 마침내 뒤에서 떠밀리듯 사냥용 별장에 도착하였습니다.

그는 집 안에 들어가 노인과 로테에 대해 물었습니다. 그런데 이상하게도 집안 분위기가 어수선하여 물어보니 발하임에서 불상사가 발생했다고 맏아들이 말하였습니다. 어느 농부가 맞아 죽었다는 것이었습니다! 베르테르는 그 말에 크게 개의치 않고서 방 안으로 들어갔습니다. 방 안에서는 로테가 불편한 몸을 이끌고 몸소 범행 현장을 조사하러 집을 나서려는 노인을 열심히 설득하고 있었습니다. 범인은 아직 밝혀지지 않았으며, 아침에 시신이 현관문 앞에서 발견되었다고 합니다. 하지만 누구 짓인지 짚이는 데가 있었습니다. 살해된 사람은 어느 과붓집에서 일하는 머슴이었는데, 그전에 일하던 다른 머슴이 말썽을 피우고 해고를 당했다고 했습니다.

이 말을 들은 베르테르가 펄쩍 뛰며 크게 외쳤습니다.

「그럴 수가! 제가 가봐야겠습니다. 한시도 가만히 이러고 있을 수가 없습니다.」

그러고는 서둘러 발하임으로 향하였습니다. 지난 기억들이 생생하게 되살아났고, 여러 차례 이야기를 나누면서 무척 소중하게 생각했던 그 남자가 범행을 저지른 것을 단 한순간도 의심하지 않았습니다.

시신이 놓여 있는 주막으로 가려면 보리수나무 아래를 지나야 했는데, 베르테르는 그토록 정든 장소에 이르러 경악하지 않을 수 없었습니다. 이웃집 아이들이 즐겨 놀던 문지방이 피로 붉게 물들어 있었습니다. 인간의 가장 아름다운 감정인 사랑과 신의가 폭력과 살인으로 변하다니. 잎사귀가 모두 떨어진 우람한 나무들의 가지에 하얗게 서리가 내려 있었고, 교회 묘지의 나지막한 돌담을 보기 좋게 뒤덮은 산울타리도 앙상하게 가지만 남아서 눈 덮인 묘비들이 울타리 틈새로 빠끔히 내보였습니다.

베르테르가 마을 사람들이 모여 있는 주막을 향해 걸음을 옮기는데, 별안간 소란스러워졌습니다. 멀리서 무장한 남자들 한 무리가 다가오는 것이 보였고, 모두 저기 범인을 데려온다고 앞다투어 외쳤습니다. 베르테르가 그쪽을 바라보는 순간 더 이상 의심하고 말 것이 없었습니다. 그 과부를 그토록 사랑하던 머슴, 얼마 전에 말없이 원통해하고 남모르게 절망하며 배회하다가 베르테르와 마주쳤던 바로 그 머슴이었습니다.

「이 불행한 사람아, 도대체 무슨 짓을 저질렀단 말인가!」

베르테르는 붙잡힌 남자에게 성큼 다가가며 크게 외쳤습니다. 그 남자는 베르테르를 묵묵히 바라보더니, 이윽고 아주 침착하게 말하였습니다.

「아무도 그 여인을 차지할 수 없습니다. 그녀는 그 누구의 여자도 될 수 없습니다.」

그 남자는 주막 안으로 끌려갔고, 베르테르는 허둥지둥 그곳을 떠났습니다.

끔찍한 충격이 베르테르의 존재를 송두리째 뒤흔들었고, 베르테르는 삽시간에 슬픔과 우울, 냉담한 자포자기로부터 벗어났습니다. 그 남자를 향한 동정심이 베르테르를 꼼짝 못 하게 사로잡았으며, 그 남자를 구해야 한다는 이루 형용할 수 없는 욕망이 솟구쳤습니다. 그 남자를 너무 딱하게 여기다 보니, 비록 그런 범행을 저질렀어도 결백하다는 생각이 들었습니다. 그리고 그 남자의 입장을 깊이 헤아리다 보니, 다른 사람들에게도 그의 무죄를 설득시킬 수 있다는 굳은 믿음이 생겼습니다. 그 남자를 변호할 수 있기를 바랐으며, 벌써 생생한 변론의 말이 입 안을 맴돌았습니다. 그래서 사냥용 별장을 향해 급히 걸음을 옮겼으며, 행정관에게 하고 싶은 말을 도중에 작게 소리 내어 말해 보지 않을 수 없었습니다.

베르테르가 방 안에 들어서 보니 알베르트가 이미 와 있었습니다. 베르테르는 순간 기분이 상했지만, 곧 마음을 다잡고서 자신의 생각을 행정관에게 열정적으로 털어놓았습니다. 행정관은 고개를 여러 번 절레절레 저었습니다. 그리고 베르테르가 더없이 진지하고 솔직하고 열렬하게 한 인간이 다른 인간을 변호하기 위해 할 수 있는 모든 말을 했는데도, 쉽게 짐작할 수 있듯이 조금도 동요하지 않았습니다. 아니, 오히려 우리 친구의 말을 가로막고서, 그 말을 강경하게 반박하고 살인범을 두둔한다고 나무랐습니다. 그러다가는 모든 법이 효력을 상실하고 국가의 모든 안전이 붕괴될 것이라고 역설하였으며, 또한 이런 일에는 자신이 모든 책임을 떠맡아서 규정대로 질서 정연하게 처리할 수밖에 없다고 덧붙였습니다.

베르테르는 자신의 생각을 굽히지 않았으며. 만약 그 남자가 도주하도록 도와주는 사람이 있다면 너그럽게 보아 달라고 행정관에게 간청하였습니다! 행정관은 베르테르의 이 말도 거절하였고, 마침내 알베르트까지 대화에 끼어들어 노인의 편을 들었습니다. 베르테르는 수세에 몰렸으며, 행정관은 〈아니, 그 사람을 구제할 수는 없네〉라고 몇 번 거듭 말한 후에 무척 괴로운 표정으로 그곳을 나왔습니다.

우리는 베르테르의 서류들 사이에서 바로 그날 써진 것이 확실한 메모를 찾아냈는데, 바로 이 메모를 통해 그런 말들이 그에게 얼마나 깊은 흔적을 남겼는지 알 수 있습니다.

불행한 사람이여, 그대는 구제받을 수 없다오! 우리가 구제받을 길이 없다는 사실을 나는 잘 안다오.

알베르트가 체포된 사람과 관련하여 행정관 앞에서 한 말은 베르테르의 마음에 몹시 거슬렸습니다. 베르테르는 그 말에 자신에 대한 반감이 섞여 있다고 느꼈습니다. 원래 총명한 사람이어서 조금만 깊이 생각해도 두 사람의 말이 옳다는 것을 충분히 깨달을 수 있었지만, 그 사실을 시인하고 인정하는 경우에는 자신의 내밀한 존재를 포기하는 것만 같은 느낌이 들었습니다.

우리는 이 일과 관련 있을 뿐 아니라 어쩌면 베르테르와 알베르트의 관계도 알려 줄지 모르는 쪽지를 발견하였습니다.

그는 착하고 성실한 사람이라고 내가 거듭 혼잣말한들 무슨 소용이 있겠는가. 그것은 내 오장육부를 갈가리 찢어 놓을 뿐이다. 나는 공정할 수가 없다.

저녁 무렵, 날씨가 풀리면서 눈이 녹기 시작했기 때문에, 로테는 알베르트와 함께 걸어서 집으로 돌아갔습니다. 베르테르가 같이 가지 않아서 섭섭한 듯, 로테는 도중에 여러 번 뒤돌아보았습니다. 알베르트는 베르테르에 대한 이야기를 꺼내더니, 냉정하게 요모조모 따지며 베르테르를 비난하였습니다. 베르테르의 불행한 열정에 대해 언급하며, 되도록 그를 멀리하였으면 좋겠다고 말하였습니다.
「우리를 위해서도 그 편이 좋소.」
알베르트는 말하였습니다.
「제발 부탁이니, 그 사람이 당신에 대한 태도를 바꾸고 우리 집에 찾아오는 횟수를 좀 줄이도록 노력해 봐요. 이러다가는 사람들의 이목을 끌게 될 것이오. 벌써 여기저기서 이러쿵저러쿵 입방아를 찧는 사람들이 있소.」

로테는 침묵을 지켰고, 알베르트는 아내의 침묵을 진지하게 받아들인 듯 보였습니다. 적어도 그 후로는 더 이상 로테에게 베르테르의 이야기를 꺼내지 않았으며, 아내가 베르테르를 입에 올리면 대화를 중단하거나 화제를 바꾸었습니다.

그 불행한 남자를 구하려다가 결국 수포로 돌아간 베르테르의 시도는 가물가물 꺼져 가는 불꽃이 마지막으로 피워 올린 화염이었습니다. 이제 베르테르는 고통과 무위 속으로 그만큼 더욱더 깊이 휘말려 들어갔으며, 특히 그 남자가 범행을 부인하는 탓에 자신이 증인으로 소환될지 모른다는 이야기를 들었을 때는 거의 제정신이 아니었습니다.

과거에 사회생활에서 겪었던 불쾌한 일, 공사관에서의 불만, 그 밖에 실패했거나 마음 상했던 일들이 꼬리를 물고 베르테르의 뇌리를 스쳤습니다. 베르테르는 자신이 이런 일들을 겪었으니 지금 하릴없이 빈둥거리는 것도 당연하다고 여겼으며, 자신에게는 아무런 가능성이 없고 앞으로 사회 활동을 하고 싶어도 할 기회가 없을 것이라고 생각하였습니다. 그래서 마침내 자신의 특이한 감정과 사고방식, 한없는 정열어 푹 빠져서, 밤이나 낮이나 오로지 사랑하는 상냥한 여인과의 슬픈 만남에만 정신을 쏟게 되었습니다. 그러다 보니 결국 그 여인이 맘 편하게 지내지 못하도록 방해하는 꼴이 되었고, 아무런 기대도 목적도 없이 자신의 힘을 혹사시키며 슬픈 종말을 향해 한발 한발 가까이 다가갔습니다.

여기서 베르테르의 혼란과 열정, 끊임없는 몸부림과 노력, 삶의 권태를 무엇보다도 생생하게 증언하는 본인의 편지 몇 통을 소개할까 합니다.

12월 12일

사랑하는 빌헬름, 흔히 마귀에 씌었다는 말을 듣는 불운한 사람들이 있지 않은가. 요즘 내 꼴이 영락없이 그렇다네. 나는 이따금 두려움도 욕망도 아닌 뭔가에 사로잡힌다네. 정체를 알 수 없는 광기가 내 가슴을 갈기갈기 찢으려 들고 내 숨통을 조여 오네. 아아, 너무 괴롭다네! 그러면 나는 이 스산한 계절의 으스스한 밤 풍경을 정처 없이 배회한다네.

어제저녁에는 도저히 집에 가만히 있을 수가 없었네. 별안간 날씨가 풀려서 눈이 녹기 시작하더니, 냇물들이 불어나고 강물이 넘쳐서 발하임 아랫녘의 내 정다운 골짜기가 물에 잠겼다는 소리가 들려왔네! 나는 밤 11시가 지나서 밖으로 뛰쳐나갔다네. 참으로 섬뜩한 광경이었네. 달빛 아래서 사나운 물살이 논밭과 풀밭과 덤불, 그야말로 모든 것을 뒤덮으며 무섭게 요동치는 것이 바위 위에서 내려다보였네. 바람 소리가 요란한 가운데 드넓은 골짜기 위아래가 온통 광란하는 바다로 변해 있었다네! 달이 검은 구름 사이를 뚫고 나오자, 사나운 물살이 무섭도록 장엄하게 달빛을 반사하며 물소리도 요란하게 넘실넘실 흘러갔네. 그러자 오싹 소름이 끼치며, 또다시 갈망하는 마음이 솟구쳤네. 아아, 나는 낭떠러지 앞에 서서 양팔을 활짝 벌리고 숨을 깊이 깊이 들이쉬었네. 내 고통과 고뇌가 노도처럼 사납게 아우성치며 아래로 쏟아져 내렸고, 나는 그 환희에 흠뻑 젖어 들었네.

오! 땅에서 두 발을 들어 이 모든 고통을 끝내지는 못했다네! 내 생명의 시간이 아직 다하지 않은 것을 느꼈기 때문일세! 오, 빌헬름! 내가 얼마나 인간으로서의 존재를 다 바쳐 폭풍을 몰아세워서 구름을 산산이 흐트러뜨리고 사나운 물살을 움켜쥐고 싶었는지 아는가! 아아! 이 감옥에 갇힌 자에게 언젠가는 그런 환희가 주어지지 않겠는가?

나는 산보하는 길에 더위를 식히려고 로테와 함께 앉아 있곤 하던 버드나무 주변을 처량한 마음으로 내려다보았네. 그곳도 온통 물살에 휩쓸려서 버드나무조차 알아볼 수 없었다네! 빌헬름, 로테의 풀밭, 사냥용 별장의 주변이 지금 어떻게 되었을까, 거센 물살이 우리의 정자를 어떻게 망가뜨렸을까, 이런 생각이 들었네. 가축 떼와 초원과 영예로운 지위에 대한 꿈이 옥에 갇힌 자를 비추듯이, 지난날의 햇살이 나를 비추었네. 나는 버티어 내었네! 언제든 마음만 먹으면 죽을 용기가 있기 때문에, 나 자신을 탓하지는 않네. 내가 그 자리에서…… 이제 나는 울타리 아래에서 땔감을 주워 모으고 문전걸식을 하며, 죽어 가는 처량한 존재를 한순간 더 연장하고는 안심하고 있는 노파처럼 여기 앉아 있네.

12월 14일

친애하는 벗이여, 이게 웬일이란 말인가? 나 자신이 무섭다네! 그녀를 향한 내 사랑은 더없이 신성하고 순수한 형제애 같은 사랑이 아니던가? 죄받을 소원을 내 마음속에 단 한 번이라도 품어 본 적이 있었던가? 새삼 맹세하고 싶지도 않은 일일세. 그런데 이런 꿈을 꾸다니! 오, 서로 모순되는 작용들을 미지의 힘 탓으로 돌렸던 사람들은 진실을 감지한 것일세! 지난밤에…… 입 밖에 내어 말하려니 온몸이 부르르 떨리네. 나는 그녀를 두 팔로 휘감아 가슴에 꼭 껴안고서, 사랑을 속삭이는 그 입술에 한없이 입을 맞추었다네. 내 눈은 사랑에 취한 그녀의 눈동자 안을 떠돌았다네. 하느님! 제가 지금 그 뜨거운 환희를 가슴 깊이 절절하게 되살리는 기쁨을 누린다면 벌받을 일입니까? 로테! 로테!…… 이것으로 나는 끝일세! 눈앞이 가물가물하네. 벌써 일주일 전부터 정신을 차릴 수 없고 눈물이 마를 새 없이 치솟는다네. 어디를 가든 마음이 편치 않으면서도, 또 어디서나 똑같이 마음이 편하다네. 이제는 바라는 것도 원하는 것도 없다네. 이대로 떠나는 것이 나한테 더 나을 성싶네.

이 세상을 떠나려는 결심은 그 무렵, 그런 상황에서 베르테르의 마음속에 점점 더 깊이 뿌리를 내렸습니다. 로테에게 되돌아온 이후로, 그것은 베르테르에게 항상 마지막 가능성이었고 희망이었습니다. 그러나 서둘러서도 안 되고 성급하게 굴어서도 안 된다고 스스로를 타일렀으며, 분명한 확신을 가지고서 가능한 한 조용히 단호하게 그 결심을 행동으로 옮길 생각이었습니다.

날짜가 써 있지 않은 짧은 편지 하나가 베르테르의 서류들 사이에 끼어 있었는데, 빌헬름에게 쓰려다 말았다고 추정되는 그 편지에서 자신과의 갈등이나 회의가 뚜렷이 엿보입니다.

그녀의 모습, 그녀의 운명, 그리고 내 운명에 대한 그녀의 관심이 내 메말라 버린 머릿속에서 최후의 눈물방울을 짜낸다네.

장막을 들어 올리고서 발을 앞으로 내딛으면, 모든 것이 끝일세! 그런데 무엇 때문에 망설이고 주저한단 말인가? 장막 너머에서 어떤 세계가 기다리는지 모르기 때문에? 다시는 돌아올 수 없기 때문에? 잘 알지 못하는 것 앞에서 혼란과 암흑을 예감하는 것은 우리 정신의 특성일세.

베르테르는 마침내 이런 슬픈 생각에 점점 더 익숙해지고 친밀해졌으며, 그의 계획은 되돌릴 수 없이 확고한 것으로 자리 잡았습니다. 친구에게 보낸 이중적인 의미의 편지에서 이런 사실이 잘 드러나고 있습니다.

12월 20일

내 말을 그렇게 받아들이다니, 빌헬름, 자네의 우정이 정말로 고맙네. 그래, 자네 말이 맞네. 이대로 떠나는 것이 나을 걸세. 자네들한테로 돌아오라는 제안을 지금은 선뜻 받아들이기가 곤란하다네. 특히 추위가 계속되고 있으니 좀 더 나은 길을 찾아서 좀 멀리 돌아가야 할 것 같네. 자네가 데리러 온다면야 나는 더없이 반가운 일이지간, 2주일 정도 더 기다려 주게. 그러면 앞으로 일정을 어떻게 잡을지 편지로 자세히 알려 주겠네. 무엇이든 무르익기 전에 따서는 안 되는 법일세. 2주일 많고 적고에 따라 큰 차이가 난다네. 자네가 우리 어머니께 아들을 위해 기도하시라고 잘 말씀드려 주게. 그리고 그동안 심려를 많이 끼쳐 드려서 죄송하다는 말도 꼭 전해 주게. 내가 응당 기쁘게 해줘야 할 사람들에게 슬픔을 안겨 준 것은 내 운명이었네. 소중한 벗이여, 잘 있게! 자네에게 하늘의 가호가 넘치기를 비네! 잘 있게!

그 무렵 로테의 마음속에서 무슨 생각들이 오갔으며 남편과 불행한 친구에 대해 어떤 심정이었는지, 그것을 다 말로 표현하기는 어려울 것입니다. 다만 우리는 로테의 성품에 비추어 마음속으로 헤아려 볼 수 있으며, 마음씨 고운 여자라면 그 심경을 충분히 짐작하고 또 공감할 수 있을 것입니다.

로테가 최선을 다해 베르테르를 멀리하기로 혼자 단호하게 결심한 것만은 확실합니다. 그리고 만일 망설였다면, 그것은 진심으로 친구를 보호하려는 우정 어린 마음의 발로였습니다. 그렇게 되는 경우에 베르테르가 어떤 대가를 치를지 잘 알았기 때문입니다. 아니, 그것은 베르테르에게 거의 불가능한 일이었습니다. 그러나 그 즈음, 로테는 그 문제를 진지하게 고려하지 않을 수 없었습니다. 그녀가 침묵을 지켰듯이 그녀의 남편 역시 그 관계에 대해 완전히 침묵을 지켰고, 그런 만큼 로테는 자신의 마음도 남편의 마음에 뒤지지 않다는 것을 행동으로 증명해야 한다고 여겼습니다.

바로 위에서 소개한, 베르테르가 친구에게 보내는 편지는 성탄절을 앞둔 일요일에 쓰인 것입니다. 바로 그날 저녁에 베르테르는 로테를 찾아갔는데, 로테는 마침 혼자서 어린 동생들을 위해 성탄절 선물로 준비한 장난감들을 바쁘게 정리하는 중이었습니다. 베르테르는 아이들이 그 선물을 받으면 무척 기뻐할 것이라고 말하며, 갑자기 문이 열리고 촛불과 사탕과 사과로 근사하게 장식된 크리스마스트리가 보이면 참으로 황홀했던 시절에 대해 이야기했습니다.

「당신도 얌전하게 있으면 선물을 받을 거예요. 양초 같은 그런 작은 선물 말이에요.」

로테가 당혹감을 상냥한 미소로 감추면서 말하였습니다.

「내가 어떻게 해야 얌전한 것입니까?」

베르테르는 외쳤습니다.

「어떻게 해야 하지요? 내가 어떻게 할 수 있겠습니까? 친애하는 로테!」

「목요일 저녁이 성탄절 전야예요.」

로테는 말하였습니다.

「그날 우리 아버님이 동생들을 데리고 오실 거예요. 그러면 모두 선물을 나누어 받을 텐데, 당신도 그때 오세요. 하지만 그 전에는 오지 마세요.」

베르테르는 이 말에 놀라 멈칫하였습니다.

「부탁이에요.」

로테가 말을 이었습니다.

「나도 어쩔 수 없어요. 내 마음의 평온을 위해서 부탁드리겠어요. 언제까지나 이대로, 이대로 계속될 수는 없어요.」

베르테르는 로테에게서 시선을 거두고, 방 안을 오락가락하며 입속으로 중얼거렸습니다.

〈언제까지나 이대로 계속될 수는 없다!〉

로테는 이 말이 베르테르를 얼마나 끔찍한 상태에 빠뜨렸는지 직감하고서, 베르테르의 생각을 다른 데로 돌리기 위해 이런저런 물음을 던졌지만 허사였습니다.

「아닙니다, 로테.」

베르테르는 외쳤습니다.

「다시는 당신을 만나지 않을 것이오!」

「그게 무슨 말이에요?」

로테가 물었습니다.

「베르테르, 당신은 우리를 만날 수 있고 또 만나야 해요. 다만 조금만 자제해 주세요. 오, 당신은 어째서 한번 손댄 것은 무엇이든 이토록 집요하게 끝까지 놓지 않는 격렬한 정열을 타고났을까요!」

로테는 베르테르의 손을 잡으며 말하였습니다.

「제발 부탁이에요, 조금만 자제해 주세요. 당신의 정신과 재능, 학문, 이런 것들이 얼마나 당신에게 다양한 즐거움을 마련해 주겠어요! 제발 대장부답게 처신해서, 오로지 당신을 안타깝게 여길 뿐 다른 아무것도 할 수 없는 여자에게 더 이상 이렇듯 슬프게 집착하지 마세요.」

베르테르는 이를 악물고서 음울한 눈빛으로 로테를 응시하였고, 로테는 베르테르의 손을 잡았습니다.

「잠깐만 조용히 생각해 보세요, 베르테르.」

로테는 말하였습니다.

「당신이 스스로를 속이고 의도적으로 파멸을 향해 가는 것을 느끼지 못하시나요? 왜 하필이면 나인가요, 베르테르? 왜 하필이면 이미 다른 사람의 여자인 나이냐고요? 왜? 나는 두려워요, 나를 소유할 수 없는 사실이 당신의 마음을 더욱 부추기는 것이 아닌가 싶어 두렵답니다.」

베르테르는 화난 눈빛으로 로테를 응시하며 그녀의 손을 뿌리쳤습니다.

「참 똑똑하시군요!」

그러고는 크게 외쳤습니다.

「참으로 똑똑하십니다! 혹시 알베르트가 그렇게 말하던가요? 능수능란하시군요! 정말 능수능란하십니다!」

「그런 말은 누구나 할 수 있어요.」

로테는 대답하였습니다.

「당신 마음의 소원을 이루어 줄 아가씨가 이 넓은 세상에 단 한 명도 없단 말인가요? 마음을 다잡고서 그런 아가씨를 한번 찾아보세요. 틀림없이 그런 아가씨를 찾아낼 것이라고 나는 확신해요. 당신이 스스로를 너무 좁게 가두는 것 같아서, 사실 오래전부터 나는 당신을 위해서도 우리를 위해서도 두려웠어요. 마음을 다잡고서 여행을 떠나 보세요. 그러면 기분 전환이 될 거예요. 당신한테는 기분 전환이 필요해요. 정말로 당신 사랑을 받을 자격이 있는 사람을 찾아보세요. 그런 사람을 발견하면 돌아와서, 우리 함께 진정한 우정의 기쁨을 누려 봐요.」

「그 말씀을 종이에 인쇄해서 가정교사들에게 두루 돌릴 수 있을 겁니다.」

베르테르는 차갑게 웃으며 말하였습니다.

「친애하는 로테! 잠시만 나를 이대로 내버려 두십시오. 그러면 모든 것이 좋아질 겁니다!」

「그렇게 하세요, 다만 성탄절 전야까지는 찾아오지 마세요, 베르테르!」

베르테르가 대답하려는 찰나에, 알베르트가 방에 들어왔습니다. 두 남자는 냉랭하게 인사를 주고받았으며, 서로 당황한 표정으로 방 안을 이리저리 오갔습니다. 그러고는 번갈아 가며 무슨 사소한 이야기를 꺼냈지만, 번번이 곧 중단되고 말았습니다. 그런 다음 알베르트가 아내에게 자신이 부탁한 일을 했냐고 물었고, 로테는 미처 하지 못했다고 대답했습니다. 그러자 알베르트가 뭐라고 몇 마디 말했는데, 베르테르에게는 그 말이 차갑게, 아니 거의 혹독하게 들렸습니다. 베르테르는 그곳을 빠져나오려 했지만 선뜻 발걸음이 떨어지지 않았으며, 우물쭈물하는 사이에 시계는 8시를 가리키고 그의 불만과 불쾌감은 더욱 고조되었습니다. 어느새 저녁 식사가 차려졌고, 베르테르는 모자와 지팡이를 집어 들었습니다. 알베르트가 더 놀다 가라고 붙잡았지만, 그저 인사치레로 하는 말이라고 여기고서 차갑게 거절하고 그곳을 나섰습니다.

베르테르는 집으로 돌아갔습니다. 시동(侍童)이 등불을 비추어 주려고 나섰지만, 등불을 직접 손에 들고서 혼자 자기 방으로 향하였습니다. 그러고는 방 안에 이르러 크게 울음을 터뜨리고, 화를 내며 혼잣말을 하고, 격렬하게 이리저리 오가더니, 결국 옷을 입은 채로 침대에 쓰러지고 말았습니다. 하인이 11시경에 장화를 벗을 것인지 물어보려고 용기를 내어 방 안에 들어가 보니, 여전히 침대에 쓰러져 있었습니다. 베르테르는 하인에게 장화를 벗기도록 허락했으며, 이튿날 아침 자신이 부르기 전에는 절대로 방 안에 들어오지 말라고 단단히 일렀습니다.

12월 21일 월요일 아침 일찍, 베르테르는 로테에게 편지를 썼습니다. 그 편지는 베르테르 사후에 책상 위에서 봉인된 채 발견되어 그대로 로테에게 전달되었는데, 여기서는 그 편지를 쓴 상황을 헤아려 여러 번에 나누어 소개하려 합니다.

　이제 결심이 섰소, 로테. 나는 이 세상을 떠날 것이오. 내가 당신을 마지막으로 보게 될 이날 아침에, 조금도 낭만적으로 과장하지 않고서 냉정하게 이 글을 쓰고 있소. 사랑하는 사람이여, 당신이 이 글을 읽을 무렵에는 불안하고 불행했던 남자의 뻣뻣하게 굳은 유해는 이미 차가운 무덤 속에 묻혔을 것이오. 인생의 마지막 순간에, 그 불행한 남자는 당신하고 이야기하는 것만을 오로지 최고의 낙으로 삼았소. 지난밤은 참으로 끔찍했으면서도, 아아, 또한 참으로 고맙기도 했다오. 이 세상을 떠나려는 내 결심이 바로 어젯밤에 확고해졌기 때문이오. 어제, 나는 몹시 흥분한 상태에서 당신을 뿌리치고 왔소. 갖가지 일들이 내 마음을 짓눌렀으며, 당신 옆에서 희망도 없고 기쁨도 없는 내 삶이 소름 끼치도록 냉혹하게 나를 덮쳤소. 나는 집에 돌아온 즉시, 마음을 잡지 못하고서 무릎을 꿇었소. 오, 하느님! 당신은 저한테 최후의 위안으로서 비통한 눈물을 흘리게 하셨습니다! 수많은 기대와 가능성이 사납게 날뛰며 내 마음속을 스쳐 지나갔소. 그러다 결국 〈이 세상을 떠나자!〉라는 마지막이자 유일한 생각이 확고하게 자리 잡았고, 나는 잠자리에 들었소. 아침에 조용히 잠에서 깨어났을 때도, 그 생각은 여전히 내 마음속에 확고하게, 철통같이 단단히 자리 잡고 있었다오. 나는 이 세상을 떠나련다! 이것은 자포자기가 아니라, 내가 고통을 참고 견디어 냈으며 당신을 위해서 나 자신을 희생한 다는 확신이오. 그렇소, 로테! 내가 이제 와서 무엇 때문에 그것을 숨기겠소? 우리 세 사람 가운데 하나는 떠나야 하는데, 내가 바로 그 하나가 되려는 것이오! 오, 사랑하는 사람이여! 당신의 남편을, 당신을, 나를 죽이고 싶다는 생각이 이 갈가리 찢긴 마음속에서 종종 사납게 날뛰었다오! 그러니 내가 죽어야 하지 않겠소! 아름다운 여름날 저녁에 산에 올라가면, 내가 그 골짜기를 얼마나 즐겨 올랐었는지 기억해 주시오. 그리고 무성하게 자란 풀이 석양의 햇살 속에서 바람에 흔들리면, 교회 묘지의 내 무덤을 바라봐 주시오. 이 글을 쓰기 시작할 때는 마음이 차분했는데, 이제, 이제 어린 아이처럼 목 놓아 울고 있소. 지난 모든 일들이 너무나 생생하게 눈앞에 떠오르기 때문이오.

10시 무렵, 베르테르는 하인을 불렀습니다. 옷을 입으면서, 2~3일 후에 여행을 떠날 예정이니 짐을 꾸릴 수 있도록 소지품을 모두 챙겨 놓고 옷가지들을 잘 손질하라고 말하였습니다. 그러고는 아직 청산하지 못한 계산서가 있으면 전부 빠짐없이 가져오고, 빌려 준 책 몇 권을 찾아오고, 또 매주 정기적으로 약간의 돈을 보태 주는 가난한 사람 몇몇에게 두 달 치를 미리 지불하라고 일렀습니다.

베르테르는 식사를 방으로 가져오게 했으며, 식사를 마친 후에 말을 타고 행정관을 찾아갔습니다. 그러나 행정관은 마침 집을 비우고 없었습니다. 베르테르는 생각에 잠겨 정원을 이리저리 거닐었으며, 마지막으로 한 번 더 지난날의 우울한 추억들을 마음 깊이 되새기는 듯 보였습니다.

어린아이들은 베르테르를 혼자 가만히 있게 내버려 두지 않고 그의 뒤를 쫓아다니며 그에게로 뛰어올랐습니다. 아이들은 내일, 모레 그리고 또 하루가 지나면 로테 누나에게 성탄절 선물을 받으러 간다고 말하고는, 그 어린 머리로 상상할 수 있는 기적을 이야기하였습니다.

「내일!」

베르테르는 외쳤습니다.

「모레! 그리고 또 하루가 지나면!」

그러고는 아이들 모두에게 진심으로 입 맞추고서 자리를 떠나려고 했는데, 사내아이 한 명이 베르테르의 귀에 대고 무슨 말인가를 속삭이려고 하였습니다. 그 아이는 큰형들이 연하장을 근사하게 썼다고 털어놓았습니다. 아주 큼지막하게 썼는데, 하나는 아빠에게, 또 하나는 알베르트와 로테에게, 그리고 나머지 하나는 베르테르에게 썼다는 것이었습니다. 아이들은 그 연하장을 정월 초하룻날 아침에 전해 줄 예정이었습니다. 베르테르는 크게 감동을 받아 아이들 한 명 한 명에게 돈을 조금씩 선물하고는 말에 올라탔습니다. 행정관에게 인사말을 남기고서, 눈물이 그렁그렁한 눈으로 그곳을 떠났답니다.

5시경에 집으로 돌아왔을 때 베르테르는 하녀에게 난롯불이 잘 타오르는지 살펴서 밤늦게까지 불을 꺼뜨리지 말라고 일렀습니다. 하인에게는 책과 속옷을 트렁크 아래쪽에 챙겨 넣고 겉옷은 구겨지지 않도록 헝겊에 잘 싸서 꿰매어 놓으라고 말하였습니다. 그런 후에 로테에게 보내는 마지막 편지에 이런 구절을 썼다고 추정됩니다.

당신은 설마 내가 찾아갈 줄은 생각도 못할 거요! 내가 당신 말대로 고분고분 성탄절 전야를 기다리다가 당신에게 찾아가리라 믿고 있을 거요. 오, 로테! 오늘 당신을 만나지 않으면 두 번 다시 만날 기회가 없을 것이오. 성탄절 전야에 당신은 이 편지를 손에 들고서 부르르 떨며 당신의 사랑스런 눈물로 적실 것이오. 나는 내 결심을 실행에 옮기려 하고 또 실행에 옮길 수밖에 없소! 오, 내 마음이 이렇듯 확고해서 얼마나 다행인지 모르오.

그러는 동안에 로테의 심경은 이루 말할 수 없이 착잡하였습니다. 베르테르하고 대화를 나눈 후에, 그와 헤어지기가 얼마나 어려울 것이며 또 그가 자신 곁을 멀리 떠나서 얼마나 괴로워할 것인지 절감하였습니다.

로테는 베르테르가 성탄절 전야까지는 찾아오지 않을 것이라고 알베르트에게 넌지시 말하였습니다. 알베르트는 이웃 마을의 관리를 찾아갔는데, 그 사람과 함께 일을 처리하면서 하룻밤 그곳에 묵을 예정이었습니다.

로테는 집에 혼자 있었습니다. 동생들도 곁에 없었고, 조용히 이런저런 생각을 하며 자신의 처지를 돌아보았습니다. 자신을 사랑하는 성실한 남자와 영원히 하나로 묶인 것은 분명한 사실이었습니다. 자신도 그 남자를 진심으로 좋아하였으며, 그 남자의 침착함과 성실함을 믿고서 인생의 행복을 일구는 것이 정숙한 여자로서의 운명인 듯 보였습니다. 로테는 그 남자가 자신과 자신의 아이들에게 영원히 어떤 존재일지 느꼈지만, 다른 한편으로는 베르테르 역시 아주 소중한 존재였습니다. 처음 알게 된 순간부터 두 사람의 마음은 조화롭게 일치하였으며, 베르테르와 함께 겪은 여러 가지 일들과 오랜 만남은 로테의 마음에 지울 수 없는 깊은 인상을 남겼습니다. 로테는 무엇이든 흥미롭게 여기는 것이 있으면 베르테르와 함께 나누는 데 익숙해 있어서, 베르테르와 헤어지는 경우에는 그 무엇으로도 메울 수 없는 공백이 마음속 깊은 곳에 생길 것간 같았습니다. 오, 그 순간에 로테가 베르테르를 형제로 만들 수만 있었다면 얼마나 행복했겠습니까! 베르테르가 친구들 가운데 한 명과 결혼한다면, 알베르트와의 관계도 다시 회복될 수 있을 것만 같았습니다.

로테는 친구들을 하나하나 전부 훑어보았지단, 모두 베르테르의 상대가 되기에는 어딘지 부족하였습니다.

이런 생각을 하는 동안에, 자신이 얼마나 진심으로 은근히 베르테르를 곁에 두고 싶어 하는지가 처음으로 깊이 느껴졌습니다. 물론 이런 마음을 분명하게 의식한 것은 아니었습니다. 오히려 그를 곁에 둘 수는 없고, 또 곁에 두어서도 안 된다고 혼잣말을 하였습니다. 평소에 그토록 스스럼없고 경쾌하고 순수하고 아름다운 마음이 우울함에 짓눌렸으며, 다시는 행복해질 수 없을 것만 같았습니다. 가슴이 답답하게 조여 오고, 우중충한 구름이 눈앞을 가렸습니다.

그러는 사이에 어느덧 시계가 6시 반을 가리켰고, 층계를 올라오는 베르테르의 소리가 들렸습니다. 로테는 발소리와 자신을 찾는 목소리를 듣고 누구인지 금방 알아차렸습니다. 로테의 가슴이 빠르게 뛰었습니다. 베르테르가 찾아왔는데 그렇듯 가슴이 뛴 것은 아마 그때가 처음이라고 말할 수 있을 것입니다.

로테는 집에 없다고 둘러대고서 어딘가로 숨고만 싶었습니다. 그래서 방 안에 들어서는 베르테르를 보았을 때, 자신도 모르게 당황하여 격렬하게 외쳤습니다.

「당신은 약속을 지키지 않았어요.」

「나는 아무런 약속도 하지 않았습니다.」

베르테르는 대답하였습니다.

「그렇다면 내 말을 적어도 부탁으로라도 여기고 들어주셨어야지요.」

로테는 조금 강하게 말하였습니다.

「나는 우리 두 사람의 평온을 위해서 부탁드렸어요.」

로테는 자신이 무슨 말을 하는지 잘 몰랐으며, 베르테르와 단둘이 있는 자리를 피하기 위해서 친구들 몇 명을 부르러 하녀를 보낼 때도 자신이 뭘 하는지 잘 몰랐습니다. 베르테르는 가져온 책 두세 권을 내려놓고서, 다른 사람들에 대해 물었습니다. 로테는 친구들이 빨리 오기를 바라면서도, 다른 한편으로는 오지 않기를 바랐습니다. 하녀가 친구 두 명이 지금 사정이 있어서 올 수 없다는 소식을 가지고 돌아왔습니다.

로테는 하녀를 옆방에서 일하게 할까 잠시 생각했지만, 곧 다시 생각을 바꾸었습니다. 베르테르는 방 안을 오락가락하고, 로테는 피아노에 앉아 미뉴에트를 연주하였습니다. 그러나 손이 말을 잘 듣지 않아 로테는 마음을 가다듬고서 침착하게 베르테르 옆에 앉았습니다. 베르테르는 여느 때처럼 소파에 앉아 있었습니다.

「오늘은 읽을 만한 책을 가져오지 않으셨어요?」

로테가 물었습니다. 베르테르는 읽을거리를 전혀 가져오지 않았습니다.

「당신이 번역한 오시안의 노래 몇 편이 저기 서랍 안에 들어 있어요.」

로테는 말하였습니다.

「당신이 읽어 주는 것을 직접 듣고 싶어서, 나는 아직까지 읽어 보지 못했어요. 하지만 어쩌다 보니 그럴 기회도 별로 없었고 그럴 자리도 만들기 어려웠어요.」

베르테르는 미소 지으며 오시안의 노래를 가져왔습니다. 종이를 손으로 집어 드는데 온몸에 소름이 오싹 돋았으며, 글을 들여다보는 베르테르의 눈에는 눈물이 글썽하였습니다. 베르테르는 자리에 앉아서 오시안의 노래를 읽었습니다.

어스름한 밤하늘의 별이여, 너는 서편에서 어여쁘게 반짝이며, 네 빛나는 머리를 구름 밖으로 내밀고서 당당하게 네 언덕을 거니는구나. 너는 무엇을 찾아 황야를 내려다보느냐? 사나운 폭풍이 잠잠해지고, 급류의 웅얼거리는 소리가 아련히 들려오는구나. 파도가 저 멀리서 살랑이며 바위를 희롱하고, 저녁 파리 떼의 윙윙거리는 소리가 들판 위를 맴도는구나. 아름다운 빛이여, 너는 무엇을 찾고 있느냐? 너는 미소 지으며 걸음을 옮기고, 파도가 반갑게 너를 에워싸고서 네 사랑스런 머리카락을 감겨 주는구나. 고요한 광휘여, 잘 가거라. 오시안 영혼의 찬란한 빛이여, 네 모습을 드러내어라!

드디어 그 찬란한 빛이 힘차게 나타나고, 내 헤어진 친구들의 모습이 보이는구나. 친구들이 지난날처럼 로라에 모여

들고, 핑갈이 휘하의 용사들에 둘러싸여 축축한 안개 기둥처럼 다가오는구나. 자, 보아라! 노래하는 시인들을. 백발의 울린! 위풍당당한 리노! 사랑스러운 가수 알핀! 그리고 그대, 애처로이 탄식하는 미노나여! 나의 벗들이여, 봄바람이 교대로 언덕 위를 스치며 그윽이 속삭이는 풀을 어루만지듯, 우리 함께 노래 솜씨를 겨루었던 셀마 축제의 날 이후로 그대들은 얼마나 변했는가.

그때 아리따운 미노나가 눈물 그렁그렁한 눈을 내리뜨고서 앞으로 나섰도다. 미노나의 머리카락이 언덕 위에서 간간이 불어오는 바람에 세차게 흩날렸노라. 그녀가 정겨운 목소리로 노래하기 시작했을 때, 용사들의 마음은 음울해졌도다. 살가르의 무덤도 자주 보았고, 하얀 콜마의 처량한 집도 자주 보았기 때문이리라. 청아한 목소리를 가진 콜마는 언덕 위에 홀로 남았노라. 살가르는 반드시 돌아오겠다고 약속하였지만, 어느새 어두운 밤이 콜마를 에워쌌도다. 언덕 위에 홀로 쓸쓸히 앉아 있던 콜마의 목소리를 들어 보라.

콜마

밤이로구나! 나 홀로 쓸쓸히 폭풍우 몰아치는 언덕을 헤매는구나. 바람이 사납게 산중을 질주하고, 물살이 울부짖으며 바위를 타고 흘러내리노라. 폭풍우 몰아치는 언덕에 외로이 홀로 남은 나에겐 비를 막아 줄 오두막 한 채 없구나.

오, 달이여, 구름을 헤치고 나오너라! 밤하늘의 별들이여, 모습을 드러내어라! 부디 한 줄기 빛을 비추어, 내 사랑하는 사람이 사냥에 지쳐 쉬고 있는 곳으로 나를 인도해 다오! 활은 시위가 풀린 채 내 연인의 옆에 놓여 있고, 개들은 코를 킁킁거리며 그 주위를 맴돌리라. 그런데 여기 수풀 우거진 강물의 바위 위에 나 홀로 있어야 하다니. 강물과 폭풍만이 사납게 날뛰고, 내 사랑하는 사람의 목소리는 들려오지 않는구나.

나의 살가르는 어째서 아직 오지 않는가? 자신의 약속을 잊었단 말인가? 저기 바위와 나무도 그대로이고, 여기 이 넘실거리며 흐르는 강물도 그대로건만! 어둠이 내려앉으면 반드시 찾아오겠다고 약속하지 않았던가. 아아! 내 살가르는 어디서 길을 잃고 헤맨단 말인가? 내 도도한 아버지와 오라버니를 버리고서 그대와 더불어 도망치려 했건만! 그대의 집안과 우리의 집안은 오랜 숙적이지만, 우리는 적이 아니지 않은가. 오, 살가르!

오, 바람이여, 잠시만 침묵을 지켜다오! 오, 강물이여, 한순간만 가만히 있어다오! 내 목소리가 골짜기를 뚫고서 내 헤매는 연인의 귀에 이르도록. 살가르! 내가 그대를 부르고 있어요! 여기 나무와 바위가 있어요! 살가르! 사랑하는 이여! 나 여기 있어요! 그대 무엇을 망설이기에 아직 오지 않는단 말인가요?

자, 보라. 달빛이 비치고, 골짜기의 강물이 반짝이고, 언덕 위의 바위가 잿빛으로 우뚝 솟아 있도다. 그러나 내 사랑하는 이의 모습은 저 산 위에 보이지 않고, 개들이 먼저 달려와 내 사랑하는 이가 온다고 알려 주는 일도 없구나. 이곳에 나 홀로 앉아 있어야 하다니.

그런데 저 아래 황야에 쓰러져 있는 자들은 누구란 말인가? 내 사랑하는 사람인가? 내 오라버니인가? 오, 벗들아, 말 좀 해다오! 어찌 아무도 대답하지 않는단 말인가. 내 마음이 어찌 이리도 불안하단 말인가. 아아, 그들은 숨을 거두었도다! 그들의 칼이 싸움에 붉게 물들었도다! 오, 오라버니여, 내 오라버니여, 어찌하여 내 살가르의 목숨을 앗으셨습니까? 오, 내 살가르여, 어찌하여 내 오라버니의 목숨을 앗았단 말인가요? 두 사람 모두 나한테 그토록 소중하건만! 오, 그대는 언덕 위의 수많은 사람들 가운데서 그토록 빼어났건만! 서로 그렇듯 처절하게 싸우다니. 내 말에 대답해 봐요. 내 사랑하는 사람들아, 내 말 좀 들어 봐요. 그러나 아아, 그들은 침묵을 지키도다. 영원히 침묵을 지키도다! 그들의 가슴은 흙처럼 차갑도다!

오, 언덕 위의 바위에서, 폭풍우 몰아치는 산꼭대기에서 말하라. 죽은 자들의 혼백아, 말하라. 나는 조금도 무섭지 않도다! 그대들은 어디서 쉬고 있느냐? 첩첩산중 어느 동굴에서 그대들을 찾아낸단 말이냐? 아무리 귀를 기울여도 희미한 목소리 하나 바람결에 들려오지 않고, 언덕을 휘몰아치는 폭풍에도 대답 하나 실려 오지 않는구나.

나는 비탄에 젖어 눈물을 흘리며 아침이 오길 기다리노라. 그대 죽은 자들의 친구들아, 무덤을 파헤쳐라, 그러나 내가 갈 때까지는 무덤을 도로 덮지 마라. 내 인생이 꿈처럼 사라지는구나. 어찌 나 혼자 여기에 남겠는가! 나는 물살이 바위를 때리는 여기 강변에서 벗들과 더불어 지내련다. 밤이 언덕 위에 내려앉고 바람이 황야를 스치면, 내 혼백은 바람을 타고 맴돌며 내 벗들의 죽음을 애도하리라. 정자에서 사냥꾼이 내 애도하는 소리를 듣고, 내 목소리를 두려워하면서도 사랑하리라. 내 벗들을 애도하는 목소리가 감미로울 것이기 때문이리라. 내 벗들과 내 목소리, 둘 다 나에게는 소중하였도다!

오, 토르만의 딸 미노나여, 그대는 얼굴을 살며시 붉히며 이렇게 노래하였노라. 우리는 콜마를 위해 눈물을 흘렸고, 우리의 마음은 슬픔에 잠겼도다.
울린이 하프를 들고 등장하여 알핀의 노래를 들려주었노라. 알핀의 목소리는 다정하였고, 리노의 영혼은 뜨거운 불꽃이었도다. 그러나 두 사람은 이미 비좁은 안식처에서 휴식을 취하고 있으며, 그들의 목소리는 셀마에서 사라졌도다. 일찍이 그 위대한 인물들이 살아 있었을 때, 사냥에서 돌아온 울린이 그들의 노래자랑을 언덕 위에서 들은 적이 있었노라. 그들의 노래는 부드러우면서도 구슬펐으며, 그들은 영웅 중의 영웅 모라르의 죽음을 애통해하였노라. 그의 영혼은 핑갈의 영혼과 같았고, 그의 장검은 으스카르의 장검과 같았도다. 그러나 모라르는 쓰러졌으며, 그의 아버지는 통곡하고 그 누이의 눈에는 눈물이 넘쳐흘렀도다. 장렬한 모라르의 누이동생 미노나의 눈에 눈물이 넘쳐흘렀도다. 아름다운 머리를 구름 속에 숨기며 폭풍우를 예고하는 서편의 달처럼, 미노나는 울린의 노래 앞에서 뒤로 물러났노라. 나는 울린과 함께 그 통곡의 노래에 맞추어 하프를 연주하였도다.

리노

  비구름이 지나간 후에 한낮의 하늘이 맑게 개며 구름들이 흩어지노라. 한 곳에 머무를 줄 모르는 해는 발 빠르게 움직이며 언덕을 비추고, 여울물이 붉그스름하게 골짜기를 타고 흐르노라. 여울물이여, 네 속삭임도 감미롭지만, 내 귓가를 울리는 목소리는 더욱 감미롭구나. 그것은 죽은 자를 애도하는 알핀의 목소리이거늘, 그의 머리는 늙어 수그러지고 눈물 젖은 눈은 붉게 충혈되어 있도다. 그대 빼어난 가인(歌人) 알핀이여, 어찌하여 말없는 언덕 위에 홀로 있는가? 어찌하여 숲 속의 돌풍처럼, 머나먼 해변의 파도처럼 슬피 우는가?

알핀

  리노여, 내 눈물은 죽은 자들을 위한 것이고, 내 목소리는 무덤에 묻힌 자들을 위한 것이노라. 그대는 언덕 위에 서면 늘씬하고, 황야의 아들들 사이에 서면 아름답도다. 그러나 그대도 모라르처럼 쓰러질 것이고, 그대의 죽음을 서러워하는 자가 그대의 무덤 위에 앉아 있으리라. 언덕들은 그대를 잊을 것이고, 그대의 시위 풀린 활은 넓은 홀에 나뒹굴리라.
  오, 모라르, 그대는 언덕 위의 노루처럼 날쌔었고, 밤하늘을 밝히는 불꽃처럼 무서웠도다. 그대의 분노는 폭풍 같았으며, 싸움터에서 번득이는 그대의 장검은 황야를 비추는 번갯불 같았도다. 그대의 목소리는 비 내린 후의 계곡 물 같았고, 먼 언덕을 울리는 천둥소리 같았도다. 많은 이들이 그대의 팔에 목숨을 잃었으며, 그대 분노의 불꽃은 그들을 삼켜 버렸노라. 그러나 싸움터에서 돌아왔을 떠, 그대의 이마는 얼마나 평화로웠던가! 그대의 얼굴은 뇌우가 지나간 후의 태양 같았고 고요한 밤의 달빛 같았으며, 그대의 가슴은 사나운 바람이 잔잔해진 후의 호수처럼 평온하였도다.

이제 그대의 안식처는 비좁고, 주변은 어둠에 싸여 있노라! 오, 그대 살아생전에 그토록 출중했건만, 그 무덤은 세 걸음밖에 되지 않다니! 오로지 이끼 긴 망두석 네 개만이 그대를 추모하고, 잎새 떨어진 앙상한 나무와 바람에 살랑대는 무성한 풀은 용맹스러운 모라르의 무덤을 사냥꾼의 눈에 알려 주노라. 그대의 죽음을 애통해하는 어머니도 없고, 그대를 위해 사랑의 눈물을 쏟는 아가씨도 없도다. 그대를 낳아 준 어머니도 이미 세상을 떠났고, 모르글란의 딸도 이미 목숨을 잃었도다.

저기 지팡이에 몸을 의지한 자는 누구란 말이냐? 머리는 허옇게 세고 두 눈은 눈물로 충혈된 자, 누구란 말이냐? 오, 모라르. 그분은 그대의 아버지시도다. 아들이라고는 오로지 세상에 그대 하나밖에 없는 아버지. 그분은 그대가 전쟁터에서 명성을 날린 이야기도 들으셨고, 적들이 뿔뿔이 흩어져 도망친 이야기도 들으셨노라. 모라르가 찬란한 명성을 떨친 이야기를 들으셨노라. 아아! 아들이 입은 상처에 대한 이야기는 듣지 못했는가? 울어라, 모라르의 아버지여, 울어라! 그러나 그대의 아들은 그 울음소리를 듣지 못하리라. 죽은 자들의 잠은 깊고, 티끌로 이루어진 베가 는 낮도다. 그대의 아들은 결코 그대의 목소리에 귀 기울이지 않고, 그대의 부름에 결코 깨어나지 않으리라. 오, 언제나 아침이 무덤 안에 찾아와, 깊이 잠든 자를 부르며 깨울 것인가!

잘 있어라, 그대 더없이 고결한 인간이여, 싸움터의 정복자여! 그러나 그대의 모습은 두 번 다시 싸움터에 나타나지 않을 것이고, 그대 장검의 번득이는 광휘도 두 번 다시 어두운 숲을 밝게 비추지 않으리라. 그대는 후손을 남기지 못하였지만, 그대의 이름은 길이길이 노래로 남으리라. 후세는 그대의 이름을 들으리라. 전사한 모라르의 이야기를 두고두고 들으리라.

용사들이 비통해하는 소리 드높았고, 그 가운데서도 아르민의 가슴 터질 듯한 탄식 소리가 제일 드높았도다. 젊은 나이에 목숨을 잃은 아들이 생각났기 때문이리라. 그 이름 쟁쟁한 갈말의 제후 카르모르가 아르민 가까이에 앉아 있다가 물었도다.

「아르민의 탄식 소리가 어찌 이리 구슬피 들리는가? 여기에 무슨 슬피 울 일이 있단 말인가? 노래와 시가가 울려 퍼지면서 마음을 부드럽게 녹이고 즐겁게 해주지 않는가? 노래와 시가는 골짜기 위로 피어오르는 호수의 부드러운 안개 같은 것이도다. 활짝 핀 꽃들은 잠시 습기에 흠뻑 젖지만, 태양이 다시 힘을 얻으면 안개는 사라지는 법이거늘. 바다에 에워싸인 고르마의 지배자 아르민이여, 그대는 어찌 그리 애통해하는가?」

애통하도다! 참으로 애통하도다! 내가 슬퍼하는 이유는

결코 사소한 것이 아니로다. 카르모르, 그대는 아들도 잃어 보지 않았고, 꽃처럼 어여쁘게 피어나는 딸도 잃어 보지 않았노라. 용맹한 콜가르도 살아 있고, 출중한 미모를 자랑하는 안니라도 살아 있노라. 오, 카르모르, 그대의 집안은 무성하게 번성하리라. 그러나 아르민의 가문은 이제 나를 마지막으로 끊겼도다. 오, 다우라야! 네 침상은 어둠에 싸여 있고, 네가 잠든 무덤 안은 얼마나 답답하더냐. 언제 너는 아름다운 목소리로 노래를 부르며 깨어날 것이냐? 불어라, 가을바람아! 어서 불어라! 어두운 황야를 거세게 휘몰아쳐라. 계곡 물아, 사납게 날뛰어라! 폭풍우야, 떡갈나무 우듬지를 뒤흔들어라, 울부짖어라! 오, 달이여, 구름을 헤치고 나와라, 네 창백한 얼굴을 구름 사이로 드러내어라! 내 자식들이 목숨을 잃은 그 끔찍한 밤, 용맹무쌍한 아린달이 쓰러지고 사랑스러운 다우라가 사라져 간 그 밤의 기억을 되살려라.

나의 딸 다우라야, 너는 아름다웠노라. 푸라 언덕 위의 달처럼 아름다웠고, 갓 내린 눈처럼 새하얬고, 들이마시는 공기처럼 감미로웠노라! 아린달아, 너의 활은 막강하였고, 너의 창은 빠르게 싸움터를 날았고, 너의 시선은 파도 위의 안개 같았고, 너의 방패는 폭풍 속의 불구름이었노라.

싸움터에서 용맹을 떨친 아르마르가 찾아와 다우라에게 사랑의 손길을 내미니, 다우라는 오래 뿌리치지 못하였노라. 두 사람의 친구들은 아름다운 미래를 기대하였도다.

오드갈의 아들 에라트는 아르마르의 손에 제 동생을 잃어 원한에 사무쳤도다. 그리하여 뱃사공으로 변장하고 찾아왔는데, 파도에 흔들리는 거룻배는 아름다웠고 노년의 허옇게

센 머리는 곱실거렸으며 근엄한 얼굴은 침착하였노라.

「더없이 아름다운 아가씨,」

에라트는 말하였도다.

「아르민의 사랑스러운 따님이여, 바닷가로부터 멀지 않은 저기 바위 위에서, 붉은 나무 열매가 반짝거리는 곳에서 아르마르가 다우라를 기다린다 하더이다. 저는 아르마르의 사랑을 넘실거리는 바다 너머로 인도하기 위해서 왔나이다.」

다우라는 에라트를 따라가서 애타게 아르마르를 불렀지만, 단지 바위만이 그 부름에 대답하였도다.

「아르마르! 내 사랑하는 이여! 사랑하는 이여! 어찌 이리 내 마음을 두렵게 하시나요? 내 말이 들리지 않나요, 아르나르트의 아들이여! 내 말이 들리지 않나요! 다우라가 그대를 부르고 있어요!」

배반자 에라트는 큰 소리로 웃으며 뭍으로 도망쳤도다. 다우라는 목청을 높여 아버지와 오라버니를 불렀노라.

「오라버니! 아버지! 아무도 다우라를 구해 주지 않는단 말인가요?」

다우라의 목소리는 바다 너머로 울려 퍼졌도다. 내 아들 아린달이 사냥감을 쫓아 단숨에 언덕을 내려갔노라. 옆구리에 찬 화살이 달그락거렸고, 손에는 활이 들려 있었으며, 암회색의 맹견 다섯 마리가 주위를 에워싸고 있었도다. 아린달은 바닷가에서 뻔뻔스런 에라트와 마주치자, 덥석 붙잡아 떡갈나무에 묶었노라. 허리를 어찌나 단단히 붙들어 매었는지, 결박당한 자의 신음이 바람 소리를 가득 채웠노라.

아린달은 다우라를 데려오려고 작은 배를 파도에 띄웠노

라. 그런데 분노에 사로잡힌 아르마르가 그만 회색빛 깃털
이 달린 화살을 시위에 메겨 당기고 말았도다. 오, 내 아들
아린달아! 화살이 재빠르게 날아가 네 가슴에 박혔구나! 배
반자 에라트 대신에 네가 목숨을 잃다니. 작은 배는 바위에
이르렀고, 너는 거기에 쓰러져 숨을 거두었도다. 오, 다우라
야! 네 오라버니의 피가 네 발치에 흘렀으니, 네 얼마나 애
통했더냐!

작은 배는 파도에 부딪혀 산산이 부서졌그, 아르마르는
다우라를 구하지 못하면 살아 돌아오지 않을 생각으로 바다
에 뛰어들었도다. 그때 언덕 위에서 삽시간에 돌풍이 휘몰
아쳐 파도를 사납게 날뛰게 하니, 아르마르는 물속에 가라
앉아 다시는 떠오르지 않았노라.

나는 파도에 씻기는 바위에 홀로 남아, 내 깔이 구슬피 우
는 소리를 들었노라. 내 딸이 하염없이 울부짖었는데도, 이
아비는 딸을 구할 수 없었도다. 나는 바닷가에 서서 밤새도
록 희미한 달빛에 비친 내 딸의 모습을 보고, 내 딸의 울부짖
는 소리를 들었노라. 바람이 세차게 불고, 비가 거세게 산기
슭을 때렸노라. 날이 밝기 전에 내 딸의 목소리는 점점 더 희
미해지더니, 마침내 바위 틈새의 풀을 스치는 저녁 바람처
럼 숨을 거두고 말았도다. 내 딸이 슬픔에 겨워 눈을 감았도
다! 이 아비를 홀로 남겨 두고서. 싸움터를 휩쓸던 내 용맹
도 이제 덧없이 사라지고, 아가씨들의 눈길을 사로잡던 내
긍지도 찾아볼 길 없노라.

폭풍우가 산중을 휩쓸고 북풍이 매섭게 파도를 몰아치면,
나는 울부짖는 바닷가에 앉아서 그 끔찍한 바위를 바라보노

라. 저무는 달빛 속에서 내 아이들의 혼백을 얼마나 자주 보았던가, 슬프게 어울려 떠도는 내 아이들의 희미한 모습을.

로테의 눈에서 하염없이 흐르는 눈물의 홍수는 그 짓눌린 가슴의 숨통을 틔워 주었습니다. 베르테르는 낭송을 중단하고 종이를 내던지고는 로테의 한 손을 부여잡은 채 몹시 슬피 울었습니다. 로테는 다른 한 손에 몸을 의지하여 손수건에 두 눈을 묻었습니다. 두 사람은 이루 형용할 수 없는 감동에 사로잡혔습니다. 그 고매한 사람들의 운명에 비추면 자신들이 초라하게만 여겨졌습니다. 두 사람의 마음은 동시에 그것을 느꼈고, 두 사람의 눈물은 하나로 모아졌습니다. 로테의 팔에 닿은 베르테르의 입술과 눈이 뜨겁게 달아올랐습니다. 그 순간 로테는 전율하며 그 자리를 벗어나려고 하였지만, 고통과 동정심이 납덩이처럼 무겁게 짓눌러서 도저히 꼼짝도 할 수 없었습니다. 로테는 숨을 깊이 들이마시며 정신을 가다듬은 후에, 어서 계속 읽으라고 베르테르에게 흐느끼며 부탁하였습니다. 천상의 목소리로 간청하였습니다! 베르테르는 온몸이 부르르 떨리고 가슴이 터질 것만 같았지만, 종이를 집어 들어 더듬더듬 읽었습니다.

봄바람이여, 너는 어찌하여 나를 깨우느냐? 너는 애교를 부리며, 천상의 이슬방울로 촉촉이 적셔 주려 한다고 말하는구나. 그러나 내가 쇠할 시간이 다가왔노라. 내 잎사귀들을 떨어뜨릴 비바람이 가까이 다가왔노라. 내일 나그네가 찾아오리라. 그 언젠가 내 아름다운 모습을 보았던 나그네가 찾아와, 들판을 두리번거리며 나를 찾으리라. 그러나 결코 나를 찾아내지 못하리라.

이 노래가 그 불행한 남자를 엄청난 힘으로 덮쳤습니다. 베르테르는 완전히 절망감에 사로잡혀서 로테 앞에 무릎을 꿇었으며, 그 두 손을 붙잡아서 자신의 눈과 이마에 대고 꼭 눌렀습니다. 그 순간 로테는 베르테르의 끔찍한 계획을 예감하였습니다. 그녀는 눈앞이 아찔해져, 베르테르의 두 손을 쥐고서 자신의 가슴에 꼭 눌렀습니다. 애처로운 마음을 이기지 못하고서 베르테르에게로 몸을 기울이자, 두 사람의 뜨겁게 달아오른 뺨이 맞닿았습니다. 두 사람 주변의 세상이 사라졌습니다. 베르테르는 두 팔로 로테를 휘감아 가슴에 꼬옥 껴안고서, 로테의 더듬더듬 떨리는 입술을 격렬한 입맞춤으로 뒤덮었습니다.
「베르테르!」
로테는 고개를 돌리며 숨 막히는 목소리로 외쳤습니다.
「베르테르!」
그러고는 가녀린 손으로 베르테르의 가슴을 밀어내었습니다.
「베르테르!」
그녀는 더없이 고결한 마음으로 단호하게 외쳤습니다. 베르테르는 저항하지 않았으며, 로테를 감았던 두 팔을 풀고는 미친 듯이 그 앞에 몸을 내던졌습니다. 로테는 벌떡 몸을 일으켰습니다. 두렵고 혼란스러운 마음을 애써 가다듬은 후에, 스스로도 사랑인지 분노인지 모를 감정에 휩싸여 부르르 떨며 말하였습니다.

「이것이 마지막이에요, 베르테르! 다시는 당신을 만나지 않
겠어요.」

그러고는 사랑이 넘치는 시선으로 그 가련한 남자를 바라보
더니, 허둥지둥 옆방으로 달려가 문을 걸어 잠갔습니다. 베르
테르는 로테를 향해 두 팔을 내밀었지만, 감히 붙잡으려 하지
는 않았으며, 소파에 머리를 기댄 채 바닥에 쓰러져 있었습니
다. 반 시간 이상이나 그렇게 쓰러져 있다가, 식탁을 차리려고
들어온 하녀의 인기척에 정신이 들었습니다. 베르테르는 방 안
을 이리저리 서성이다가 다시 혼자 남게 되었을 때 옆방 앞으
로 달려가 나지막이 외쳤습니다.

「로테! 로테! 한마디만 더 들어 주시오! 잘 있으라는 인사말
만 들어 주시오!」

로테는 대답하지 않았고, 베르테르는 대답을 기다리다가 한
번 더 간청하였습니다. 그래도 여전히 대답이 없자, 결연히 몸
을 돌리며 외쳤습니다.

「잘 있으시오, 로테! 영원히 잘 있으시오!」

베르테르는 성문에 이르렀고, 파수꾼들은 이미 베르테르를
잘 아는 터라 말없이 성문 밖으로 내보내 주었습니다. 진눈깨
비가 흩날리는 날씨였는데, 베르테르는 11시경에야 집으로 돌
아왔습니다. 하인은 주인이 모자를 쓰지 않은 것을 알아차렸지
만, 무슨 말을 할지 엄두가 나지 않아 그냥 가만히 주인의 옷을
벗겼습니다. 베르테르는 속옷까지 흠뻑 젖어 있었습니다. 모자
는 나중에 골짜기가 내려다보이는 언덕 기슭의 바위 위에서 발
견되었습니다. 진눈깨비가 흩날리는 깜깜한 한밤중에 어떻게
굴러 떨어지지 않고서 거기까지 올라갔는지 믿어지지 않는 일

194

입니다.

베르테르는 잠자리에 들어 오랫동안 잠을 잤습니다. 다음날 아침 하인이 주인의 부름을 받고 커피를 방으로 가져갔을 때, 베르테르는 뭔가를 쓰고 있었습니다. 로테에게 보내는 편지에 이런 구절을 쓰고 있었던 것입니다.

나는 마지막으로, 그야말로 마지막으로 눈을 뜨고 있소. 내 눈은, 아아! 다시는 태양을 보지 못할 것이오. 지금 안개 낀 흐린 날이 태양을 가리고 있소. 그러니 자연이여, 슬퍼하라! 너의 아들, 너의 친구, 너의 연인이 종말을 향해 다가가고 있다. 로테, 이것이 마지막 아침이라고 혼잣말하는 심경은 이루 말로 형용할 수가 없다오. 그런데도 어른어른한 꿈을 꾸는 것과 비슷하다오. 마지막 아침! 로테, 이 말이 실감이 가지 않는다오. 마지막 아침! 지금 이렇듯 힘차게 서 있는데, 내일은 바닥에 축 늘어져 쓰러져 있을 것이라니. 죽는다! 이 말은 무슨 뜻이오? 자, 보시오. 우리는 죽음에 대해 이야기하면서 꿈을 꾼다오. 나는 죽어 가는 사람을 몇 번 보았소. 그러나 인간은 자신이라는 존재의 처음과 끝을 이해하지 못할 만큼 제한된 삶을 영위한다오. 하지만 이 몸은 아직은 내 것이고 당신 것이오. 오, 사랑하는 사람이여, 당신 것이라오! 그리고 잠시 헤어지고 갈라질 것이오. 혹시 영원히 갈라지면? 아니오, 로테. 아니오. 내가 어찌 소멸한단 말이오? 당신이 어찌 소멸한단 말이오? 우리들은 확실히 존재할 것이오! 소멸하다니, 그게 무슨 뜻이오? 그것은 하나의 낱말일 뿐이고, 내 마음을 울리지 못하는 공허한 음향일 뿐이오. 죽다니, 로테! 차가운 흙 속에 파묻히다니, 얼마나 답답하고 어둡겠소! 내가 무력하게 방황하던 젊은 날에 그 무엇보다도 소중한 여자 친구가 있었다오. 그 여자 친구가 세상을 떠났고, 나는 그 유해를 따라가서 무덤가에 서 있었소. 관이 아래로 내려지고, 관을 내린 밧줄이 찌익 소리를 내며 다시 위로 당겨졌소. 첫 번째 삽이 흙을 떠 관을 덮었고, 그 섬뜩한 관이 둔탁한 소리를 내었소. 그 소리는 점점 더 둔탁해졌으며, 마침내 관이 흙에 완전히 뒤덮였다오! 나는 무덤 옆에 쓰러졌소. 정신을 차릴 수 없을 정도로 혼란스럽고 충격적이고 두려웠으며 마음이 갈가리 찢어지는 것만 같았다오. 그러나 나한테 무슨 일이 일어났고 또 앞으로 무슨 일이 일어날 것인지 도무지 갈피를 잡을 수 없었다오. 죽는다! 무덤! 이런 말들이 이해가 가지 않소!

오, 나를 용서해 주시오! 제발 어제 일을 용서해 주시오. 그 순간이 내 인생의 마지막 순간이었으면 좋았을 것을. 오, 그대 천사여! 처음으로, 생전 처음으로 뜨거운 희열이 조금도 의심할 여지 없이 마음속 깊은 곳에서 나를 휘감았다오. 그녀가 나를 사랑한다! 그녀가 나를 사랑한다! 당신의 입술에서 흘러나온 성스러운 불길이 지금도 내 입술에서 불타오르고, 뜨거운 환희가 새록새록 내 가슴을 채우고 있소. 나를 용서하시오! 제발 나를 용서하시오!

아아, 당신이 나를 사랑하는 것을 진작부터 알고 있었소. 처음 만났을 때의 다감한 눈길과 처음 악수를 나누었을 때의 따사한 손길에서 분명히 알고 있었소. 그런데도 내가 당신 곁에서 멀어지고 당신과 알베르트가 나란히 있는 것을 볼 때마다, 조급하게 의심하며 절망하였다오.

언젠가 어느 곤혹스러운 모임에서 당신이 나한테 말도 건 넬 수 없었고 손도 내밀 수 없었을 때, 꽃을 보냈던 일을 기억하오? 오, 나는 거의 밤새도록 그 꽃 앞에 무릎 꿇고 있었다오. 그 꽃들은 나한테 당신의 사랑을 확실하게 증명해 주었소. 그러나 아아! 그러한 느낌들은 사라졌다오. 마치 눈에 보이는 또렷하고 성스러운 징표를 통해서 신의 은총을 넘치게 선사받았지만, 그 충만했던 감정이 서서히 마음속에서 희미해지듯 말이오.

그런 모든 것은 덧없을 뿐이오. 그러나 나가 어제 당신의 입술에서 누린 불타는 생명은 영겁의 시간도 결코 끄지 못할 것이오. 그것은 지금도 내 안에서 활활 불타고 있소! 그녀가 나를 사랑한다! 나는 이 팔로 그녀를 휘감았고, 이 입술이 그녀의 입술에서 파르르 떨었으며, 이 입이 그녀의 입에 맞닿아 더듬거렸다. 그녀는 내 여인이다! 그대는 내 여인이오! 그렇소, 로테, 영원히.

알베르트가 당신의 남편이지만, 그래서 어쨌단 말이오? 남편! 그것은 이 세상에서의 일이오. 그리고 이 세상에서는 내가 당신을 사랑하고 당신을 알베르트의 품에서 앗아 오는 것이 죄악일 것이요. 죄악? 좋소, 그렇다면 나는 달게 벌을 받겠소. 천상의 환희에 넘쳐 그 죄악을 맛보고, 생명의 정기와 힘을 내 가슴 가득히 빨아들이겠소. 지금 이 순간부터 당신은 나의 여인이오! 나의 여인. 오, 로테! 내가 앞서 가리다! 나의 아버지, 당신의 아버지에게로 먼저 가서 그분에게 하소연하겠소. 그러면 당신이 올 때까지 그분이 나를 위로해 주실 것이오. 그러다 당신이 오면, 나는 당신에게로 날아가 당신을 꼬옥 부둥켜안고, 무한하신 그분 앞에서 그 포옹을 영원히 풀지 않을 것이오.

나는 꿈을 꾸는 것도 아니고 망상에 빠진 것도 아니오. 죽음을 앞두고서 내 정신은 더욱 또렷해지고 있소. 거기서는 우리를 위한 삶이 존재할 것이오! 우리는 다시 만날 것이오! 당신의 어머니도 만날 것이오. 나는 당신의 어머니를 꼭 찾아내어서 만날 것이오. 아아, 그래서 그분한테 내 마음을 전부 털어놓겠소. 당신의 어머니, 당신과 꼭 닮으신 분!

11시경에 베르테르는 하인을 불러 그사이 알베르트가 돌아왔느냐고 물었습니다. 하인은 누군가가 알베르트의 말을 끌고 가는 것을 보았다며 아마 돌아왔을 것이라고 대답하였습니다. 그러자 베르테르는 이런 내용의 짧은 편지를 써서 봉인하지 않은 채 하인에게 주었습니다.

내가 여행을 떠날 예정인데 권총들을 좀 빌려 주시겠소? 안녕히 계시오.

그 사랑스러운 부인은 간밤에 잠을 거의 이루지 못하였습니다. 그동안 내심 우려하던 일이 전혀 짐작지도 생각지도 못했던 뜻밖의 방식으로 판가름 난 것입니다. 평소에 그렇듯 순수하고 경쾌하게 흐르던 피가 격렬하게 끓어올랐으며, 온갖 별의별 감정이 아름다운 마음을 혼란스럽게 뒤흔들었습니다. 지금 내 가슴속을 채우는 것은 베르테르와 했던 포옹의 불길일까?

그의 무모함에 대한 불쾌감일까? 예전에는 근심 걱정 하나 없이 나 자신을 믿고서 스스럼없이 자유롭게 순결을 만끽했는데, 그 시절과 비교해 지금 내 처지가 불만스러운 걸까? 남편을 어떻게 맞이하지? 사실 내 마음속에 거리낄 것이 별로 없는데도 선뜻 고백할 용기가 나지 않는 이 일을 어떻게 남편에게 털어놓지? 남편하고 나는 오랫동안 서로 침묵을 지켰는데, 이제 내가 먼저 이 굳은 침묵을 깨야 하나? 그것도 하필이면 요즘처럼 적절하지 않은 시점에 이런 뜻밖의 일을 남편에게 고백해야 하다니! 베르테르가 찾아왔다는 말만 들어도 남편이 못마땅하게 여길 것이라는 걱정이 앞서는데, 이런 뜻밖의 불상사까지 벌어지다니! 남편이 정말로 나를 곡해하지 않고 아무런 선입견 없이 받아 줄까? 남편이 내 마음을 있는 그대로 읽어 주기를 바랄 수 있을까? 지금까지 나는 항상 크리스털처럼 맑고 투명하고 자유롭게 남편을 대했으며, 남편에게 단 한 번도 내 감정을 숨기지 않았고 숨길 수도 없었는데, 이제 와서 내 마음을 감출 수 있을까? 이런저런 생각들이 로테의 마음을 수심에 잠기게 하고 혼란스럽게 하였습니다. 그리고 그런 생각들은 이제 영영 잃어버린 사람이나 다름없는 베르테르에게로 컨번이 돌아갔습니다. 이제 로테는 베르테르를 더 이상 집 안에 들일 수 없었으며, — 안타깝게도 — 모른 척할 수밖에 없었습니다. 그녀를 잃는 경우에는 베르테르에게 그야말로 아무것도 남지 않는데 말입니다.

　로테는 그 순간엔 분명하게 깨닫지 못했지만, 베르테르와 알베르트 사이에 깊이 뿌리내린 침묵이 그녀의 마음을 얼마나 무겁게 짓눌렀는지 모릅니다. 그렇듯 이해심 깊고 선량한 사람들이 마음속의 의견이 좀 다르다고 해서 서로에게 침묵을 지키기 시작하다니. 서로 자기만이 옳고 상대방은 그르다고 생각하다니. 그러다 보니 서로의 관계가 꼬일 대로 꼬이고 뒤엉켜서, 참으로 모든 것이 걸려 있는 위기일발의 순간에도 그 매듭을 풀 수 없는 지경에 이른 것입니다. 두 사람이 행복하게 화해하여 다시 서로 가까워지고, 서로를 향한 사랑과 너그러움을 꽃피워서 마음의 문을 활짝 열었더라면, 우리의 친구를 구할 수 있었을지도 모릅니다.

게다가 미묘한 문제까지 겹쳐서 상황은 더욱 악화되었습니다. 여러 통의 편지에서 알 수 있듯이, 베르테르는 이 세상을 떠나고 싶어 하는 마음을 결코 비밀로 하지 않았습니다. 알베르트는 베르테르의 그런 생각을 종종 반박하였으며, 이따금 로테하고도 그 문제를 화제로 삼았습니다. 로테의 남편은 그런 행동에 대해 근본적으로 몹시 반감을 품고 있었던 탓에, 평소와는 달리 무척 예민한 태도로, 그런 계획이 과연 진지한 것인지 의심스럽다는 견해를 여러 번 표명하였습니다. 더욱이 우롱하는 말을 섞어 가며, 자신은 그런 계획을 전혀 믿지 않는다고 말하였습니다. 슬픈 광경이 머리에 떠오를 때면 남편의 이런 말들이 로테에게 위안이 되었지만, 다른 한편으로는 당장 마음을 괴롭히는 근심거리들을 남편에게 털어놓지 못하도록 가로막았습니다.

알베르트가 집에 돌아왔고, 로테는 당황하여 허둥지둥 남편을 맞이하였습니다. 이웃 마을의 행정관이 소심하고 완고한 사람이었던 탓에, 알베르트는 일이 계획대로 성사되지 않아서 밝은 표정이 아니었습니다. 더욱이 길 사정마저 좋지 않아서 알베르트의 기분을 더욱 불쾌하게 만들었습니다.

알베르트는 그동안 집안에 별고 없었냐고 물었으며, 로테는 어제저녁에 베르테르가 다녀갔다고 서둘러 대답하였습니다. 그리고 편지 온 것이 없느냐는 알베르트의 물음에, 편지 한 통과 소포 꾸러미 몇 개를 남편의 방에 받아 두었다고 답변하였습니다. 알베르트는 자신의 방으로 건너갔고, 로테는 혼자 남았습니다. 자신이 사랑하고 존중하는 남편이 곁에 돌아오자, 로테의 마음은 새롭게 변하였습니다. 남편의 고결한 성품과 사랑, 선량함을 되돌아보자 마음이 한결 진정되었을뿐더러, 은근히 남편을 뒤쫓아 가고 싶은 충동이 일었습니다. 그래서 평소 습관대로 일감을 챙겨서 남편의 방으로 갔습니다. 알베르트는 소포의 봉인을 뜯고 편지를 읽는 것에 정신이 팔려 있었는데, 그 가운데는 별로 반갑지 못한 소식들도 있는 듯 보였습니다. 로테는 남편에게 이런저런 몇 가지 일에 대해 물었고, 알베르트는 짧게 대답하고서 책상에서 뭔가를 쓰기 시작하였습니다.

두 사람이 그렇게 한 시간 남짓 함께 있는 동안 로테의 마음은 차츰 어두워졌습니다. 남편의 기분이 아무리 좋다 하더라도 지금 마음속에 품고 있는 이야기를 털어놓는 것이 얼마나 어려울지 새삼 절실하게 느꼈기 때문입니다. 그러다 보니 처량한 기분이 들었고, 그런 내색을 감추고 치솟는 눈물을 억누르는 사이 마음은 더욱 불안하고 답답해졌습니다.

베르테르의 시동이 나타났을 때, 로테는 극도로 당황하였습니다. 시동은 알베르트에게 편지를 내밀었고, 알베르트는 침착하게 아내를 돌아보며 말하였습니다.

「이 아이에게 권총들을 내주시오.」

그러고는 시동에게 말하였습니다.

「여행을 무사히 마치길 빈다고 전해 주게.」

그것은 로테에게 청천벽력과도 같았습니다. 자리에서 일어서려는데 몸이 휘청거렸고, 눈앞이 핑 돌았습니다. 로테는 벽을 향해 천천히 걸어가 떨리는 손으로 무기를 내렸습니다. 먼지를 닦고서 잠시 망설였는데, 알베르트가 캐묻는 듯한 눈빛으로 독촉하지 않았더라면 한없이 망설였을 것입니다. 로테는 한마디도 입 밖에 내지 못하고서 그 불길한 물건들을 시동에게 건네주었습니다. 시동이 돌아가자마자 이루 형용할 수 없는 불안감에 사로잡힌 로테는 주섬주섬 일감을 챙겨 들고서 자신의 방으로 건너갔습니다. 로테는 아주 무서운 일들이 일어날 것 같은 예감이 들어 남편의 발치에 몸을 던지고 어제저녁에 있었던 일, 자신의 잘못과 불길한 예감, 이런 모든 것들을 털어놓고 싶었습니다. 그러나 그래 보았자 아무런 소용이 없을 것이라는 생각이 들었습니다. 무엇보다도 베르테르를 찾아가 보라고 남편을 설득할 자신이 거의 없었습니다. 어느새 저녁 식사가 차려졌고, 잠깐 뭔가를 물어보려고 들렀던 상냥한 여자 친구가 그대로 머물러 저녁 식사를 함께하면서 식탁의 분위기가 그럭저럭 유지되었습니다. 로테는 억지로 마음을 다잡고서 대화를 이어 나가며 자신을 잊으려고 애썼습니다.

시동이 권총들을 가지고 돌아와서는 로테가 손수 그것들을 내주었다고 말하였을 때, 베르테르는 기쁨에 넘쳐 권총들을 받아 들었습니다. 그는 빵과 포도주를 가져오라고 시킨 후에 시동도 식사하라고 내보내고서 책상에 앉아 편지를 쓰기 시작하였습니다.

이 권총들은 당신의 손을 거쳐 왔소. 당신이 직접 이것들의 먼지를 털었소. 당신의 손길이 닿았던 것들이기에, 나는 수없이 입을 맞춘다오! 오, 그대 하늘의 정령이여, 그대가 내 결심을 북돋아 주고 있소. 로테, 당신이 이 죽음의 도구를 나한테 건네주었소. 나는 당신의 손에서 죽음을 받기가 소원이었는데, 오, 이제 그 소원을 이루었다오. 아아, 나는 시동 아이에게 소상히 물어보았소. 이 권총들을 건네주던 당신의 손길이 떨렸다고 했소. 당신은 잘 가라는 인사말도 하지 않았소! 아아, 슬프도다! 슬프도다! 잘 가라는 인사말도 못 듣다니! 나를 당신에게 영원히 붙잡아 맨 그 순간 때문에, 그대의 마음을 나한테 굳게 닫아야 했든 말이오? 로테, 천년의 세월도 그 깊은 감동을 지우지는 못할 것이오. 그리고 당신을 위해서 이토록 불타오르는 사람을 미워할 수는 없을 것이라고 느끼오.

저녁 식사를 마친 후에 베르테르는 짐을 하나도 남기지 말고 전부 꾸리라고 시동에게 일렀습니다. 그리고 많은 서류들을 찢은 뒤 아직 남아 있는 사소한 빚들을 청산하기 위해 외출하였습니다. 그러고는 일단 집에 돌아왔지만, 비가 내리는데도 다시 성문 밖 백작의 정원으로 나갔습니다. 그 주변을 돌아다니다가, 어둠이 내려앉을 즈음 집에 돌아와 다시 편지를 썼습니다.

빌헬름, 나는 마지막으로 들판과 숲과 하늘을 보았다네. 자네도 잘 있게. 사랑하는 어머니, 이 아들을 용서해 주십시오. 빌헬름, 우리 어머니를 위로해 드리게. 자네들 모두에게 하느님의 가호를 비네. 내 물건들은 잘 정리해 두었네. 모두 잘 있게나! 기쁜 마음으로 다시 만나세.

알베르트, 나는 자네의 우정에 제대로 보답하지 못하였네. 부디 나를 용서해 주게. 나는 자네 집안의 평온을 방해하고, 자네 부부 사이에 의혹의 씨를 뿌렸네. 잘 있게! 나는 이제 끝을 내려 하네. 오, 내 죽음을 통해서 자네 부부가 행복해지기를 바라네! 알베르트! 알베르트! 그 천사 같은 여인을 꼭 행복하게 해주게! 하느님의 은총이 항상 자네와 함께하기를.

베르테르는 저녁 늦게까지 오랫동안 서류들을 뒤적거리고, 그 가운데 많은 것을 찢어서 난로 안에 던져 넣었으며, 빌헬름 앞으로 보내는 소포 몇 개를 봉인하였습니다. 소포 안에는 짧은 논문들과 단편적인 수상록들이 들어 있었는데, 나도 몇 편 보았습니다. 베르테르는 10시에 하인을 불러서 난로의 불을 더 지피고 포도주 한 병을 가져오게 한 다음, 그만 가서 자라고 내보냈습니다. 하인의 방은 그 집의 다른 사람들 처소와 마찬가지로 멀찌감치 뒤편에 떨어져 있었습니다. 역마차가 새벽 6시 전에 집 앞으로 올 것이라고 주인이 말했기 때문에, 하인은 이튿날 아침 일찍 주인의 부름에 응하려고 옷을 입은 채로 잠자리에 들었습니다.

11시 지나서

제 주변은 참으로 고요하고 제 마음은 평온합니다. 하느님, 이 최후의 순간에 이런 따사함과 이런 힘을 내려 주셔서 감사드립니다.

소중한 사람이여, 나는 창가에 다가가 앞 다투어 빠르게 흘러가는 구름들 사이로 영원한 하늘의 별들을 보고 또 본다오. 아니, 너희는 결코 아래로 떨어지지 않으리라. 영원하신 분께서 너희와 나를 꼭 품어 주시리라. 나는 별자리들 중에서 북두칠성을 제일 좋아하는데, 지금 그 북두칠성의 밝은 별들을 올려다보고 있소. 밤늦은 시각에 당신 곁을 떠나서 당신 집 문을 나설 때면, 언제나 북두칠성이 나를 마주 보았다오. 내가 얼마나 황홀한 마음으로 자주 그 별자리를 바라보았으며, 또한 자주 두 손을 올리고서 나를 휘감는 환희의 징표로, 성스러운 표지로 삼았는지 모른다오. 오, 로테, 나한테 당신을 떠올리지 않는 것이 어디 있겠소! 당신이 나를 에워싸고 있지 않소! 당신의 성스러운 손길이 닿은 것이면, 나는 어린아이처럼 뭐든지 욕심스럽게 끌어 모았다오!

당신의 정겨운 실루엣! 로테, 이 그림을 당신에게 돌려줄 테니 부디 소중하게 간직해 주오. 나는 당신의 실루엣에 수없이, 수없이 입 맞추었으며, 외출하거나 외출에서 돌아올 때면 수없이 손 흔들어 인사했다오.

당신 아버님께 내 시신을 돌보아 주십사고 부탁드리는 짧은 글을 남겼소. 들판이 바라다 보이는 교회 묘지 뒤편 한쪽 구석에 보리수나무 두 그루가 있소. 나는 그곳에서 영원히 잠들고 싶소. 당신 아버님께서는 친구를 위해 그리 하실 수 있고 또 그리 하실 것이오. 당신도 아버님께 부탁드려 주오. 나는 독실한 기독교인들에게 이 가련하고 불행한 인간의 육신과 나란히 누우라고 강요하고 싶지 않소. 아아, 나는 길가나 외딴 골짜기에 묻혀서, 사제와 레위 사람이 무덤을 알려 주는 돌 앞을 지나가며 성호를 긋고 사마리아인이 눈물 한 방울 흘려 주길 바랐소.[1]

여길 보시오, 로테. 나는 죽음의 환희를 마시기 위해 이 차갑고 섬뜩한 잔을 손에 쥐면서도 조금도 떨지 않는다오! 당신이 직접 이 잔을 건네주었으므로, 나는 망설이지 않소. 이것으로 내 인생의 모든 염원과 기대, 모든 것! 모든 것이 이루어졌다오. 죽음의 단단한 철문을 이렇듯 차갑고, 이렇듯 뻣뻣하게 두드리다니.

내가 당신을 위해서 목숨을 바치는 행운을 누릴 수 있었다면 얼마나 좋았겠소. 로테, 당신을 위해서 나를 바칠 수 있었다면! 나는 당신에게 삶의 평온과 기쁨을 되찾아 줄 수만 있다면, 용감하게, 기쁘게 죽으려 했소. 그러나 아아! 사랑하는 사람들을 위해서 피를 흘리고, 자신의 목숨을 바쳐서 친구들에게 백배의 새로운 삶을 일구어 줄 수 있는 기회는 소수의 고매한 사람들에게만 주어졌다오.

로테, 나는 당신의 손길이 닿아서 성스러워진 이 옷을 입은 채 묻히고 싶소. 당신 아버님께도 그리 해주십사고 부탁드렸소. 내 영혼이 관 위를 떠돌 것이오. 부디 내 호주머니를

---

1 누가복음 10장 31~33절 참조.

뒤지는 일이 없도록 해주오. 동생들에게 둘러싸인 당신 모습을 처음 보았을 때, 당신이 가슴에 달고 있던 이 분홍색 리본……. 오, 동생들에게 수천 번 입 맞추어 주고, 이 불행한 친구의 운명에 대해 이야기해 주오. 사랑스러운 아이들! 그 아이들이 내 주위를 에워싸고 있소. 아아, 이토록 당신에게 얽매이다니! 나는 당신을 처음 본 순간부터 당신에게서 벗어날 수 없었소. 이 리본을 나와 함께 묻어 주오. 내 생일날 당신이 선물했다오. 내 얼마나 애타게 이 모든 것을 모아 두었던가! 아아, 길이 여기에 이를 줄은 미처 생각지 못했소! 진정하오! 부디 진정하오!

총알이 장전되었소. 시계가 12시를 알리는구려. 이제 시간이 되었소. 로테! 로테! 잘 있으시오! 잘 있으시오!

이웃 사람 한 명이 탄약이 번쩍이는 것을 보았고 총소리를 들었습니다. 그러나 주변이 아주 고요했던 탓에 크게 개의치 않았습니다.

이튿날 새벽 6시에 하인은 등불을 들고 방에 들어갔습니다. 하인은 바닥에 쓰러져 있는 주인을 발견하였습니다. 권총이 옆에 떨어져 있었고 피가 낭자하였습니다. 하인은 주인을 부르며 붙잡고 흔들었지만 아무런 대답이 없었으며, 다만 목에서 그르렁그르렁하는 소리만 났을 뿐입니다. 하인은 의사를 부르고 알베르트를 데리러 갔습니다. 초인종이 울렸을 때, 로테는 자신도 모르게 온몸을 부르르 떨었으며, 남편을 깨워서는 함께 일어났습니다. 베르테르의 하인이 큰 소리로 울음을 터뜨리며 더듬더듬 소식을 알렸고, 로테는 정신을 잃고서 알베르트 앞에 쓰러졌습니다.

의사가 도착했을 때, 그 불운한 사람은 바닥에 쓰러져 있었는데, 소생할 가망성이 없었습니다. 맥박은 뛰고 있었지만 사지가 이미 완전히 마비된 상태였고, 총알이 오른쪽 눈 위로 머리를 관통하여 뇌가 비어져 나와 있었습니다. 의사는 소용없는 줄 알면서도 팔에서 피를 뽑았습니다. 피가 흘러나오자, 베르테르는 간신히 숨을 쉬었습니다.

안락의자의 팔걸이에 피가 묻어 있는 것으로 미루어 보아, 책상 앞에 앉아서 방아쇠를 당긴 것으로 추정되었습니다. 그런 다음 아래로 고꾸라져서, 경련을 일으키며 의자 주위를 구른 것입니다. 베르테르는 기운이 소진하여 창문 쪽으로 고개를 돌린 채 바닥에 드러누워 있었습니다. 옷을 말끔하게 차려입었는데, 장화를 신고 푸른색 연미복에 노란 조끼를 받쳐 입고 있었습니다.

그 집 안은 물론이고 온 동네, 온 시내가 떠들썩하였습니다. 알베르트가 방 안에 들어왔을 때, 베르테르는 침대에 눕혀진 뒤였습니다. 이마에 붕대가 감겨 있었고, 얼굴에는 이미 죽음의 빛이 감돌았습니다. 베르테르는 꿈쩍도 하지 않았으며, 오로지 허파에서 무섭게 그르렁거리는 소리만이 들려왔을 뿐입니다. 때로는 약하게, 때로는 강하게. 이제 임종을 기다리는 수밖에 없었습니다.

베르테르는 하인이 가져온 포도주를 한 잔 마셨을 뿐이며, 『에밀리아 갈로티』[2]가 책상 위에 펼쳐져 있었습니다.

2 독일의 극작가 고트홀트 에프라임 레싱(1729~1781)의 비극적인 드라마(1772년). 이 드라마의 여주인공 에밀리아 갈로티는 정절을 지키고 영원한 자유를 얻기 위해서 스스로 죽음을 택한다.

알베르트가 얼마나 당황했으며 로테가 얼마나 비통해했는지 새삼 말해 뭐하겠습니까.

노 행정관은 그 비보를 듣자마자 부리나케 말을 타고 달려왔습니다. 그는 뜨거운 눈물을 흘리며, 죽어 가는 베르테르에게 입 맞추었습니다. 행정관의 큰 아들들이 아버지의 뒤를 쫓아와서는 슬픔을 이기지 못하고 침대 옆에 무릎을 꿇은 채 베르테르의 손과 입에 입 맞추었습니다. 베르테르가 언제나 제일 어여삐 여겼던 맏아들은 그의 입술에서 떨어지려 하지 않아, 베르테르가 숨을 거둔 후에 소년을 억지로 떼어 내야 했습니다. 베르테르는 낮 12시에 숨을 거두었습니다. 행정관이 시신을 지키며 일을 처리하여서 큰 소란은 일어나지 않았습니다. 행정관의 지시에 따라 베르테르는 밤 11시에 자신이 원한 곳에 묻혔습니다. 노 행정관과 아들들이 시신을 따라갔으며, 알베르트는 로테의 생명이 위태로웠던 탓에 함께 가지 못하였습니다. 수공업자들이 시신을 운구하였고, 성직자는 한 사람도 동행하지 않았습니다.

영원한 사랑의 송가

1. 괴테의 삶과 문학

세계문학을 화려하게 수놓은 불멸의 대문호 요한 볼프강 폰 괴테(1749~1832)는 시인, 극작가, 소설가, 예술 이론가, 비평가로서만이 아니라 정치가, 법률가, 철학자, 자연 과학자로서도 명성을 떨쳤다. 독일 바이마르 공국에서 오랫동안 정치에 참여하였으며 광물학과 식물학, 색채론 등의 학문에도 조예가 깊었다. 예를 들어 괴테는 1784년에 획기적으로 태아에서 인간의 악간골(顎間骨)을 발견하였고, 식물학에서도 식물 비교 형태론의 토대를 닦는 등 많은 업적을 남겼다. 그의 논문 「식물 변태론Die Metamorphose der Pflanzen」은 지금까지도 전문가들에게 높이 평가받고 있다. 이런 다방면에 걸친 눈부신 활동을 바탕으로, 괴테는 독일 정신사의 상징적인 인물로 손꼽힌다.

그러나 뭐니 뭐니 해도 요한 볼프강 폰 괴테는 독일 문학을 세계 최고의 수준으로 끌어올린 세계 문학의 우뚝 솟은 거봉(巨峰)으로서, 독일 문학사에서는 1800년을 전후한 괴테의 생존 시기를 〈괴테 시대〉라 부를 정도이다. 이처럼 독일 문학을 빛낸 위대한 시인 괴테는 1749년 마인 강변의 프랑크푸르트에서 황실 고문관 요한 카스파르 괴테와 그 부인 카타리나 엘리자베트의 아들로 태어났다. 처음에는 아버지의 희망에 따라 라이프치히와 슈트라스부르크에서 법학을 공부하였고, 1771년 학업을 마친 후에는 프랑크푸르트에서 변호사로 일하였다. 그러나 그 시기에도 그는 변호사 일보다는 희곡이나 시를 쓰는 등 문학에 열중하였다.

1773년 희곡 『괴츠 폰 베를리힝겐*Götz von Berlichingen*』에 이어, 1774년 첫 번째 소설 『젊은 베르테르의 슬픔』을 발표하면서, 25세의 젊은 괴테는 독일 문단에서 일약 촉망받는 작가가 되었다. 1775년에는 바이마르 공국의 젊은 카를 아우구스트 공작의 부름을 받아 정치 세계에 발을 들여놓아 1816년 모든 공직에서 물러날 때까지 오랜 세월 재정과 광산, 교육 제도 등의 정치에 두루 참여하였다. 1776년에 공사관 참사관으로 임명된 데 이어, 1779년에는 추밀 고문관에 발탁되고, 1782년에는 요제프 2세 황제로부터 귀족의 작위를 받았다.

괴테는 1786년과 1790년 두 차례에 걸쳐 이탈리아 여행을 떠났는데, 이를 통해 시적, 사상적으로 무르익어 훗날 고전주의를 꽃피우게 된다. 1794년부터 독일 문학의 또 다른 거봉 프리드리히 폰 실러Friedrich von Schiller와 친교를 맺고, 그와 더불어 독일 문학의 황금시대라 일컫는 고전주의 문학을 주도했다. 이 우정은 1805년 실러가 세상을 떠날 때까지 계속되었다.

괴테는 1816년 부인 크리스티아네의 죽음 이후에는 오로지 작품에만 몰두하였으며, 세상을 떠날 때까지 소설 『빌헬름 마이스터의 편력시대*Wilhelm Meisters Wanderjahre*』, 자서전

『시와 진실*Dichtung und Wahrheit*』, 희곡『파우스트*Faust*』 등을 완성하였다. 만능 천재 시인 요한 볼프강 폰 괴테는 1832 년 3월 22일 83세의 나이로 눈을 감았다.

흔히 시인 괴테를 독일의 〈문화적인 정신성의 총체〉로 일컫는다. 이는 괴테의 문학적인 정열과 창조성이 어느 한 분야나 어느 한 시대정신에 국한되지 않기 때문이다. 괴테는 서정시의 새로운 장을 연 〈체험 시〉, 고전적인 심오한 희곡『파우스트』, 대담한 문체의 소설『빌헬름 마이스터의 편력시대』 등 모든 문학 장르에서 새로운 시금석을 놓았으며, 형식적으로나 내용적으로 큰 자극을 주었다.

또한 괴테의 정신세계와 문학 세계는 시대와 더불어 변하고 발전하였다. 괴테는 시대정신의 흐름을 정확하게 꿰뚫어 문학을 통해 형상화시켰을 뿐만 아니라, 역으로 자신의 문학을 통해 시대정신에 지대한 영향을 미쳤다. 젊은 시절에는 질풍노도 문학 운동을 주도하였고, 장년의 나이에는 바이마르 고전주의 문학을 꽃피웠으며, 말년에는 낭만주의 문학의 흐름에 무심하지 않았다. 따라서 시성(詩聖) 괴테는 어느 한 문학사조나 시대정신, 사상의 흐름을 초월하여 이미 살아 생전에 그 누구도 추종하기 어려운 독일 문학의 정상으로 군림하였다.

요한 볼프강 폰 괴테는『젊은 베르테르의 슬픔』에서『이피게니에*Iphigenie auf Tauris*』와『친화력*Die Wahlverwandt-schaften*』을 거쳐 영원한 인간성을 그린 불후의 명작 희곡『파우스트』에 이르기까지, 시대를 초월하여 후세에 길이 남을 주옥같은 수많은 시와 희곡, 산문 작품을 남겼으며 현재까지도 세계적으로 가장 널리 읽히는 독일 최고의 시인이다.

2. 감정의 예찬, 질풍노도

괴테의 첫 번째 소설 『젊은 베르테르의 슬픔』은 프리드리히 폰 실러의 『도적 떼*Die Räuber*』(1781)와 더불어 질풍노도 *Sturm und Drang* 문학을 대표한다. 〈질풍노도〉는 1760년대 중반부터 1780년대 중반까지 독일 문단을 폭풍처럼 휩쓴 정신적인 흐름을 가리킨다.

〈질풍노도〉는 1776년에 프리드리히 막시밀리안 폰 클링거 Friedrich Maximilian von Klinger가 발표한 동명의 희곡 작품에서 따온 것이다. 18세기 후반 독일은 정치적으로는 강압적인 절대주의 왕정이 지배하고, 정신적으로는 계몽주의의 합리주의적 사고방식이 풍미하던 때였다. 인간의 오성이 모든 것을 가늠하는 척도였으며, 문학 역시 감정과 주관성의 표현이기보다는 이성적으로 배우고 습득할 수 있는 것으로 여겨졌다. 따라서 외면적인 형식과 규칙, 기교에 얽매여 있었으며, 문학을 통해 도덕적으로 가르치고 교화하는 데 중점을 두었다.

주로 20~30대의 젊은 시인들이 여기에 반발하여 지나치게 합리주의적인 편협한 사고방식과 생활 방식, 엄격한 규율을 앞세우는 도덕론, 보수적인 전통과 권위, 신분 제도 위주의 사회 질서 등 기존의 모든 규범과 인습, 압제로부터의 해방을 부르짖었다. 이들은 인간의 자연스러운 충동과 감정을 이성이나 오성보다 높이 평가하였으며, 인간의 내적인 본질과 개성에 충실할 것을 드높이 외쳤다. 독일 문단을 질풍처럼 강타한 이러한 혁신 운동은 한마디로 말해 기존 사회에 대한 문학적인 항거와 반항의 표출이었다. 질풍노도의 이러한 문학적인 기개와 정신,

사상은 고전주의와 낭만주의를 비롯하여 표현즈의와 브레히트에 이르기까지 독일 문학에 많은 영향을 미쳤다.

따라서 문학의 무미건조한 형식과 규칙의 거부, 인간 본연의 충만한 감정과 개성의 존중, 정열적인 자유에의 충동과 권위적인 인습에 대한 항거, 천재적인 인간의 자아실현, 자연 찬미 등이 질풍노도 문학의 특징을 이룬다. 무엇코다도 계몽주의가 이성을 최고의 자산으로 내세운 반면에, 질풍노도는 감정의 기치를 내세웠다. 그러므로 감정과 자아가 문학적인 고찰의 우선적인 대상으로 부각되었다. 〈마음의 목소리가 이성적인 결정을 좌우한다.〉 질풍노도의 선구자라 여겨지는 요한 고트프리트 폰 헤르더Johann Gottfried von Herder의 이 말에서 질풍노도 시인들의 태도를 단적으로 엿볼 수 있다.

질풍노도 문학의 주인공들은 현실의 속박에 구애받지 않고 감정을 자유롭게 발산하거나, 몰락을 각오하고 용감하게 현실에 맞선다. 특히 기존의 한계와 규칙을 뛰어넘어 새로운 것을 창조하는 이상적인 인간으로서의 천재가 찬미되었다. 질풍노도의 시인들에게 천재는 창조적인 힘의 총체이고 개인의 완성으로서, 진정한 예술 창조자의 원형이었다. 이런 맥락에서 질풍노도 시대는 천재 시대라 불렸다.

또한 질풍노도 문학은 이성적으로 정돈된 것이 아니라 원초적인 것, 창조적인 것, 모든 살아 있는 것과 신적인 것의 총체로서 자연을 새롭게 체험하고 높이 평가하였다. 그 시대 문학의 주인공들은 대자연에 열광하고 자연과 내적으로 융합하는 새로운 관계를 추구하였다.

요한 볼프강 폰 괴테의 『젊은 베르테르의 슬픔』은 질풍노도 문학의 백서로 간주되는 소설로서 사랑과 감정의 예찬, 예감과 환상과 정취 어린 분위기, 자연에 대한 열광, 개성과 사회 현실의 충돌, 신분의 장벽과 부패한 지배층에 대한 항의, 이성적인 결정에 따르는 도덕의 규범과 정열의 갈등 등 질풍노도 문학의 전형적인 특징을 그 어떤 작품보다도 뚜렷하게 드러낸다. 특히 사회적 인습과 이성의 굴레에 억눌린 감정의 자유로운 표출을 폭발적으로 그리면서, 질풍노도 문학 운동을 더욱 거세게 불타오르도록 하는 기폭제 역할을 하였다.

3. 영원한 사랑의 송가, 『젊은 베르테르의 슬픔』

사랑과 체험의 시인 괴테

요한 볼프강 폰 괴테는 자신의 개인적인 체험을 자주 문학적으로 승화시켜 그려 내었으며, 그의 작품들에는 많은 자전적인 요소들이 녹아 있다. 특히 괴테는 평생 많은 여인들을 사랑하였고, 그렇게 괴테의 마음을 사로잡은 여인들은 시적 영감을 일깨우는 문학적 산실의 역할을 하였다. 여자들과의 관계는 괴테의 문학과 발전에 큰 몫을 담당하였다. 그러나 괴테는 번번이 여인들에게 구속받는 것을 회피하였으며, 1806년 크리스티아네 불피우스와 결혼할 때까지 어디에도 예속되지 않는 자유로운 삶을 택하였다.

『젊은 베르테르의 슬픔』 역시 1772년에서 1774년까지 젊은 괴테의 열렬한 사랑의 체험을 바탕으로 쓰였다. 1771년에 학업을 마친 요한 볼프강 폰 괴테는 1772년 5월에 베츨라르의 제국 고등 대법원에서 수습 과정을 시작하였다. 6월 9일, 그곳의 어느 무도회에서 그는 약혼자 요한 크리스티안 케스트너와 함께 참석한 샤를로테 부프Charlotte Buff를 만났다. 보통 〈로테〉라 불린 샤를로테는 베츨라르의 홀아비 행정관 부프의 열세 자녀 가운데 차녀였는데, 돌아가신 어머니 대신 동생들을 돌보고 집안 살림을 맡아 하였다. 샤를로테 부프가 이미 약혼한 몸이었는데도 괴테는 사랑에 빠졌으며, 걷잡을 수 없는 격정에 휘말렸다. 그는 훗날 샤를로테 부프를 이렇게 묘사하였다.

〈그녀는…… 모든 사람에게 호감을 일깨우는 여인이었다. 보기 좋은 경쾌한 몸매, 티 없이 명랑한 천성과 거기에서 샘솟는 쾌활한 생활력, 일상적으로 필요한 것을 자연스럽게 다루는 능력, 이 모든 것을 골고루 갖추고 있었다. 이런 특성들을 보고 있노라면 내 마음도 늘 편안해졌다. 나는 그런 특성들을 가진 사람들과 어울리고 싶었다…….〉

괴테는 하노버의 공사관 서기관이었던 그녀의 약혼자 케스트너와도 친교를 맺고 자주 만났다. 그러던 어느 날 괴테가 대담하게도 샤를로테에게 입 맞추려 했을 때, 샤를로테는 괴테와의 관계에서 태도를 분명히 해야 한다고 느끼고서 그 사실을 약혼자 케스트너에게 고백하였다. 괴테는 떠날 때가 되었음을 예감하고서, 케스트너에게 이런 쪽지를 남기고 9월 11일 허둥지둥 베츨라르를 떠났다.

〈만약 그대들 곁에 더 머무른다면, 나로서는 더 견디지 못할 것이오. 이제 나는 혼자요. 내일 이곳을 떠나겠소. 오, 머리가 터질 것 같구려.〉

베르테르의 비극적인 종말의 모티프는 베츨라르의 공사관

서기관 카를 빌헬름 예루잘렘Karl Wilhelm Jerusalem의 자살(1772년 10월 30일)이 제공했다. 예루잘렘은 당시 직장 동료의 부인을 사랑했으며, 이루어질 수 없는 비극적인 사랑에 절망하여 요한 크리스티안 케스트너에게 빌린 권총으로 목숨을 끊었다. 라이프치히 학창 시절부터 알고 지내던 예루잘렘의 자살 소식을 접한 괴테는 큰 충격을 받았다. 〈예루잘렘의 죽음은…… 나를 꿈에서 흔들어 깨웠다. 나는 예루잘렘과 나에게 일어난 일을 냉정하게 관조했을 뿐 아니라, 나 스스로 예루잘렘과 비슷한 일을 겪은 사실을 깨닫고 무척 흥분하였다. 그래서 그때 기획한 작품에 시적인 것과 현실적인 것을 구별하지 않는 열정을 송두리째 불어넣었다.〉

괴테는 샤를로테 부프를 향한 자신의 사랑 체험과 예루잘렘의 운명을 교묘하게 하나의 줄거리로 엮어 내고 자신의 열정과 고뇌를 담아냄으로써, 폭풍처럼 휘몰아치는 것들로부터 벗어날 수 있었다. 샤를로테 부프를 향해 불타올랐던, 이루어지지 못한 사랑을 열렬한 사랑의 송가로 형상화시킨 것이다. 괴테는 현실을 문학으로 변화시키면서, 〈몽유병자처럼 거의 무의식적으로〉 불과 몇 주일 만에 작품을 탈고하였다. 그것은 폭풍 같은 열정으로부터 괴테를 구해 준 일종의 예술적인 자기방어였다. 〈『젊은 베르테르의 슬픔』을 읽은 사람은 이 자연스러우면서도 부자연스러운 기이한 질병의 모든 증상이 한때 내 내면을 질타한 사실을 의심하지 않을 것이다. 그 당시 나 스스로 죽음의 파도에서 벗어나려고 얼마나 안간힘을 썼는지 잘 안다.〉(1815년 카를 프리드리히 첼터에게 보낸 괴테의 편지에서)

프랑크푸르트로 돌아온 괴테는 여류 작가 조피 폰 라 로셰를 방문하였고, 거기서 로셰의 16세 딸 막시밀리아네에게 다시 반했다. 『젊은 베르테르의 슬픔』 탈고 직후 막시밀리아네 폰 라 로셰는 프랑크푸르트에 살고 있던, 두 배나 나이 많은 이탈리아계 상인 페터 안톤 브렌타노와 결혼하였다. 괴테는 막시밀리아네의 결혼 후에도 그녀를 열렬히 연모하였으며, 그 남편과 격렬한 언쟁을 벌이기도 하였다. 그러나 막시밀리아네는 『젊은 베르테르의 슬픔』의 집필에 그다지 큰 영감을 주지 않았으며, 검은 눈만이 로테의 눈에 영향을 미쳤다. 샤를로테 부프는 푸른색 눈이었다.

감정의 반란

질풍노도 시대의 시인들은 감정의 기치를 높이 세우고서 이성 중심의 기존 사회에 반란을 일으켰다. 정열적인 감정과 예술적인 감수성을 타고났지만 사랑의 실패와 사회적 장벽에 절망한 젊은이를 그린 『젊은 베르테르의 슬픔』만큼 이 반란을 절대적으로 구현한 산문은 찾아보기 어렵다. 이 소설은 이성 대신에 감정의 권리를, 경직된 신분제도 대신에 자유로운 개성을 추구하는 젊은 세대의 욕구를 표현하고 시대의 아픈 곳을 긁어줌으로써 폭발적인 호응을 받았다.

감정의 반란은 로테를 향한 베르테르의 불같은 사랑에서 폭발적으로 표출된다. 지성적이면서도 몽환적이고 다감한 젊은이 베르테르는 1771년 5월부터 1772년 12월까지 혼잡한 도시 생활을 피해 아름다운 자연 속에서 전원생활을 즐기며, 절친한 친우 빌헬름에게 편지를 보낸다. 그는 편지들에서 사랑에 대한 열광과 절망, 소박한 자연 체험, 호메로스 시대의 목가적인 삶에 대한 동경, 사회 비판 등에 대해 진솔하게 말한다. 그러나 우아하고 청순한 아가씨 로테를 향한 지순한 사랑과 열정을 무엇보다도 절절하게, 감동적으로 표현한다.

젊은 베르테르는 여섯 명의 동생들에 둘러싸여 빵을 한 조각씩 나누어 주는 로테의 모습에 깊은 감명을 받는다. 돌아가신 어머니를 대신하여 동생들을 돌보며 집안 살림을 맡아 하는 로테는 베르테르가 꿈꾸는 목가적인 삶을 상징한다. 베르테르는 이미 약혼자가 있는 줄 알면서도 로테에게 점점 더 깊이 빠져들고, 무도회장에서 한참 춤에 도취했을 때 몰아닥친 뇌우는 훗날 일어날 불행을 예고한다.

부친의 죽음 후에 집안일을 정리하기 위해 여행을 떠났던 성실하고 예절 바른 약혼자 알베르트가 돌아오면서, 들뜬 봄날처럼 열광적이었던 분위기는 서서히 암담하고 절망적인 가을날의 분위기로 바뀐다. 그런데도 베르테르는 로테를 향한 사랑에서 벗어나지 못한다. 몰락의 길인 줄 알면서도 자석 산에 끌려가는 쇠붙이처럼 오롯이 로테를 향해 끌려간다. 베르테르의 사랑은 인간의 모든 욕망을 뛰어넘어 그야말로 지순하기 그지없다.

〈그녀는 나한테 신성한 사람일세. 그녀 앞에서는 모든 욕망이 침묵한다네.〉(62면)

이루어질 수 없는 사랑 앞에서 베르테르는 몸부림치며 괴로워하다가, 결국 세 사람 가운데 한 명이 떠날 수밖에 없다고 결론 내리고서 자신이 떠나기로 결심한다. 애끓는 심정으로 마지막 작별의 편지를 쓰고, 사랑하는 로테의 손길이 닿은 권총으로 목숨을 끊는다. 그러나 베르테르에게 죽음은 인생의 종말이 아니라, 현실과 사회의 속박으로부터의 해방이고 고통으로부터의 구원이며, 영원한 사랑을 향한 여정의 출발이다. 책상에 펼쳐져 있는 고트홀트 에프라임 레싱의 『에밀리아 갈로티』는 베르테르가 죽음을 통해서 영원한 사랑의 완성을 추구한다는 것을 알려 준다.

따라서 베르테르의 죽음에서 감정의 반란은 절정에 이른다. 그 당시의 사회에서 자살은 용서받을 수 없는 커다란 죄악으로 여겨졌기 때문이다. 시민 사회는 교훈을 주는 유익하고 즐거운 것을 문학에서 기대하였으며, 자살로 막을 내리는 소설은 당시 시민 사회의 규범과 가치관으로 볼 때는 상상도 할 수 없는 일이었다. 많은 시민들이 베르테르를 자신들의 가치관과 규범을 위협하는 가정의 행복의 훼방꾼, 반란자로 여기고서 신랄하게 비판하였다.[1] 그들에게 『젊은 베르테르의 슬픔』은 전통적인 문학과의 달갑지 않은 단절을 의미하였다.

무엇보다도 당시 교회와 몇 명의 시인들이 『젊은 베르테르의 슬픔』을 미풍양속에 어긋나는 것으로 판단하였다.[2] 심지어 얼마나 많은 젊은이들이 자살을 범했는가를 두고 법적인 공방까지 벌였고 라이프치히, 코펜하겐, 밀라노 등지에서는 출판

1 신학자 요한 멜히오르 괴체Johann Melchior Goeze는 이렇게 맹렬하게 공격하였다. 〈……어리석은 젊은이의 자살에서 뻔뻔한 권을 지우고 이 추악한 행동을 영웅적인 행위인 양 꾸미려는 목적밖에 없는 소설. (……) 이런 사탄의 유혹물을 인쇄하지 못하도록 막아 주는 검열 기관이 없단 말인가? 오, 하느님! 어찌하여 저를 이런 시대에 살게 하셨습니까?〉
2 신학 대학에서는 『젊은 베르테르의 슬픔』의 판매 금지 처분을 신청하였다. 〈지금 『젊은 베르테르의 슬픔』이라는 제목의 책이 팔리고 있습니다. 그것은 자살을 옹호하고 권장하는 책입니다. (……) 그래서 신학 대학은 이 책을 통제할 필요가 있다고 생각하는 바입니다.〉

금지 명령이 내려질 정도였다. 그러나 괴테는 젊은이들을 유혹하여 자살로 이끌었다고 비난한 영국의 더비 주교에게 냉소적으로 응수하였다.

〈이 작품은 (……) 그나마 약간 남아 있던 희미한 빛마저 완전히 불어 끄는 것 말고는 더 나은 할 일이 없었던 얼간이와 건달 몇 명을 이 세상에서 없애 주었을 뿐입니다. 귀하는 이런 작가에게 해명을 요구하고 그 작품을 비난할 생각이십니까?〉

『젊은 베르테르의 슬픔』의 편지 형식 또한 생생한 감정을 표현하는 데 일익을 담당한다. 편지 형식은 감정을 직접 표현함으로써 독자와의 거리를 한결 좁혀 주고, 주인공 베르테르 영혼의 흐름과 변화를 더욱 절절하고 실감나게 보여 준다. 더구나 허구의 엮은이가 소설의 서두에서 고통받는 영혼에게 이 작은 책을 권하고, 또한 작품 말미에서는 직접 등장하여 베르테르의 죽음을 전함으로써 현실감은 더욱 고조된다.

사회적 제한과 규범을 뛰어넘는 폭풍 같은 열정과 지순한 사랑의 완성을 위한 죽음은 당시의 경직된 귀족 사회와 지나치게 이성을 고집하는 편협한 계몽주의 사회에 대한 감정의 반란이고 반항이었다. 이성과 열정, 정신과 자연, 개인과 사회 사이의 첨예한 갈등은 결국 다감한 청년 베르테르를 죽음으로 몰아가고, 이 비극적인 이야기에 깊이와 품위를 더해 준다.

영원한 사랑의 송가

『젊은 베르테르의 슬픔』은 1774년 출판과 동시에 일약 유럽의 베스트셀러로 떠올랐으며, 그야말로 질풍처럼 문단을 휩쓸었다. 하룻밤 사이에 괴테의 이름은 유럽에 널리 알려졌고, 괴테의 책들 가운데 『젊은 베르테르의 슬픔』만큼 동시대인들에게 많이 읽힌 책은 없다. 특히 젊은이들 사이에서는 이른바 〈베르테르 열병〉이 몰아닥쳐 노란 조끼와 푸른색 연미복의 베르테르식 복장이 유행하였으며, 『젊은 베르테르의 슬픔』의 장면을 그려 넣은 유명한 베르테르 찻잔과 커피 잔 접시, 커피포트까지 등장하였다. 심지어 베르테르와 같은 처지에 있던 일부 젊은이들이 베르테르를 모방해 잇달아 자살하는 사태가 빚어지기도 했다.

1808년 에어푸르트에서 괴테와 나폴레옹의 전설적인 만남은 후세 사람들의 기억에 인상적인 것으로 남아 있다. 한 사람은 영웅적인 정복자로서, 다른 한 사람은 숭고한 예술가로서, 이미 생전에 천재로서의 명성을 누린 두 위대한 인물의 만남이었다. 일찍이 나폴레옹은 이집트 원정(1798) 당시 『젊은 베르테르의 슬픔』을 챙겼을 만큼 괴테의 팬이었다. 만남의 자리에서 나폴레옹은 『젊은 베르테르의 슬픔』에 대해 이야기했으며, 심지어는 책의 오자를 지적하기도 하였다.

그러나 이 소설은 그런 열광적인 호응만큼이나 거센 분노와 반감을 불러일으켰다. 당시 사람들은 찬반으로 엇갈려 격렬한 논쟁을 벌였으며, 비판자들은 논문이나 패러디로 대응했다. 앞에서 말한 바와 같이, 괴테는 특히 교회와 시민 사회로부터 애꿎은 젊은이들의 자살을 유도했다는 맹렬한 비난의 화살을 받았다. 그러나 괴테가 진정으로 의도했던 것은 정열에 휩싸인 사람들을 위로해 주고, 정열을 자제하지 못하는 경우에 일어날 불행을 경고하는 데 있었다. 이런 사실은 소설 서두의 엮은이의 말에서 분명하게 드러난다.

질풍노도 시대의 시인 야코프 미하엘 라인홀트 렌츠Jakob Michael Reinhold Lenz의 말에서도 괴테의 이런 의도를 확인할 수 있다. 〈베르테르의 공적은, 누구나 자신의 마음속에서 어렴풋이 예감하지만 분명하게 이름 지어 부를 수 없는 정열과 감각을 우리에게 알려 준다는 데 있다.〉

괴테는 스스로 글을 통해 슬픔과 위기에서 벗어남으로써 좋은 본보기를 보여 주었으며, 괴테를 올바르게 이해한 사람은 베르테르의 고통과 슬픔을 빌려 자신의 상황을 돌아보고 위로와 교훈을 얻을 수 있었다. 그랬기 때문에 괴테 자신도 놀랄 만큼 커다란 성공을 거둔 것이다. 〈이 작은 책이 남긴 영향은 컸다. 실로 엄청났는데, 그것은 무엇보다도 때를 정확하게 잘 만났기 때문이었다.〉(『시와 진실』에서)

『젊은 베르테르의 슬픔』은 한편으로는 시대의 흐름을 정통으로 꿰뚫었으며, 다른 한편으로는 동서고금을 막론한 인류의 원초적이고 기본적인 문제, 사랑과 열정, 절망과 죽음을 더없이 감동 깊게 그려 내었다. 20세기 독일 문학의 거장 토마스 만은 이 소설을 가리켜, 〈매혹적인 감정과 예술에 대한 조숙한 이해가 거의 일회적으로 결합하여 낳은 걸작〉이라고 말하였다. 『젊은 베르테르의 슬픔』은 시대를 초월하는 순수한 사랑의 열정과 아픔을 가슴 절절하게 그려 내었기에 당시에 유럽을 휩쓸었고, 2백 년 이상의 세월을 뛰어넘은 오늘날까지도 우리의 심금을 울리는 영원한 사랑의 송가로 자리 잡고 있다.

김인순

요한 볼프강 폰 괴테 연보

1749년 출생 8월 28일 마인 강변의 프랑크푸르트에서 황실 고문관 요한 카스파르 괴테와 카타리나 엘리자베트 괴테의 아들로 태어남. 프랑크푸르트에서 어린 시절을 보내며, 아버지와 가정 교사에게 교육을 받음. 이미 어린 시절부터 문학과 연극에 열광함.

1759년 10세 프랑스군이 프랑크푸르트를 점령함에 따라 많은 프랑스 연극을 접하게 됨.

1765년 16세 아버지의 뜻에 따라 라이프치히 대학교에서 법학을 전공함. 그러나 법학보다는 문학과 예술 강의를 듣고, 고고학자이며 예술사가인 요한 요아힘 빙켈만의 이론에 영향을 많이 받음. 이 무렵에 이미 여러 문학 작품을 집필했지만 훗날 스스로 파기함.

1766년 17세 케트헨 또는 안네테라고 불린 안나 카타리나 쇤코프와 교제하면서 로코코풍의 연애시를 집필함. 이 시들은 1770년에 익명으로 발표한 최초의 시집 『안네테*Annette*』에 수록되어 있음.

1767년 18세 쇤코프와의 체험을 토대로, 연인 사이의 질투를 그린 희곡 『연인의 변덕*Die Laune des Verliebten*』을 집필함.

1768년 19세 쇤코프와의 관계를 끝냄. 8월 심한 각혈로 학업을 중단하고 프랑크푸르트로 귀향함.

1769년 20세 희곡 『공범자들*Die Mitschuldigen*』을 집필함.

1770년 21세　슈트라스부르크 대학교에서 법학 공부를 계속함. 마침 눈 수술을 위해서 그곳에 머무르고 있던 당대의 유명한 시인이자 사상가인 요한 고트프리트 폰 헤르더를 만나 많은 영향을 받음. 10월 근교의 제젠하임에서 그곳 목사의 딸 프리데리케 브리온을 만나 사랑에 빠졌으며, 그녀를 위해 많은 서정시를 집필함.

1771년 22세　종교와 국가 문제를 다룬 졸업 논문은 지나치게 독자적인 내용 탓에 통과되지 못했지만, 그에 준하는 구술시험을 거쳐 학업을 마침. 8월 프리데리케 브리온과 결별하고 프랑크푸르트로 귀향하여 변호사로 활동함. 질풍노도의 전형적인 특징을 드러내는 희곡『괴츠 폰 베를리힝겐』의 초고를 집필함.

1772년 23세　베츨라르의 제국 고등 대법원에서 수습 과정을 밟음. 6월 샤를로테 부프를 만나 사랑에 빠짐.

1773년 24세　희곡『괴츠 폰 베를리힝겐』을 출간함. 희곡『파우스트』를 집필하기 시작함.

1774년 25세　소설『젊은 베르테르의 슬픔』을 출간함. 시「프로메테우스Prometheus」와 희곡『클라비고Clavigo』를 집필함.

1775년 26세　릴리라 불렸던 안나 엘리자베트 쇠네만을 만나 약혼했으나 가을에 파혼함. 11월 7일 바이마르의 카를 아우구스트 공작의 초청에 응하여 바이마르에 도착함. 여기서 괴테의 정신적인 발전에 영향을 미친 샤를로테 폰 슈타인 부인과 만남. 희곡『스텔라Stella』를 집필함.

1776년 27세　6월 바이마르 공국의 공사관 참사관에 임명된 후, 정식으로 정치에 참여하기 시작함.

1777년 28세　일메나우의 광산 감독 업무를 맡게 되면서 식물학과 광물학, 지질학에 관심을 갖기 시작함.

1779년 30세　9월 5일 추밀 고문관에 임명됨.『이피게니에』를 산문 형식으로 집필함.

1780년 31세   광물학 연구에 몰두함.

1781년 32세   예나에서 해부학 강의를 수강함.

1782년 33세   아버지 요한 카스파르 괴테가 71세의 나이로 사망함. 요제프 2세 황제에게 귀족의 작위를 받음. 바이마르 공국의 재무 행정 업무를 관장함.

1784년 35세   인간의 태아에서 악간골을 발견함. 지질학과 광물학에 대한 연구 결과로, 논문「화강암에 대해Über den Granit」를 집필함.

1786년 37세   식물학에 열정을 보임. 10월 30일 비밀리에 이탈리아로 떠나서 로마에 도착함. 고전적인 회화와 조각에 심취하고, 고전주의 문학 이념이 무르익음. 『이피게니에』를 운문 형식으로 개작함.

1787년 38세   희곡 『에그몬트*Egmont*』를 완성함.

1788년 39세   6월 바이마르로 돌아옴. 7월 스물세 살의 크리스티아네 불피우스와 처음 만나서 곧 동거 생활을 시작함. 훗날 그녀와 결혼함. 프리드리히 폰 실러와 만남. 학문을 육성하기 위해 자주 예나에 체류함. 시「로마의 비가Römische Elegien」를 집필함.

1789년 40세   당대의 석학 빌헬름 폰 훔볼트Wilhelm von Humboldt와 친교를 맺음. 12월 25일 괴테의 다섯 아이 중 유일하게 살아남은 아우구스트를 출생함.

1790년 41세   베네치아를 향해서 두 번째로 이탈리아 여행을 떠남. 식물학 중 〈비교 형태론*vergleichenden Morphologie*〉의 토대를 닦고, 색채론 연구를 시작함. 격언시「베네치아의 경구Venezianische Epigramme」와 논문「식물 변태론」을 집필함. 『파우스트, 단편*Faust, ein Fragment*』을 출간함.

1791년 42세   바이마르 궁정 극장의 운영을 맡음.

1792년 43세   카를 아우구스트 공작과 함께 프러시아군에 소속되어 프랑스 혁명군을 저지하기 위한 전쟁에 참여함.

1793년 44세   마인츠 포위전에 참가함. 색채론 연구에 몰두함.

1794년 45세   실러와 함께 문학잡지 『호렌*Horen*』을 발간함. 이를 계기로 두 문호 사이에 절친한 우정이 싹트고, 이 우정은 1805년 실러가 세상을 떠날 때까지 지속됨.

1795년 46세   단편소설 모음집 『독일 이주민들의 담소*Unterhaltungen deutscher Ausgewanderten*』를 출간함.

1796년 47세   『빌헬름 마이스터의 수업시대*Wilhelm Meisters Lehrjahre*』를 완성함.

1797년 48세   실러의 격려와 독촉을 받아 『파우스트』 집필을 재개함. 실러와 우정 어린 경쟁을 하며 「코린트의 신부Die Braut von Korinth」, 「마법사의 제자Der Zauberlehrling」 등 주옥같은 발라드 작품들을 집필함. 실러와 더불어 풍자시 「크세니엔Xenien」을 발표하고, 장편 서사시 『헤르만과 도로테아*Hermann und Dorothea*』를 출간함.

1805년 56세   실러가 사망함. 그의 죽음에 정신적으로 큰 충격을 받은 괴테는 신장 산통 등의 질병에 시달림.

1806년 57세   10월 19일 크리스티아네 불피우스와 정식으로 결혼함. 『파우스트』 1부를 완성하고, 시 「동물들의 변형Metamorphose der Tiere」을 집필함.

1807년 58세   예나에서 서적상의 양딸인 열여덟 살의 민나 헤르츠리프에게 반함. 이 체험은 훗날 소설 『친화력』을 낳는 계기가 됨. 『빌헬름 마이스터의 편력시대』를 집필하기 시작함.

1808년 59세   어머니 카타리나 엘리자베트 괴테가 별세함. 에어푸르트에서 나폴레옹과 회견함. 『파우스트』 1부가 출간됨.

1809년 60세   소설 『친화력』을 발표함.

1810년 61세   논문 「색채론Zur Farbenlehre」을 발표함.

1811년 62세　자전적 기록 『시와 진실』 1부를 집필함.

1812년 63세　루트비히 반 베토벤과 여러 차례 만남. 『시와 진실』 2부를 집필함.

1813년 64세　『시와 진실』 3부를 집필함.

1814년 65세　프랑크푸르트에서 마리안네 폰 빌레머를 만나 사랑에 빠짐. 페르시아의 시인 하피즈Hafiz의 『시집Divan』을 읽고서 자극받아 『서동시집West-östlicher Divan』을 집필하기 시작함.

1815년 66세　바이마르 공국의 재상으로 임명됨.

1816년 67세　6월 부인 크리스티아네가 사망함. 『이탈리아 기행 Italienische Reise』을 집필함. 잡지 『예술과 고대Über Kunst und Altertum』를 발간함. 이 잡지는 1832년까지 계속 발행됨.

1817년 68세　희곡 『판도라Pandora』를 출간함.

1819년 70세　『서동시집』 출간함.

1820년 71세　71세의 나이로 보헤미아의 지질학 연구에 참여함.

1821년 72세　『빌헬름 마이스터의 편력시대』를 탈고함. 체코의 마리엔바트에서 울리케 폰 레베초프를 만나 새롭게 연정에 불타오름.

1823년 74세　19세의 울리케 폰 레베초프에게 결혼 신청을 하나 거절당함. 그 아픔을 연애시 「마리엔바트의 비가Marienbader Elegie」로 표현함.

1829년 80세　『파우스트』 1부를 무대에서 초연함.

1830년 81세　아들 아우구스트가 로마에서 사망함. 『시와 진실』 4부가 완성됨.

1831년 82세　『파우스트』 2부가 완성됨.

1832년 83세　3월 22일 바이마르에서 생을 마침. 바이마르의 역사적인 공동묘지에 실러와 나란히 안장됨.

열린책들 세계문학 026 젊은 베르테르의 슬픔

옮긴이 김인순 고려대학교 독어독문학과를 졸업하고 독일 칼스루에 대학에서 수학했으며 고려대학교 대학원 독어독문학과에서 문학 박사 학위를 받았다. 독일에서 박사 후 과정을 밟은 뒤 함부르크에서 연구를 계속하다가 현재는 한국으로 돌아와 고려대학교와 중앙대학교에 출강하며 번역 활동을 하고 있다. 논문으로 「로베르트 무질 소설에 있어서 비유의 기능」 등 다수가 있으며, 옮긴 책으로는 헤르만 헤세의 『데미안』, 요한 볼프강 폰 괴테의 『파우스트』, 프리드리히 폰 실러의 『도적 떼』, 클라우스 바겐바흐의 『카프카의 프라하』, 지그문트 프로이트의 『꿈의 해석』, 파트리크 쥐스킨트의 『깊이에의 강요』, 알렉산더 폰 쇤부르크의 『우아하게 가난해지는 방법』, 산도르 마라이의 『열정』, 헤르타 뮐러의 『저지대』, 아르노 가이거의 『유배 중인 나의 왕』 등이 있다.

지은이 요한 볼프강 폰 괴테 **옮긴이** 김인순 **발행인** 홍지웅 · 홍예빈
발행처 주식회사 열린책들 **주소** 경기도 파주시 문발로 253 파주출판도시
전화 031-955-4000 **팩스** 031-955-4004 **홈페이지** www.openbooks.co.kr
Copyright (C) 주식회사 열린책들, 2008, 2009, *Printed in Korea.*
ISBN 978-89-329-0939-4 04850 **ISBN** 978-89-329-1499-2 (세트)
발행일 2008년 1월 30일 초판 1쇄 2009년 11월 30일 세계문학판 1쇄 2020년 5월 10일 세계문학판 11쇄

이 도서의 국립중앙도서관 출판예정도서목록(CIP)은 서지정보유통지원시스템 홈페이지(http://seoji.nl.go.kr)와 국가자료공동목록시스템(http://www.nl.go.kr/kolisnet)에서 이용하실 수 있습니다.(CIP제어번호 : CIP2009003402)

각 권 8,800~15,800원